Buffy – Im Bann der Dämonen

XANDER – AUF LIEBE UND TOD

Keith R. A. DeCandido

Buffy

Im Bann der Dämonen

Xander – Auf Liebe und Tod

Aus dem Amerikanischen
von Ralf Schmitz und Thomas Ziegler

vgs

Die Deutsche Bibliothek – CIP-Einheitsaufnahme

Buffy, im Bann der Dämonen. – Köln : vgs
Xander – auf Liebe und Tod / Keith R. A. DeCandido.
Aus dem Amerikan. von Ralf Schmitz und Thomas Ziegler. – 2000
ISBN 3-8025-2716-X

Das Buch »Buffy – Im Bann der Dämonen. Xander – Auf Liebe und Tod«
entstand nach der gleichnamigen Fernsehserie
(Orig.: *Buffy, The Vampier Slayer*) von Joss Whedon,
ausgestrahlt bei ProSieben.

Erstveröffentlichung bei Pocket Books, New York 1999.
Titel der amerikanischen Originalausgabe:
Buffy, The Vampire Slayer.
The Xander Years, Vol. 1.

Lektorat: Christina Deniz
Umschlaggestaltung: Burghardt Sens, vgs
Titelfoto: © Twentieth Century Fox Film Corporation 1998
Satz: Kalle Giese, Overath
Druck: Clausen & Bosse, Leck
Printed in Germany
ISBN 3-8025-2716-X

Besuchen Sie unsere Homepage im WWW:
http://www.vgs.de

Heute Nacht, Teil 1

Der Stress begann, als Cordelia sah, wie Xander gekleidet war.

Er hatte das *Bronze* soeben betreten, als Cordy auch schon auf ihn zustürmte. »Mein Gott, Xander, was ist denn *das* für ein Outfit?«

»Das nennt man *Kleidung*.«

»Nein, *ich* trage Kleidung – *du* trägst Lumpen. Xander, hast du eigentlich die geringste Ahnung um die Bedeutung der Worte ›sich schick aufmachen‹?«

Er schüttelte den Kopf und verdrehte die Augen. »Klar. ›Sich schick aufmachen› leitet sich von ›schicke Aufmachung‹ ab und definiert oberflächlich ›sich weit mehr als nötig um Kleidung sorgen, als simple zwischenmenschliche Beziehungen es erfordern‹.«

Cordelia wedelte mit den Armen vor ihm herum, als wollte sie ihn davon abhalten, von einer Klippe zu springen. »Herrgott, Xander, Kleidung bestimmt, was du für deine Umwelt darstellst. Deine Klamotten senden eine Botschaft, die sagt: ›Ich bin cool‹ oder ›Ich bin eine Sportskanone‹ oder ›Ich bin ein Computer-Freak‹ – oder in deinem Fall: ›Ich bin ein Verlierer ohne relevante gesellschaftliche Bedeutung‹.«

Von da an ging es bergab. Wenigstens bis zu dem Moment, an dem sie sich knutschend in der Nähe der Toiletten wiederfanden.

Später, nachdem er nach Hause gefahren war, ließ er sich mehr auf sein Bett fallen, als dass er sich setzte. Er kümmerte sich nicht einmal darum, Platz für sich zu schaffen, sondern brach förmlich über der schmutzigen Wäsche zusammen, die auf den Laken ausgebreitet war.

Er starrte zur Decke und ließ das Date Revue passieren. Alles in allem war es wie immer verlaufen: eine Stunde Streit, eine Stunde Knutschen. Nicht ganz das, was ich mir unter einer echten Verabredung vorgestellt habe, dachte er. Und ganz bestimmt nicht so, wie die Verabredungen mit Buffy, die ich mir in meiner Fantasie ausgemalt habe.

Er drehte sich zum Nachttisch um und betrachtete das Foto neben dem Radiowecker. Willows Mom hatte dieses Bild von Buffy, Willow und ihm in ihrem zweiten Jahr aufgenommen. Buffys Haare waren damals länger gewesen – und seine ebenso.

Damals war alles einfacher gewesen, dachte er. Sie war die Jägerin – wir waren ihr Team. Sie tötete Vampire und Dämonen, und wir halfen ihr dabei. Angel war bloß der Rätseltyp, der dann und wann aufkreuzte, um irgendeine kryptische Botschaft loszuwerden, und wieder verschwand. Cordelia war bloß ihr nervendes Selbst; es gab keine Kendra, keinen Oz, keine Miss Calendar, keinen Spike und keine Drusilla.

Nur wir drei und Giles gegen das Böse. Die guten alten Zeiten ...

Xander sah das Foto abermals an.

Ja, genau.

In Wirklichkeit bestand der einzige Grund, warum er diese Tage als *die guten alten Zeiten* ansah, darin, dass er sich damals noch weismachen konnte, womöglich bei Buffy landen zu können. Er erinnerte sich noch an das erste Mal, als er sie gesehen hatte: die neue Schülerin, die zögernd die Treppenstufen zum Schulhof heraufkam. Er war so beeindruckt von ihr gewesen, dass er mit seinem Skateboard das Treppengeländer rammte.

Später hatte er ihr ein Armband mit Anhänger geschenkt, auf dem die Worte *Für immer dein* eingraviert waren. Er hatte sie zum Schulball eingeladen und ihr im Kampf gegen den Meister und seine Gefolgschaft beigestanden. Er hatte sogar einen seiner besten Freunde gepfählt, nachdem dieser zum Vampir geworden war.

Jesse. Sein Blick wanderte zum Schreibtisch, auf dem ein weiteres Foto stand: Willow, Jesse, Andrea und er. Das Bild war während einer ihrer Sportstunden im ersten Jahr entstanden, bevor Andrea fortgezogen war und Jesse zum Blutsauger geworden war.

Wer hätte das gedacht, Kumpel?, schoss es ihm angesichts des Fotos durch den Kopf. Ich und Cordelia. Das hättest du mir in einer Million Jahre nicht abgekauft. Er selbst kannte Cordelia, seit sie beide fünf Jahre gewesen waren, und sie hatten sich vom ersten Augenblick an gehasst. Damals hatte Cordy irgendetwas Gemeines zu Willow gesagt – er wusste nicht mal mehr, was – und er hatte es ihr nach echter Fünfjährigen-Art heimgezahlt und ihr eine volle Eistüte über den Kopf gekippt. Sie hatte gegreint, er bekam Ärger, und damit war der Misston in ihre Beziehung eingekehrt.

Vom Knutschen natürlich mal abgesehen. Allerdings hatte es zwölf Jahre gedauert, bis es *dazu* gekommen war.

Das Komische war bloß, dass während all der Zeit, in der er und Willow voller Schadenfreude die »Wir-hassen-Cordelia«-Front bildeten – sie hielten sogar halb reguläre Versammlungen ab –, Jesse auf sie scharf gewesen war. Bis zum Augenblick seines Ablebens. Und jetzt ging er selbst mit Cordy aus.

Na ja, es könnte schlimmer kommen, dachte er. Wenigsten stellen diese Verabredungen mit Cordelia keine unmittelbare Bedrohung für mich dar. Vielleicht gefährdem sie meine geistige Gesundheit, nicht aber Leib und Leben ...

Er wurde von einem Frösteln erfasst, das nichts mit der charakteristischen lauen Sunnydale-Nacht gemein hatte, und erinnerte sich an eine ganz bestimmte Aushilfslehrerin im Fach Biologie ...

Die Gottesanbeterin

Um die Mitte des ersten Jahres

1

Die Attacke des Vampirs kam für die Leute im *Bronze* vollkommen unerwartet. Nicht einmal Buffy, die Vampir-Jägerin, die Auserwählte, war darauf vorbereitet gewesen. Sie versuchte zwar, gegen das Monster anzugehen, aber der Typ war einfach eine Nummer zu groß für sie. Ein Mädchen kreischte, als der Blutsauger Buffy auf den roten Billardtisch schleuderte. Im nächsten Augenblick setzte die untote Kreatur zum Sprung an. Auf dem Gesicht der Jägerin zeigte sich Furcht. Sie war hilflos. Sollte dies das Ende sein?

Nicht, wenn ich etwas dagegen unternehmen kann.

»Darf ich mich einmischen?«, fragte er beiläufig, während er den Vampir von hinten packte.

Die Kreatur wollte ihm sofort an die Kehle, doch darauf war Xander vorbereitet. Er schmetterte den Schädel des Angreifers auf die Kante des Billardtischs, stellte ihn wieder auf die Beine, verpasste ihm einen Schlag in die Magengrube und einen Haken unters Kinn, der das Geschöpf der Nacht quer durch dem Raum taumeln ließ.

Dann ging Xander zum Billardtisch und half Buffy auf. Sie sah atemberaubend aus in ihrem kurzen roten Kleid. »Bist du in Ordnung?«, erkundigte er sich und blickte in ihre tiefblauen Augen.

Sie erwiderte seinen Blick voller Dankbarkeit – und Verlangen. »Das habe ich nur dir zu verdanken«, entgegnete sie atemlos und nahm seine Hand. »Du bist verletzt.«

Xander folgte ihrem Blick. Er hatte den Schmerz nicht einmal bemerkt. Schließlich war hier ein Job zu erledigen gewesen. Was bedeutete da schon eine kleine Schramme an der Hand?

»Wirst du denn jetzt noch in der Lage sein ...?«, begann Buffy, ehe ihr die Stimme versagte.

Er brachte die Frage zu Ende: »... meine Soloeinlage zu beenden und dich zu küssen, wie du noch nie zuvor geküsst worden bist?«

Sie nickte, gab sich geschlagen. Er lächelte. Rings um ihn schienen sich alle anderen Mädchen im *Bronze* einfach in Luft aufzulösen. Einige von ihnen bedachten Buffy mit gehässigen Blicken, als wollten sie sagen: Warum sie? Womit hat sie ihn verdient?

Niemand bemerktet, dass der Vampir sich wieder rührte. Niemand, außer Xander. Er schlenderte zur Bühne, um seine dort zurückgelassene Gitarre zu holen. Als er an einem der umgestürzten Holztische vorbeikam, brach er blitzschnell eines der Beine ab, wirbelte herum und schleuderte die provisorische Waffe treffsicher nach dem Vampir, der sich inzwischen ganz aufgerappelt hatte. All dies geschah in einer einzigen fließenden Bewegung. Der improvisierte Pfahl traf sein Ziel. Der Blutsauger brach zusammen und verwandelte sich zu Staub.

Buffy rang die Hände über dem Herzen; Tränen traten ihr in die Augen. Was soll ich sagen? Ich habe diese Wirkung auf Frauen!

Xander sprang auf die Bühne, griff nach seiner Fender und legte los mit einem der zahlreichen Killer-Solos aus seinem umfangreichen Repertoire.

Plötzlich trat Buffy an den Bühnenrand und sagte: »Du sabberst.«

»Häh?«

»Xander, du hast da etwas ...«, sagte Buffy Summers und wies auf ihr Kinn.

Xander blinzelte, dann wischte er sich über den Mund. Kein Zweifel. Spucke.

Einerseits war er Buffy dankbar dafür, dass sie ihn auf die Sache mit dem Sabber aufmerksam gemacht hatte, bevor das Licht im Biologiesaal wieder anging; andererseits hätte er es vorgezogen, noch so lange in seiner Fantasie zu verweilen, bis Dr. Gregorys »langweiliger-als-man-sich-vorstellen-kann«-Diavortrag vorüber gewesen wäre.

Er saß an dem schwarzen Resopal-Labortisch, den er sich mit

Willow Rosenberg teilte, und versuchte dahinter zu kommen, worüber ihr Lehrer gerade sprach.

»... Vorfahren waren bereits lange vor uns hier, und ihre Nachkommen werden noch hier sein, wenn wir längst verschwunden sind.«

Wessen Nachkommen?, fragte sich Xander, plötzlich von Panik ergriffen. Wovon redet der bloß? Er warf Willow einen Seitenblick zu, die, natürlich, wie üblich völlig gefesselt an Dr. Gregorys Lippen hing.

Gerade als er Willow eine Frage zuflüstern wollte, sagte der Lehrer: »Die gemeine und allgegenwärtige Ameise ...«

Ah, gut, dachte Xander erleichtert. Ameisen kenne ich. Ich trampele auf ihnen herum, seit ich ein kleiner Junge war.

In diesem Moment schaltete Dr. Gregory den Diaprojektor aus und die Deckenbeleuchtung ein. Xander war Buffy wirklich dankbar, dass sie ihn rechtzeitig auf den Boden der Tatsachen zurückgeholt hatte. Nur einige Sekunde später, und er hätte vor der ganzen Klasse als sabbernder Idiot dagesessen.

Nachdem Dr. Michael Gregory das Licht eingeschaltet hatte, betrachtete er die Klasse durch seine weitsichtige Brille. Wie erwartet wirkte etwa die Hälfte der Schüler so, als wären sie soeben aus einem Tiefschlaf erwacht. Er liebte seine Diavorträge. Nicht wegen ihres pädagogischen Werts, sondern weil er so herausfinden konnte, wer ihm wirklich aufmerksam folgte. Rosenberg war natürlich ganz bei der Sache und ihr Pultnachbar Harris – ebenso natürlich – nicht.

Doch zu seiner Enttäuschung schenkte ihm auch das Gespann am Nebentisch, Summers und Mall, keinerlei Aufmerksamkeit.

Von Mall erwartete er nichts anderes. Blayne Mall war ein Footballstar an dieser Schule. Er besaß durchaus Verstand und brachte recht passable Noten, beides jedoch nicht in dem Ausmaß, mit dem er anfangs gerechnet hatte. Der Sport war sein Leben, und die Schule stellte für ihn lediglich ein notwendiges Übel dar.

Auch von Buffy Summers, der neuen Schülerin, hatte Dr. Gregory sich mehr erhofft.

Er schritt durch den Mittelgang zwischen den Labortischen hindurch und sagte: »Nun, wenn Sie alle Ihre Hausaufgabe gelesen haben ...« Er bemerkte, dass einige Schüler sich bei diesen Worten unbehaglich wanden. »... müssten Sie eigentlich die beiden Formen der Kommunikation unter Ameisen kennen. Miss Summers?«

Summers starrte ihn mit dem Blick eines Rehs im grellen Scheinwerferlicht an, ein Gesichtsausdruck, der typisch war für alle Highschool-Schüler, die nicht die geringste Ahnung hatten.

»Formen der Kommunikation unter Ameisen …«, sagte sie lahm und versuchte durch die Wiederholung der Frage auf klassische Weise Zeit zu schinden.

Dr. Gregory nickte.

»Mit *anderen* Ameisen …«, fügte Buffy hinzu, um noch mehr Zeit zu gewinnen.

»Laut Ihrer Hausaufgabe«, sagte der Lehrer noch einmal, »kommunizieren Ameisen …«

Summers fixierte jetzt einen Punkt hinter seiner rechten Schulter. »Ähem, äh … durch Berühren … und … äh … *Körpergeruch*?« Offensichtlich gab Rosenberg ihr Hilfestellung. Höchstwahrscheinlich zupfte und schnüffelte sie an Harris herum.

Gelächter pflanzte sich durch die Klasse fort, und Mall neben ihr meinte: »Gott sei Dank findet endlich jemand den Mut, das zu erwähnen.«

Dr. Greogory schenkte ihm keine Beachtung und sagte: »Das würde Berührung und *Geruch* bedeuten, Miss Summers. Möchte Miss Rosenberg Ihnen vielleicht noch etwas mitteilen?« Der Lehrer musste sich nicht umdrehen, um Rosenbergs ertappten Gesichtsausdruck zu sehen.

In dem Moment ertönte die Schulglocke. Noch ehe das Klingeln vorbei war, wurde bereits das Scharren von Stühlen auf Linoleum laut, als die Schüler aufsprangen, um die Klasse im Eiltempo zu verlassen. »Na schön, bis morgen die Kapitel sechs bis acht, Leute«, hob Dr. Gregory die Stimme über das Getöse, dann wandte er sich wieder an Summers. »Kann ich Sie einen Moment sprechen?«

Und wieder sah Summers aus wie ein paralysiertes Reh im Scheinwerferlicht.

Während die übrigen Schüler nach und nach den Raum verließen, bemerkte der Lehrer, wie Mall einem Mädchen, das soeben draußen auf dem Gang vorbeikam, zurief: »Cheryl? Warte auf mich, Puppe!«

Puppe?, dachte er verblüfft. Diesen Ausdruck habe ich seit meiner Zeit auf der Highschool nicht mehr gehört.

Mall drehte sich zu Harris um. »Ist sie nicht toll? Wobei: Hast du überhaupt eine Ahnung, Xander, was eine Frau wie sie will?« Bevor Harris Gelegenheit zu einer Antwort fand, fuhr Mall fort: »Nein, ich schätze, du hast keine Ahnung.«

Während der Footballspieler grinsend davonstapfte, rief Harris ihm nach: »Etwas echt Hochprozentiges!« Dann wandte er sich an Rosenberg. »Manchmal gelingt mir doch eine echt gute Beleidigung!«

Rosenberg nickte. »Was gut ist, muss nicht immer teuer sein.«

Dr. Gregory schüttelte den Kopf. Wenn sie so viel Zeit aufs Lernen wie auf ihre Schlagfertigkeit verwenden würden, wäre die Klasse längst Mitglied der National Honor Society.

Ein paar Augenblicke später war das Klassenzimmer bis auf ihn – der in der folgenden Stunde nicht unterrichten musste – und Buffy Summers leer.

Während er die Dias zusammenstellte, die er der nächsten Klasse vorführen wollte, begann er: »Es heißt, Miss Summers, Sie hatten an Ihrer letzten Schule ... ein paar Probleme.«

»Welcher Teenager hat die nicht?«

»Den Unterricht geschwänzt ...«, fuhr er fort und prüfte einige Dias, um sich zu vergewissern, dass sie in der richtigen Reihenfolge einsortiert wurden, »... Prügeleien ... das Schulgebäude niedergebrannt?«

Es schien sie zu überraschen, dass er über all das Bescheid wusste, daher fügte er hinzu: »Direktor Flutie hat mir Ihre Akte gezeigt.«

»Sehen Sie, dieses Feuer ...«, begann Buffy. »Es gab gewissermaßen bedeutende mildernde Umstände, wissen Sie? Eigentlich war das Ganze sogar eher komisch.«

Er ging zum Wandschrank, um seine Lesebrille zu holen. »Ich kann kaum abwarten zu erleben, was Sie *hier* alles anstellen werden ...«

»Buffy, die Zerstörerin, das bin ich«, sagte sie reumütig.

»Aber ich vermute, es wird ein einmaliges Erlebnis werden.«

Dieses Mal schien Summers verwirrt. »Sie wollen sagen, *einmalig* im negativen Sinn?«

Dr. Gregory lächelte, während er mit der Spitze seiner Krawatte die Brille putzte. »Sie verfügen über einen erstklassigen Verstand und sind in der Lage selbständig zu denken. Stellen Sie sich nur mal vor, was Sie erreichen könnten, wenn Sie ...«

»... Hausaufgaben machen würden?«

»Hausaufgaben ...«, echote er. »Ich kann mir denken, dass Sie wahrscheinlich eine gute Entschuldigung dafür parat haben, sie *nicht* zu machen. Erstaunlicherweise ist mir das völlig egal. Ich weiß, dass Sie in dieser Klasse glänzen können, daher erwarte ich auch nicht weniger von Ihnen. Ist das klar?«

»Ja«, sie nickte. »Tut mir Leid.«

Schüler behaupten immer, es täte ihnen Leid. Aber dieses eine Mal wünschte er sich wirklich, dass es ernst gemeint war. »Es soll Ihnen nicht Leid tun. Sie sollen Klugheit walten lassen. Und bitte, schenken Sie den Vorurteilen des Direktors oder irgendeiner anderen Person über Sie keine Beachtung. Bringen Sie sie dazu, Ihre Akte verspeisen zu müssen. Was sagen Sie dazu?«

Summers schenkte ihm ein aufrichtiges Lächeln – und genau darauf hatte Dr. Gregory gehofft. »Okay. Danke«, sagte sie.

Dr. Gregory gab das Lächeln zurück. »Die Kapitel sechs bis acht, okay?«

Summers nickte entschlossen und verließ das Klassenzimmer.

Dr. Gregory setzte seine Lesebrille auf und widmete sich wieder den Dias auf dem Lehrerpult. Eine gute Reaktion. Erstaunlich, was für einen Unterschied es macht, wenn man sie wie menschliche Wesen behandelt.

Er schaltete einmal mehr die Leuchtstoffröhren an der Decke aus und die Lichtleiste am Pult ein. Die Dias waren für den Förderkurs der älteren Schüler, die er morgen früh unterrichten würde. Bei denen musste er wenigstens nicht befürchten, dass sie während des Vortrags einnickten.

Er kniff die Augen zusammen, musterte ein Dia und sah, dass es sich wie erwartet um die Darstellung einer bestimmten Salamander-Spezies handelte. Dr. Gregory hegte im Allgemeinen eine Vorliebe für Reptilien und amphibische Arten. Er fand ihre Verhaltensweisen wesentlich faszinierender als die anderer Tiere. Insekten dagegen interessierten ihn überhaupt nicht und er würde dankbar sein, wenn sich die Klasse binnen zwei Wochen einem anderen Thema zuwandte.

Hinter ihm erhob sich ein seltsames, schlurfendes Geräusch. Im nächsten Moment wurde er am Hals gepackt und vom Stuhl gerissen. Die Lesebrille landete auf dem Fußboden.

Das letzte, was Dr. Gregory sah, war etwas, das wie ein riesiges Beißwerkzeug aussah.

Das gibt's doch gar nicht!

2

Buffy fand, dass Sunnydale, Kalifornien, im Lexikon neben dem Eintrag für *langweilige Vorstadt* abgebildet sein müsste – wenn es den Höllenschlund nicht gäbe. Doch vom üblichen Maß an Bösem mal abgesehen war Sunnydale so öde wie nur irgend möglich.

Gott sei Dank gibt es das *Bronze*, dachte sie. Der Club war auf jüngere Schüler zugeschnitten und bot damit die einzige Abendunterhaltung für jene, die noch nicht alt genug waren, um legal Alkohol zu trinken.

Heute Abend spielte dort eine gute Rockband, die zur Abwechslung mal nicht der Trash- oder Metal-Fraktion angehörte und es Buffy daher gestattete, ihr Gespräch mit Willow fortzusetzen ohne allzu sehr schreien zu müssen.

»Und«, fragte Willow ernst, »wie ist es nach der Biostunde gelaufen?«

»Eigentlich ganz gut«, antwortete Buffy. »Dr. Gregory hat mich nicht zur Schnecke gemacht. Er war echt cool.« Seufzend fügte sie hinzu: »Aber Flutie hat ihm meine Schulakte gezeigt. Anscheinend liege ich in der Beurteilung irgendwo zwischen Charles Manson und einem *wirklich fiesen* Typen.« Das war der einzige Teil ihrer Unterredung mit dem Lehrer, über den sie sich geärgert hatte. Bei ihrem Wechsel auf die Sunnydale High hatte Flutie ein großes Tamtam darum veranstaltet, dass ihre Akte nichts bedeuten und sie an der neuen Schule mit ›reiner Weste‹ anfangen würde. So viel dazu!

»Aber du konntest Dr. Gregory nicht erzählen, was wirklich an deiner alten Schule passiert ist?«, wollte Willow mit einem vorgeblich unschuldigen Lächeln wissen.

»Dass ich gegen Vampire gekämpft habe? Ich fürchte, das hätte er mir womöglich nicht abgekauft«, entgegnete Buffy trocken.

Willow nickte. »Wahrscheinlich hört er diese Ausrede ständig.«

Buffy lächelte. Das gehörte zu den Dingen, die sie an Willow am meisten mochte. Jeder konnte sarkastisch sein, aber Willow war die einzige Person, die es auf nette Art sein konnte.

Ihre Unterhaltung wurde durch das Erscheinen von Cordelia Chase unterbrochen. Kaum denkt man an Leute, die etwas auf nette Art tun können, dachte Buffy, erscheint prompt das Gegenbeispiel dafür.

»Ich sehe hier ein Problem«, verkündete die brünette Cheerleaderin, während sie auf Buffy und Willow zukam. »Was einmal *mein* Tisch war, ist nun besetzt von bemitleidenswerten Verlierern. Ich fürchte, wir müssen das Ding jetzt wohl verbrennen.«

Buffy fletschte die Zähne. Cordelia war die erste Person, die mit einer gewissen, sich sehr unbehaglich fühlenden neuen Schülerin geredet hatte, nachdem diese auf die Sunnydale High gekommen war. Doch Buffy hatte ihre schlechten Seiten rasch entdeckt. Cordelia war das beliebteste Mädchen der Klasse, wenn nicht der ganzen Schule, und das bedeutete, dass Buffys Chancen, ihren Freundeskreis über Willow und Xander hinaus auszuweiten, ziemlich schlecht standen.

Was nicht heißen soll, dass ich meinen Freundeskreis auf Leute ausdehnen möchte, die irgendwie unter ihrem Einfluss stehen, dachte sie. Sie hatte es außerdem gründlich satt, am falschen Ende von Cordelias Beleidigungen zu stehen, also betrachtete sie die scharfkantige Tischplatte und erwiderte: »Schade. Dabei verbindest du so viele Erinnerungen damit. Du und Lawrence, du und Mark, du und John ... du hast hier immerhin den besten Teil der Jugend unter die Leute gebracht.«

Cordelia war so überrascht, eine Antwort zu erhalten, dass sie lediglich ein verächtliches Geräusch von sich gab und ihren Weg fortsetzte.

»Wow. Keine Reaktion«, stellte Buffy beeindruckt fest.

»Du hast an miesen Erinnerungen gerührt«, sagte Willow. »Lawrence hat mit ihr Schluss gemacht, bevor sie ihn abservieren konnte. Das ist ein wunder Punkt.«

Alles in allem gefiel Xander das *Bronze* seiner Fantasie besser. Zum Beispiel gab es dort mehr Mädchen. Die Mädchen, die tatsächlich hier herumhingen, hatten mindestens einen von zwei möglichen Nachteilen: entweder gehörten sie zu irgendeinem Jungen oder sie gehörten zu Cordelia. Und in diesem Augenblick hielt Ihre Majestät, die königliche Schleimerin, im Kreise ihrer Untertanen an der Kaffeebar Hof.

Xander schlenderte in Richtung Bühne und blieb an derselben Stelle stehen, von der aus Buffy ihn in seinem Tagtraum angehimmelt hatte. Er nickte dem Gitarristen und Sänger der Band kurz zu, doch der sah in bloß an, als wäre er eine tote Kakerlake und ignorierte ihn.

Das nächste Mal, dachte Xander, sollte ich das vielleicht mit jemandem versuchen, den ich auch kenne.

Nachdem er sich nun schon halb zum Narren gemacht hatte, sah er sich nach Buffy und Willow um. Er steuerte gemächlich die Sofas neben der Kaffeebar an, stieß dort jedoch nur auf Blayne und einen seiner beschränkten Footballkumpels, auf dessen Namen sich Xander nicht besinnen konnte. Wenn Blayne nicht zufällig Buffys Laborpartner gewesen wäre, hätte er sich an *seinen* Namen wahrscheinlich auch nicht erinnert. Xander hatte es zur Regel erhoben, sich niemals an die Namen von Leuten zu erinnern, die athletischer waren als er selbst.

»Sieben«, sagte Blayne gerade. Xander nahm zunächst an, dass sie ihre Intelligenzquotienten miteinander verglichen, doch dann fügte Blayne hinzu: »Einschließlich Cheryl. Und ich sag dir was: Ihre Schwester machte ganz den Eindruck, als könnte sie die Nummer acht werden.«

»Oh, Cheryls Schwester?«, rief die andere Sportskanone mit weit aufgerissenen Augen. »Die aufs College geht?«

»Und die Ferien zu Hause verbringt und sich nach Liebe sehnt. Sie ist allerdings nicht ganz mein Typ. Ein Mädchen braucht schon was Besonderes, um mit mir gehen zu können.«

»So was wie eine Gehirnwäsche?« warf Xander ein.

»Xander«, höhnte Blayne, »wie viele ... Treffer hast *du* denn bisher erzielt?«

»Tja ...«, erwiderte Xander zögernd. Wieso lasse ich mich bloß immer wieder auf so einen Quatsch ein?

»Ist bloß 'ne Frage«, setzte Blayne mit einem bösartigen Grinsen nach.

»Reden wir von heute oder von der ganzen Woche?«, fragte Xander, um Zeit zu schinden. Er sah sich verzweifelt nach Buffy und Willow um, und schließlich entdeckte er die beiden. »Oh, die Pflicht ruft.«

Eilig schloss er sich dem Weg der Mädchen an. »Hi, Babes!«, rief er so laut, dass Blayne und sein Spießgeselle ihn hören konnten. Er hoffte, ihnen entging auch nicht, wie er nun jedem der Mädchen einen Arm um die Schulter legte.

»Was soll das denn werden?«, wollte Buffy wissen.

»Lass mich jetzt nicht im Stich«, flüsterte Xander schnell, ehe Buffy etwas Unerfreuliches tun konnte – ihm zum Beispiel einen Stoß in die Rippen verpassen oder so. »Blayne hatte die Unverfrorenheit, meine Männlichkeit in Frage zu stellen. Ich will ihm bloß ein anschauliches Gegenbeispiel geben.«

Buffy sah ihn immer noch an, als sei er nicht ganz bei Trost, Willow jedoch, Gott segne sie, zog ihn fest an sich. »Gut, zeig es ihm!«

Xander drehte sich zu Blayne um und streckte den Daumen in die Höhe. Blayne schüttelte bloß den Kopf. Xander war klar, dass dies ein Schlag unter die Gürtellinie war. Nachdem Buffy auf die Schule gekommen und Blayne als Laborpartnerin zugewiesen worden war – sein vorheriger Sitznachbar hatte die Schule eine Woche nach Unterrichtsbeginn verlassen müssen –, hatte der Held der Razorbacks sofort versucht, sich an sie heranzumachen. Doch die Jägerin hätte ihm um Haaresbreite die Schulter ausgerenkt, und so gab er schließlich auf.

»Das glaube ich einfach nicht«, sagte Buffy.

»Ja, genau«, stimmte Xander zu. »Und das nach all meinen Eroberungen ...«

Bevor er fortfahren konnte, befreite sich Buffy aus der Umarmung und näherte sich einem Jungen, der den Club soeben betreten hatte. Xander versuchte angestrengt, im Zwielicht etwas zu erkennen – der Bursche schien direktes Licht zu meiden – und sah einen großen, bemerkenswert gut aussehenden jungen Mann mit kurz geschnittenem dunklen Haar, der von Kopf bis Fuß in Schwarz gekleidet war.

»Wer ist das?«, wollte Xander wissen. Er war empört, dass Buffy jemanden kannte, der ihm unbekannt war.

»Das muss Angel sein«, antwortete Willow. »Denke ich.«

Dieser durchgeknallte Typ, der sie vor den Vampiren gewarnt hat? Kurz nach ihrer Ankunft auf der Sunnydale High hatte Angel – oder der »Rätseltyp«, wie Buffy ihn vorzugsweise nannte – sie vor dem *Tag der Ernte* gewarnt. Buffy hatte das Blutfest dieser speziellen Vampire daraufhin verhindert und Angel seither nicht wieder gesehen. Buffy hatte allerdings bei all ihren Erzählungen über den Rätseltyp niemals erwähnt, wie gut er aussah.

»Das ist er«, sagte Willow. »Da wette ich mit dir.«

»Das ist ja ein richtiger Muskelprotz!«, entgegnete Xander noch entrüsteter. »Buffy hat kein Wort davon gesagt, dass er so ein Kraftpaket ist!«

»Findest du ihn muskulös?«

»Er ist ein sehr attraktiver Mann!«, schrie Xander, dann senkte er abrupt die Stimme. Schlimm genug, dass Blayne meine Manneskraft in Frage stellt, aber das Letzte, was ich jetzt brauche, ist, dass jeder hier mitkriegt, dass und wie ich über attraktive Männer rede. »Wie kommt es, dass sie nie was *davon* gesagt hat?«

»Schau an, wer hier ist«, sagte Buffy an Stelle eines Grußes.

»Hi«, sagte Angel.

»Ich würde gerne sagen, dass ich mich freue dich zu sehen, aber wir wissen beide, dass das mächtig geflunkert wäre.« Stimmt doch, du kannst diesen Typ nicht leiden, sagte sie sich energisch. Er ist ein ärgerlicher, mysteriöser Bursche, von dem man nie eine klare Antwort bekommt. Du kannst ihn echt nicht leiden.

Also hör sofort auf, in seine seelenvollen strahlenden Augen zu starren ...

»Es wird nicht lange dauern«, sagte er jetzt.

»Nein, du lässt mir bloß eine geheimnisvolle Warnung vor irgendeiner sensationellen neuen Katastrophe zukommen und verschwindest dann wieder in die Nacht, richtig?«

Er richtete diese bemerkenswerten Augen auf sie und sagte: »Du bist kalt.«

»Damit kommst du schon klar.«

»Ich wollte sagen, du siehst aus, als würdest du frieren.« Er zog seine Jacke aus und legte sie ihr um die Schultern.

Oh Gott, das fühlt sich wunderbar an. »Die ist ein bisschen zu groß für mich.«

Dann bemerkte sie die drei parallel verlaufenden Schnittwunden an seinem Arm. Die Schnitte wirkten frisch. »Was ist passiert?«

»Ich habe nicht aufgepasst.«

Jetzt kommt er mir wieder mit diesem mysteriösen Zeug. »Auf jemanden mit einer scharfen Gabel«, soufflierte sie.

»Er kommt«, sagte Angel.

Der Typ mit der Gabel? Warum fällt es ihm bloß so schwer, eine klare Antwort zu formulieren? Und warum muss er bloß immer so hinreißend verletzlich aussehen?

»Lass dich nicht von ihm in die Ecke drängen. Lass ihm keinen Augenblick Zeit, sonst schlitzt er dir die Kehle auf.«

Das war höchstwahrscheinlich die längste Kette von Wörtern, die Angel, seit sie ihn kannte, zusammengefügt hatte. Buffy war gegen ihren Willen beeindruckt. »Okay, dafür gibt's die Höchstnote. Die Kehle aufschlitzen ... ein wirklich starkes und zur Abwechslung mal nicht rätselhaftes Bild.«

Er zeigte die Andeutung eines Lächelns. Eine äußerst hübsche Andeutung eines Lächelns, und sie wünschte sich in diesem Moment nichts mehr, als die Vollversion sehen zu können.

»Ich muss jetzt gehen«, sagte er.

Na klar, wie gehabt. Ehe Buffy noch etwas sagen konnte, war er schon verschwunden und eins geworden mit den Schatten. Mein Gott, man könnte meinen, er wäre ein Vampir oder so was.

»Ich wünsche dir süße Träume«, murmelte sie.

Xander beobachte, wie die beiden miteinander sprachen, dann zog Angel seine Lederjacke aus und legte sie Buffy um.

Xander war außer sich. »Klar, gib ihr nur deine Jacke. Verdammt, es ist eine laue Nacht, heute Abend muss niemand mit jemandem die Klamotten tauschen.«

»Ich glaube, sie kann ihn nicht mal leiden«, meinte Willow zögerlich.

Xander bezweifelte, dass Willow dem mehr Glauben schenkte als er selbst.

Am nächsten Morgen schritt Xander beschwingten Schrittes und mit einem Lied im Herzen über den Schulhof der Sunnydale High. Sicher, er hatte gestern Abend herausgefunden, dass Angel wie die Slacker-Version eines griechischen Gottes aussah, doch er sah keine Veranlassung, sich mit Ärgernissen zu belasten, auf die er keinen Einfluss hatte. Vielmehr hatte er gerade von einer positiven Entwicklung erfahren, an der er, obwohl auch diese sich seiner Kontrolle entzog, die übrige Welt teilhaben lassen wollte.

Oder doch zumindest Buffy und Willow.

Er entdeckte Willow, die auf einer der Backsteinmauern saß und ihre Biologieaufgaben durchging. Giles und Buffy schlenderten in diesem Moment ebenfalls auf die Mauer zu. Und als Xander näher kam, schnappte er gerade noch das Ende des Wortwechsels zwischen der Jägerin und ihrem Wächter auf, einem hochgewachsenen Briten in Tweed und mit Brille.

»... mehr hat er nicht gesagt?«, wollte Giles soeben wissen. »ein Typ mit einer *Gabel*?«

Aha, folgerte Xander, sie informiert den Wächter. Cool.

»Das war alles, was der Rätseltyp gesagt hat: ein Typ mit 'ner Gabel«, bestätigte Buffy.

»Ich glaube, es gibt zu viele *Typen* in deinem Leben«, entgegnete Giles lachend, dann fügte er hinzu: »Aber ich will sehen, was ich herausfinden kann.«

Sie erreichten die Mauer, auf der Willow saß, im selben Moment wie Xander. Giles blickte dramatisch gen Himmel. »Lieber Gott, hier ist ein Tag wie der andere.«

»Genau: strahlend, sonnig, einfach wunderbar – wie können wir dieser Tortur bloß entkommen?« Buffy verdrehte die Augen.

Der Bibliothekar warf ihr einen seiner typischen Blicke zu, wünschte Xander einen guten Morgen und ging, um sich in seinem Magazin zu vergraben.

Xander, der seine guten Neuigkeiten schnellstmöglich mit den anderen teilen wollte, legte sofort los: »Ratet mal, was ich eben im Büro aufgeschnappt habe? Heute kein Dr. Gregory. Ergo sind die unter uns, die ihre Bioaufgaben nicht gemacht haben, nicht so blöd, wie sie aussehen.« Er unterstrich seine Feststellung, indem er Willows Biologiebuch zuklappte.

»Was ist passiert?«, fragte Buffy. »Ist er krank?«

Xander zuckte die Achseln. »Davon war keine Rede – es ging irgendwie darum, dass er ... vermisst wird.«

»Er wird vermisst, was soll das heißen?«

Xander runzelte die Stirn. »Tja, lass mich mal überlegen. Die Cheerleader waren gerade dabei, ihre neuen ultrakurzen Röckchen vorzuführen, da hab ich irgendwie nicht ...«

Buffy schoss einen ihrer strafenden Blicke auf ihn ab, der auf empörende Weise denen des Wächters glich, und Xander wurde wieder ernst. »Nun ja, es hieß ›vermisst‹. Was ... wohl ... nicht gut ist, oder?«

»Wenn irgendwas nicht stimmt, nein.«

Xander verstand nicht ganz. Ein fehlender Biolehrer bedeutete schließlich, dass eine Vertretung einspringen musste, was wiederum praktisch auf eine Freistunde herauskam.

Willow war wie üblich diejenige, die ihn aufklärte: »Gregory ist immerhin einer der wenigen Lehrer, die nicht glauben, dass Buffy eine Schwerverbrecherin ist.«

Xander kratzte die letzten Reserven Ernsthaftigkeit zusammen und sagte: »Tut mir aufrichtig Leid, ich bin sicher, er ... äh ... ich ... äh ...«

Er hatte den Satz mit den Worten *wird wieder auftauchen* beenden wollen, doch dann wurde er unversehens von einem Anblick abgelenkt, der jedes überschüssige Hormon in seinem Körper strammstehen ließ.

Die Frau, die soeben über den Schulhof kam, war in vielerlei Hinsicht bemerkenswert. Zum einen war sie eine Frau in einem überwiegend aus Mädchen bestehenden Umfeld – und zum anderen war sie sehr attraktiv.

Obwohl *attraktiv* es irgendwie nicht richtig traf.

Die schönste Frau, die jemals über das Angesicht der Erde wandelte, kam der Sache schon näher, doch selbst das mutete unzulänglich an.

Sie hatte im Nacken kurz geschnittenes schwarzes Haar, glutvolle Augen und den phänomenalsten Schmollmund, den Xander jemals gesehen hatte. Jene Art Lippen, die förmlich darum betteln, geküsst zu werden. Wenigstens hoffte Xander, dass es das war, worum sie bettelten. Die Frau trug einen ebenfalls schwarzen, einfach geschnittenen Blazer über einem weißen Hemd sowie einen Rock, der nicht direkt ein Minirock, aber allemal kurz genug war, um das beste Paar Beine zu offenbaren, das Xander jemals in Augenschein genommen hatte. Und sie trug keine Strümpfe – Xander hatte lange genug weibliche Beine angestarrt, um den Unterschied zu kennen.

Zu Xanders Erstaunen und großer Freude kam sie geradewegs auf ihn zu.

»Könnten Sie mir helfen?«, fragte sie. Ihre Stimme war reiner Wohlklang mit einer winzigen Spur eines Akzents, der gerade ausreichte, sie ein wenig exotisch klingen zu lassen, aber nicht stark genug war, um ihn irgendwo einordnen zu können.

Das war auch der Moment, in dem Xander Harris von jedem klaren Gedanken verlassen wurde. Sein Verstand war nur noch von diesem unfasslichen Abbild wahrer Schönheit erfüllt.

»Äh ... ja.«

»Ich suche den Biologiesaal, Nummer eins-null-neun.«

»Oh, der ist ... äh ...« Sein Schädel blieb leer, von ihrem Anblick mal abgesehen. Er hatte nicht die geringste Ahnung, wo der Biosaal 109 war. Er war sich nicht einmal völlig sicher, ob er sich derzeit noch an seinen vollen Namen erinnern würde ... »Ich gehe dort jeden Tag hin«, sagte er dümmlich, dann drehte er sich in einem Anflug von Panik zu Buffy und Willow um. »Oh Gott, wo ist der Biosaal 109?«

Bevor jemand der Mädchen antworten konnte, ließ sich eine Stimme vernehmen, die der Person gehörte, die Xander, wie er in diesem Moment beschloss, mehr hasste als irgendein anderes lebendes Wesen. »Hi, ich bin Blayne Mall und gerade auf dem Weg dorthin. Der Saal ist nicht weit vom Sportplatz, wo ich letztes Jahr die Stadtmeisterschaft gewonnen habe.«

»Oh, vielen Dank, Blayne«, antwortete die Frau liebenswürdig, während Blayne sie davonbegleitete, nicht ohne Xander noch einmal freundschaftlich auf die Schulter zu klopfen. Dann dirigierte er die Vision der Vollkommenheit in Richtung des Hauptgebäudes.

»Warum nur«, wandte sich Xander an die beiden Mädchen, »tut sich die Erde nie auf und verschlingt dich, wenn du es dir wünschst.«

Buffy und Willow wirkten vollkommen mitleidlos. Genau genommen grinsten sie sogar.

Frauen. Man kann sich einfach nicht auf sie verlassen.

»Komm«, sagte Buffy und stand auf, »wir bringen dich zum Biosaal eins-null-neun. Wenn du willst, kannst du ja Brotkrumen ausstreuen, damit du Auskunft geben kannst, wenn dich das nächst Mal jemand nach dem Weg fragt.«

»Wie ungemein witzig«, murmelte Xander. Willow sprang ebenfalls von der Mauer, und die drei machten sich auf den Weg zum Biologieunterricht.

Dort angekommen, erlebte Xander die nächste Überraschung: Die fleischgewordene Göttin stand vor seiner Klasse! Sie hatte ihren Blazer abgelegt, darunter kam ein weißes ärmelloses Hemd zum Vorschein, das ein Paar perfekt geformte Arme sehen ließ, die an Porzellan erinnerten.

Sie schrieb gerade die Worte Natalie French an die Tafel. Jetzt hat sie also einen Namen. Und eine Aufgabe: Sie ist die Vertretungslehrerin. Es gibt einen Gott! Xander hegte keine persönliche Abneigung gegen Dr. Gregory – er war ein so achtbares menschliches Wesen, wie er es als Lehrer sein konnte, was ihn in Xanders Pantheon unmittelbar über die Nacktschnecken erhob –, aber soweit es ihn betraf, konnte der Mann getrost bis in alle Ewigkeit vermisst bleiben.

In dem Moment hörte er Willow sagen: »Stimmt was nicht?« Xander drehte sich um und sah, dass Buffy in die Knie gegangen war, um etwas vom Boden aufzuheben.

Dieses Etwas entpuppte sich als eine Brille mit einem gesplitterten Augenglas. »Aus welchem Grund könnte Dr. Gregory seine Brille nicht aufgehoben haben, falls er sie hat fallen lassen?«, murmelte Buffy. Dann zuckte sie die Achseln, legte die Brille auf einen der Tische und nahm neben dem verhassten Blayne Platz.

Das letzte Klingelzeichen ertönte, und die Klasse ließ sich nieder. »Mein Name«, begann die herrlichste Stimme des Universums, »ist Natalie French und ich bin die Vertretung für Dr. Gregory.«

Buffy fragte: »Wissen Sie, wann er wiederkommt?«

Wen kümmert's?, dachte Xander.

»Nein, keine Ahnung ...« Sie konsultierte den Sitzplan. »... Buffy. Ich wurde lediglich angerufen und davon in Kenntnis gesetzt, dass und wo ich gebraucht werde.«

Blayne murmelte: »Ich sag dir gleich, was *ich* von dir brauche.«

»Wie bitte, Blayne?«

Aber klar, dachte Xander, seinen Namen brauchst du nicht in der Liste nachzusehen, weil er dich ja zu der bescheuerten Klasse geführt hat ...

»Ich habe mich bloß gerade gefragt, ob Sie da weitermachen, wo Dr. Gregory aufgehört hat«, sagte Blayne rasch.

»Ja«, antwortete Miss French mit einem Lächeln, das den ganzen Raum zum Leuchten brachte. »Seinen Aufzeichnungen zufolge habt ihr euch gerade mit dem Leben der Insekten beschäftigt.« Sie ging zu dem Tisch mit den Exponaten und nahm einen Glasbehälter, der die Plastikreproduktion irgendeiner Insektenart enthielt. »Die Gottesanbeterin ist ein überaus faszinierendes Geschöpf, das dem Zwang unterliegt, allein zu leben. Wer kann mir den Grund dafür sagen ... Buffy?«

Buffy betrachtete den Behälter einen Moment lang, dann sagte sie: »Tja, da kommt mir irgendwie der Ausdruck *hässlich wie Ungeziefer* in den Sinn.«

Das Lächeln erlosch, und Miss Frenchs Züge verfinsterten sich. Xander ertappte sich dabei, dass er sich eine Sekunde fast vor ihr fürchtete. »Es ist absolut nichts Hässliches an diesen einzigartigen Geschöpfen,« sagte Miss French, dann nahm ihr Gesicht wieder jenen grandiosen, ihr eigenen Ausdruck an. »Sie leben alleine, weil sie Kannibalen sind.«

Einige Schüler gaben angewiderte Laute von sich. Xander gehörte nicht zu ihnen. Er hatte genug damit zu tun, die Lehrerin unentwegt anzustarren.

»Das ist jedoch schwerlich *ihr* Fehler«, fuhr Miss French fort. »Die Natur hat sie so gemacht: edel, einsam und fruchtbar. Weltweit existieren mehr als achtzehnhundert verschiedene Arten der

Gottesanbeterin, und bei nahezu jeder ist das Weibchen größer und aggressiver als das männliche Exemplar.«

Blayne, der den Zwischenfall mit seiner Schulter anscheinend schon wieder vergessen hatte, beugte sich zu Buffy hinüber. »Gegen ein aggressives Weibchen ist doch nichts einzuwenden, oder?« Buffy warf ihm einen genervten Blick zu und er setzte sich rasch wieder gerade hin. Xander musste grinsen, doch dann fuhr er fort, Miss French anzustarren, die jetzt ein Lehrbuch nahm und daraus vorzulesen begann, während sie durch den Mittelgang schritt.

»Die kalifornische Gottesanbeterin legt ihre Eier und sucht sich anschließend ein Männchen, das diese befruchtet. Nachdem es seiner Rolle genügt hat, überzieht sie die Eier mit einer Schutzhülle und befestigt sie an einem Blatt oder einem Zweig außerhalb jeder Gefahr.« Sie hielt das Lehrbuch in die Höhe und zeigte der Klasse eine Abbildung. Xander bekam nicht mit, was das Bild darstellte, da er sich in diesem Moment von ihren Augen förmlich aufgespießt fand.

»Nachdem sie ihre Arbeit gewissenhaft ausgeführt hat, wird sie binnen weniger Monate mehrere hundert Nachkommen haben.« Miss French legte das Lehrbuch zur Seite und ließ den Blick durch das Klassenzimmer schweifen. Dann fasste sie etwas am schwarzen Brett ins Auge. »Wisst ihr, wir könnten ein paar dieser Schutzhüllen für die wissenschaftliche Ausstellung modellieren. Wer möchte mir nach der Schule dabei helfen?«

Xanders Hand schoss nach oben – ebenso wie Blaynes und, wie er feststellen musste, die Hände so ziemlich aller anderen Jungen in der Klasse.

»Fein«, sagte Miss French mit einem charmanten Lächeln. »Aber ich warne euch, das ist eine sehr anspruchsvolle Arbeit. Ich werde äußerst eng mit euch zusammen arbeiten müssen – in Einzelsitzungen.«

Lieber Gott, ich bin im Himmel, dachte Xander.

3

Ehe Xander wusste, wie ihm geschah, war die Biostunde auch schon vorbei. Er ließ sich den Rest des Morgens einfach treiben, bis er beim Lunch wieder halbwegs zu sich kam. Es war durchaus wahrscheinlich, dass sich auch in den übrigen Vormittagsstunden das eine oder andere von Belang ereignet hatte, aber es fiel ihm schwer, sich an irgendetwas davon zu erinnern. Er konnte nur noch an Miss French denken sowie an die Tatsache, dass *er* am nächsten Abend dazu bestimmt sein würde, eine Einzelstunde lang mit ihr an den Modellen der Schutzhüllen für die Insekteneier zu arbeiten. Blayne war natürlich für den heutigen Abend eingeteilt, doch Xander schrieb das Miss Frenchs Wunsch zu, höflich sein, da er ihr den Weg zum Klassenzimmer gezeigt hatte.

Am Eingang der Cafeteria traf er auf Buffy und Willow, und gemeinsam machten sie sich auf, das Mittagessen mit der täglichen Mischung aus Vorfreude und dunkler Vorahnung willkommen zu heißen.

Eine Tafel kündete vom jüngsten kulinarischen Debakel. Buffy las vor: *»Hotdog surprise.* Mein Herz, schweige still!«

»Nenn mich altmodisch«, sagte Willow, »aber ich möchte eigentlich keine weiteren Überraschungen in meinen Hotdogs.«

Xander lächelte, nahm sich ein Tablett und betrachtete sein Spiegelbild im makellosen Schliff eines Edelstahl-Serviettenhalters. »Ich frage mich, was sie wohl am meisten an mir schätzt. Wahrscheinlich das mit dieser gewissen markanten Unwiderstehlichkeit gepaarte ebenmäßige gute Aussehen.«

Die Mädchen sahen sich fragend an. Nicht doch, dachte er, das ist die Stelle, an der ihr mir zustimmen müsst. Er hasste es, wenn die beiden sich nicht ans Drehbuch hielten. »Miss French«, erklärte er. »Ihr zwei seid vermutlich ein bisschen zu jung, um zu verstehen, was eine reifere Frau in einem jüngeren Mann entdecken kann.«

»Oh, ich verstehe«, bemerkte Buffy.

»Gut«, sagte Xander. Vielleicht besteht ja doch noch Hoffnung für sie.

»Ein jüngerer Mann sollte sich allerdings mal fragen, wieso eine reifere Frau keinen Mann ihres Alters findet. Doch wahrscheinlich ist er dafür viel zu dumm und darüber hinaus auch viel zu verzweifelt, um auf die chirurgischen Verschönerungen zu achten.«

»Welche chirurgischen Verschönerungen?« Xander entschied sich dafür, den Rest von Buffys Schmährede einfach zu ignorieren und als Anfall von Eifersucht zu betrachten.

»Tja«, meinte Willow zu Buffy, »er *ist* jung.«

»Und so schrecklich unschuldig«, fügte diese hinzu.

Damit zogen die beiden Mädchen ab, um sich ihre Getränke zu holen. Xander rief ihnen nach: »Ha, wer hat, der hat. Und wer nicht hat ... hat auch nicht über die zu lachen, die haben.« Also, das war ja dermaßen lahm, dass ich fast dran erstickt wäre. Wenn das so weitergeht, bin ich die längste Zeit Mitglied im Club der Schlagfertigen gewesen.

Noch ehe er etwas Treffenderes nachlegen konnte, kam Blayne

vorbei. Auf seinem Tablett türmten sich ungenießbare Gaumenfreuden. »Muss mich für meinen Einzelunterricht mit Miss French heute Abend stärken. Wann ist deine Stunde? Ach ja, richtig, morgen. Du kommst als Zweiter dran, ich als Erster. Ich glaube, das nennt man natürliche Auslese.«

Xander fing langsam an, Blayne für dessen Angewohnheit, seine eigenen Fragen zu beantworten, aufrichtig zu hassen. »Ich glaube, das nennt man Vorspiel.«

Unfähig zu einer Erwiderung trat Blayne ab. Schon viel besser, dachte Xander.

»Entschuldigt«, sagte eine schroffe Stimme. Xander blickte auf und sah, wie Cordelia sich mit dem üblichem Mangel an Feingefühl an Buffy vorbeidrängte. Sie bahnte sich ihren Weg geradewegs in die Küche und blieb vor einem der riesigen Kühlschränke stehen. Dabei hielt sie – wie ein Polizist seine Erkennungsmarke – einen Zettel in die Höhe. »Medizinisch verordneter Lunch. Mein Arzt schickt mir jeden Tag ein Rezept. Ich werde nur genau so lange hier bleiben, wie ich die Luft anhalten kann.«

Xander schüttelte den Kopf. Hier ging es wohl um Cordys neuste Diät, zu der diesmal ganz spezielle Nahrungsmittel gehörten, angeordnet durch den bislang letzten einer ganzen Reihe von Diätärzten. Zumindest wenn man ihren beiden Freundinnen Glauben schenken durfte, die sich gestern während eines beträchtlichen Teils der Englischstunde darüber unterhalten hatten.

Bevor er sich abwenden und wieder mit seinen Gedanken Miss French nachhängen konnte, hörte er aus der Küche ein ohrenbetäubendes Geheul.

Es war Cordelia, die in einem Bild beklagenswerten Entsetzens vor der nun offenen Kühlschranktür stand und wimmerte. Buffy wechselte rasch einen Blick mit Willow, dann stürmten die beiden in die Küche. Xander folgte ihnen.

Doch in der Sekunde, als er mit den Mädchen am Ort des Geschehens eintraf, wünschte er, dies nicht getan zu haben.

Im Kühlschrank hing – wie eine große Rinderhälfte – ein menschlicher Körper.

Die Leiche trug einen Laborkittel, an dessen Brusttasche die Worte *Dr. Gregory* aufgenäht waren.

Doch etwas fehlte.

»Sein Kopf! Sein Kopf!«, schrie Cordy. »Oh mein Gott, wo ist sein Kopf?«

Viel später – nachdem die Polizei verständigt, der Leichnam entfernt und jede Aussage aufgenommen worden war – gesellte sich Xander zu Buffy und Willow in der Bibliothek. Die Mädchen wirkten wie betäubt und Xander erging es selbst kaum besser. Sogar Giles, der für gewöhnlich in den übelsten Situationen Gelassenheit ausstrahlte, schien ein bisschen beunruhigt.

»Hier«, sagte er zu Buffy und reichte ihr ein Glas Wasser. »Trink das.«

»Nein danke«, erwiderte Buffy, nahm das Glas und trank.

»Ich habe noch nie gesehen ...«, begann Xander, hielt inne und versuchte es noch einmal: »Ich meine, ich habe noch nie gesehen, wie ...« Abermals versagte ihm seine Zunge den Dienst. Schließlich sagte er nur »Das war *neu.*«

»Wer könnte Dr. Gregory etwas zu Leide tun wollen?«, wollte Willow wissen.

Giles schüttelte den Kopf. »Er hatte keine Feinde unter den Kollegen, von denen ich wüsste. Er war ein kultivierter Mann. Ich mochte ihn.«

»Ich auch«, sagte Buffy mit ungewohnt leiser Stimme.

Schön, sorgt nur dafür, dass ich mich noch mieser fühle, dachte Xander. Er konnte nur noch daran denken, dass er sich gewünscht hatte, Dr. Gregory möge für immer vermisst bleiben. Aber an so etwas hatte er dabei natürlich nicht gedacht.

»Also gut, wir werden herausfinden, wer das getan hat«, stellte Willow entschlossen fest. »Wir werden die Täter finden – und aufhalten.«

»Darauf kannst du wetten«, sagte Buffy noch um einiges entschlossener.

»Was wissen wir?«, fragte Giles.

»Nicht viel«, gab Buffy zurück. Sie stand auf und ging auf und ab. »Er wurde auf dem Campus getötet. Vermutlich an dem Tag, an dem wir ihn das letzte Mal sahen.«

Giles runzelte die Stirn. »Wie hast du das herausgefunden?«

»Er hatte seine Kleidung nicht gewechselt.«

Xander ergriff das Wort. »Ich hätte da mal eine Frage, die wahrscheinlich keiner besonders gerne hört, aber ... wo ist sein Kopf abgeblieben?«

»Richtig«, meinte Willow. »Ich möchte das jedenfalls *nicht* hören.«

»Angel!«, sagte Buffy unvermittelt.

Was hat der denn damit zu tun?, dachte Xander verärgert.

»Er hat mich gewarnt, dass etwas geschehen würde«, fuhr die Jägerin fort.

Oh, alles klar. Typisch Rätselknabe. Dann ist ja alles okay.

Giles nickte. »Ja. Ja, das hat er, nicht wahr? Ich wünschte bloß, ich wüsste, was er damit gemeint hat.« Er ging zum Tisch und zog einen Wälzer aus seinem anscheinend unerschöpflichen Vorrat von Nachschlagewerken. »Ich habe versucht mehr über den Meister herauszufinden, unseren hiesigen Vampirkönig. Dabei habe ich einen versteckten Hinweis auf einen Vampir gefunden, der den Meister einst verstimmt und sich zur Buße eine Hand abgetrennt hat.«

»Der sich eine Hand abgetrennt und durch eine Gabel ersetzt hat?«, wollte Buffy wissen.

Giles zuckte die Achseln. »Ich weiß nicht, wodurch er sie ersetzt hat.«

Xander kam nicht mit. »Und weshalb sollte ein einarmiger Vampir auf einen Lehrer losgehen?«

»Ich bin nicht mal sicher, ob er das überhaupt getan hat«, erwiderte Giles. »Vor zwei Nächten kam es im Weatherly Park zu einem Zwischenfall mit einem Obdachlosen. Der Mann wurde praktisch in Stücke gerissen, aber es war nicht so wie bei Dr. Gregory.«

»Der Gabeltyp nimmt keine Köpfe mit«, bemerkte Buffy knapp.

»Historisch gesehen nicht.«

»Und«, fügte Buffy hinzu, »Dr. Gregory wurde kein Blut entzogen.«

Vielen Dank, dass du uns daran erinnerst, Buffy, dachte Xander und entsann sich der beachtlichen Menge Blut in jenem Kühlschrank. Zuerst hatte er sich einzureden versucht, es stamme von dem Fleisch, das dort für gewöhnlich aufbewahrt wurde, doch nicht einmal Xanders enormes Talent zur Selbsttäuschung reichte so weit.

Laut sagte er: »Also gibt es da draußen noch etwas anderes? Außer dem Gabelmann? Na, klasse, wir leben hier scheinbar auf der Insel der Monster.«

»Wir leben an einem Höllenschlund«, erinnerte Buffy ihn. »In einem Zentrum mystischer Konvergenz.« Giles warf ihr einen Blick zu, und sie fügte zerknirscht hinzu: »Das ist vermutlich dasselbe.«

»Ja«, nickte Giles, »hier häufen sich unerfreuliche Dinge, das stimmt, aber wir wissen nicht, ob hier außer diesem gewissen Burschen *noch etwas* sein Unwesen treibt. Er ist immer noch unser Hauptverdächtiger.«

»Wo wurde dieser Mann noch gleich getötet?«, fragte Buffy. »Im Weatherly Park?«

»Buffy«, sagte Giles, »ich weiß, dass du aufgebracht bist, aber dies ist nicht der richtige Zeitpunkt, um auf die Jagd zu gehen. Nicht, solange wir nicht mehr wissen. Versprich mir bitte, dass du nichts Unbesonnenes unternimmst.«

»Ich schwöre es«, antwortete Buffy glaubwürdig.

Xander musste ungeachtet der Situation beinahe lachen. Er wusste genau, dass Buffy bei Einbruch der Dunkelheit schnurstracks in den Weatherly Park aufbrechen würde.

Bei Einbruch der Dunkelheit schlüpfte Buffy in die Jacke, die Angel ihr gegeben hatte (warum musste er bloß etwas so Liebes und Hinreißendes tun?), und machte sich unverzüglich auf den Weg in den Weatherly Park. Dieser Park war bei weitem nicht so groß wie manch andere städtische Grünanlage, und Willow hatte ihr ein wenig über seine Geschichte erzählt, als sie zusammen mit Xander an einem der letzten Wochenenden dort spazieren gegangen waren. Hier stand einst Weatherly Mansion, das Anwesen der damals reichsten Familie von Sunnydale. Im Jahre 1969 war dann Augustus »Gussie« Weatherly völlig durchgedreht und musste in eine Anstalt eingeliefert werden. Buffy hatte Giles schon immer mal fragen wollen, ob Gussies Irrsinn irgendwie mit dem Höllenschlund in Verbindung gestanden hatte.

Nachdem Gussie sechs Jahre später in einer Klapsmühle das Zeitliche gesegnet hatte, hatten seine Erben – die heute in New York lebten – das Grundstück an die Stadt Sunnydale verkauft, die aus dem Anwesen eine öffentliche Grünanlage gemacht hatte. Früher hatte der Park am Stadtrand gelegen, doch heute war er von Häusern umgeben.

Vor nicht allzu langer Zeit war ein Zaun um die Anlage gezogen worden. Willow wusste zu berichten, dies wäre geschehen, um nachts, wenn der Park geschlossen war, die Obdachlosen draußen zu halten. Keine sonderlich gute Arbeit, wenn sie trotzdem hier niedergemetzelt werden, dachte Buffy, während sie besagten Zaun überwand.

Die Nacht war still, und es wehte kein Lüftchen. Wie in einem Grab, dachte sie und schlug sich den Gedanken sogleich aus dem Kopf. Für eine Sechzehnjährige denke ich viel zu oft an Gräber. Nichtsdestotrotz bedeutete die Stille, dass sie unweigerlich irgendetwas Ungewöhnliches hören würde – zum Beispiel den Typ mit der Gabel.

»Du solltest heut Nacht aber nich hier draußn sein, kleine Lady«, sagte eine unartikulierte Stimme so plötzlich, dass Buffy beinah aus der Haut fuhr. Sie wirbelte herum und sah einen Obdachlosen auf sich zu schlurfen. Er trug einen Mantel, der für das sonnige Kalifornien viel zu warm war, und eine Flasche in einer Papiertüte.

Gut gemacht, Jägerin, dachte sie ärgerlich über sich selbst. Ich hätte ihn kommen hören müssen. Ein Aroma wie von verrotteten Pfirsichen stieg ihr in die Nase. Und ich hätte ihn riechen müssen.

»Is gefährlich«, fuhr der Kerl fort und machte sich in die Richtung davon, die ihm die Flasche weisen mochte.

Buffy bog um eine Ecke und stieß auf etwas, das wie eine auf dem Boden ausgestreckte Leiche aussah – ein weiterer Obdachloser, der ebenso unpassend angezogen war wie der letzte. Er schien tot zu sein.

In der nächsten Sekunde begann der Penner schnarchen.

Während eine leichte Brise ein nahes Gebüsch rascheln ließ, fragte sie sich, was sie als Nächstes tun sollte.

Sie hielt auf das Gebüsch zu, ehe ihr zu Bewusstsein kam: Hier geht gar kein Wind, der diesen Busch rascheln lassen könnte. Da drin bewegte sich etwas ...

Sie machte Anstalten, die Zweige zur Seite zu schieben, da bemerkte sie, dass das Gestrüpp nicht im Erdboden verwurzelt, sondern nur herbeigeschafft worden war, um einen Luftschacht zu verbergen.

Dreimal darfst du raten, wer das getan hat, dachte sie. Und bestimmt ist er ein großer Fan von *A Farewell to Arms.*

In diesem Moment sprang er sie an.

Auf den ersten Blick sah er wie ein typischer Vampir aus: Fangzähne, vorgewölbte Stirn, keine Brauen, Augen unter schweren Lidern. Er trug sein Haar länger als heutzutage unter stilbewussten Blutsaugern üblich, aber Buffy wollte nicht kleinlich sein.

Was ihn indes aus der Masse heraushob, waren die fünfzehn Zentimeter langen, rasiermesserscharfen gabelartigen Krallen an Stelle seiner rechten Hand.

Fünfzehn Zentimeter lange, rasiermesserscharfe Krallen, die jetzt genau auf Buffys Kopf zielten ...

Sie wich seinem Hieb aus. Er hatte sich so vehement auf sie gestürzt, dass er ihr nun unversehens den Rücken zukehrte. Buffy schlug ihren Vorteil daraus und landete zwei Tritte in seine untere Rückenpartie, bevor er zu einem weiteren Schlag ausholen konnte. Erneut wich sie aus und trat noch zweimal erfolgreich zu. Dann schickte sie zur Sicherheit noch einen Kinnhaken hinterher.

Der Vampir holte zum dritten Mal aus. Nicht schon wieder, dachte Buffy. Der Krallenmann schien nur diese einzige Angriffstaktik zu beherrschen. Dieses Mal packte sie seinen Arm und nutzte seinen Schwung, um ihn mit einem klassischen Aikido-Kunstgriff herumzuwirbeln.

Er landete mit einem dumpfen Laut auf dem Rücken. Rasch brachte Buffy einen Pflock zum Vorschein und schickte sich an, ihm den Rest zu geben.

Unglücklicherweise rollte er sich jedoch im letzten Moment zur

Seite und wollte sich aufrappeln. Buffy streckte ihn mit einem weiteren Tritt zu Boden und ...

»Keine Bewegung! Polizei!«

Na toll.

Eine Hand voll Cops kam den Hügel heruntergelaufen – angeführt ausgerechnet von dem ersten Obdachlosen. Kein Wunder, dass er mich gewarnt hat, erkannte Buffy. Sie wollen ihren Mörder fangen, und dazu spielt einer undercover den Penner. Tja, tut mir Leid, Jungs, aber das hier liegt weit außerhalb eurer Zuständigkeit.

Der Krallentyp nutzte Buffys Unachtsamkeit und verschwand wie ein Blitz im Gebüsch.

»Ich hab ihn gehört. Sofort ausschwärmen!«, schrie einer der Cops.

Buffy fluchte und setzte dem Blutsauger nach.

Sie erreichte den Zaun, als der Krallentyp gerade auf die andere Seite geklettert war. Dann ging er auf eine Frau los, die mit einer Einkaufstüte in jeder Hand den Gehweg entlangkam.

Buffy wollte ihr gerade eine Warnung zurufen und über den Zaun flanken, als sie etwas sah, das sie erstarren ließ.

Die Frau wandte sich um, und sie erkannte Miss French, die Bio-Vertretung.

Sie blickte dem Krallentyp direkt ins Gesicht.

Und der Vampir wich zurück!

Nein, er weicht nicht nur zurück, dachte Buffy irritiert, er scheint richtiggehend geschockt zu sein. Sie hatte während ihrer ganzen Zeit als Jägerin noch nie einen Vampir gesehen, der so voller Angst gewesen war – es sei denn, es ging um direktes Sonnenlicht.

Der Vampir huschte wie eine getretene Katze zu einem Kanaldeckel, schleuderte ihn zur Seite und verschwand in der Kanalisation.

Miss French, die während dieser ganzen Szene nicht einmal mit der Wimper gezuckt hatte, wandte sich ab und setzte ihren Weg fort, als wäre nichts geschehen.

4

Na schön, dachte Buffy, als sie am nächsten Morgen, kurz vor dem Biologieunterricht in die Bibliothek ging, Giles wird mir natürlich als Erstes die Leviten lesen, weil ich letzte Nacht jagen war ...

»Du warst letzte Nacht jagen.«

Zwei Punkte für die Auserwählte.

Aber Giles war noch nicht fertig. »Und du hattest mir versprochen, es nicht zu tun.«

»Ja, ich habe gelogen. Ich bin ein schlechter Mensch. Weiter im Text.«

»Hast du jemanden mit einer Gabel gesehen?«, fragte Giles ein wenig scharf.

»Eher jemanden mit riesenlangen Krallen.«

Giles, der eindeutig nicht mit einer positiven Antwort gerechnet hatte, warf ihr einen raschen Blick zu. »Oh«, sagte er. »Na ja, wenigstens bist du nicht verletzt.«

»Und«, fuhr sie fort, »ich habe *noch etwas* gesehen – etwas viel Interessanteres als den gewöhnlichen Allerweltsvampir.«

»Oh?«

»Sie kennen doch Miss French, die Lehrerin, die Dr. Gregory vertritt?«

Als sie den Namen der Vertretung nannte, tat Giles etwas, das Buffys Wächter noch nie zuvor getan hatte. Ein Anblick, der sich mühelos mit jedem anderen unheimlichen Ereignis messen konnte, dem sie jemals ausgesetzt gewesen war.

Er grinste.

»Ja, ja, sie ist sehr hübsch«, sagte er täppisch. Buffy hätte nicht gedacht, dass Giles überhaupt dazu fähig wäre, sich täppisch aufzuführen. Rasch ergänzte er: »Auf eine alltägliche, aber äußerst wohlproportionierte Weise.«

Gut abgewehrt, dachte Buffy. »Stellen Sie sich vor, als ich letzte Nacht auf der Jagd nach dem Typ mit den Krallen war, lief uns Miss Wohlproportioniert über den Weg. Und jetzt kommt's: Der Krallentyp sieht sie nur einmal an und rennt panisch davon.«

Giles zwinkerte. »Er tat *was*? Er rannte davon?«

»Nicht sofort, eine Sekunde war er wie versteinert.«

»Wegen Miss French?«

»So ist es. Fassen wir also zusammen«, sagte Buffy. »Angenommen, ich bin ein untotes Ungeheuer, das sich locker mit der eigenen Hand rasieren könnte. Vor wie vielen Dingen habe ich Angst?«

»Nicht vor vielen«, erwiderte Giles, »und vor Vertretungslehrern im Allgemeinen schon gar nicht.«

»Was für ein Spiel treibt sie also?«

»Ich denke, es wäre vielleicht keine schlechte Idee, sie im Auge zu behalten.«

»Dann gehe ich besser mal zum Unterricht«, sagte Buffy und verließ die Bibliothek. Ihr blieb nur noch weniger als eine Minute bis zum zweiten Klingeln.

Als sie durch die Halle flitzte, wurde sie von Direktor Flutie aufgehalten. Der rundliche schwarzhaarige Mann trug zu seinem Anzug die neuste einer ganzen Reihe grauenhafter Krawatten, die ein wunderbar schreckliches Vatertagsgeschenk abgegeben hätte. »Sie sind dort gewesen, auch Sie haben Dr. Gregory gesehen, nicht wahr?«, begann er ohne Vorrede.

Da Flutie dabei gestanden und die meiste Zeit nur lamentiert hatte, während Buffy, Cordelia, Willow, Xander und die Küchenbesatzung ihre Aussagen machten, kam Buffy diese Frage reichlich albern vor. »Sie meinen, gestern in der Cafeteria, als wir ihn ...«

»Sagen Sie jetzt nicht *tot aufgefunden haben*«, fiel Flutie ihr ins Wort. »Oder *enthauptet*. Oder *zerstückelt*. Ich würde solche Ausdrücke an Ihrer Stelle ganz vermeiden. Aber Sie waren Zeugin des Vorfalls, ich darf Sie daher also hier entlang bitten.« Er wies in die entgegengesetzte Richtung.

»Äh, nein, ich komme zu spät zum Biologieunterricht.«

»Das wird sich leider nicht vermeiden lassen«, sagte Flutie und dirigierte sie den Korridor entlang. »Sie müssen den Schulpsychologen konsultieren. Jeder, der die Leiche gesehen hat, wird zu einem Gespräch gebeten.«

Wenn Buffy jedes Mal, wenn sie über eine Leiche gestolpert war, ein Krisengespräch beim Schulpsychologen hätte absolvieren müssen, hätte der auch gleich bei ihr einziehen können. »Ich brauche wirklich keine ...«

»Wir alle brauchen dann und wann emotionalen Beistand«, blubberte Flutie unbeirrt weiter, »sonst fressen wir unsere Probleme in uns hinein, und ehe man sich versieht, benötigt man ... gewissermaßen starke Abführmittel. Ich glaube, wenn wir uns alle gegenseitig die Hand reichen, werden wir mit dieser Krise schon fertig. Ich bin immer für Sie da, wenn Sie Streicheleinheiten brauchen – ich meine natürlich keine wirklichen Streicheleinheiten, denn an dieser Schule gibt es keine ... derartigen Übergriffe. Wir sind hier sehr empfindlich, was unstatthafte Kontakte angeht.«

Er führte sie zu einer Bank vor dem Raum, der eigentlich das Büro der Krankenschwester beherbergte, doch Buffy weigerte sich Platz zu nehmen.

»Danke, aber ich brauche wirklich, *wirklich* ...«

»Nicht doch«, unterbrach Flutie sie abermals. »Sie müssen mit dem Psychologen reden und Ihre Genesung einleiten. Sie *müssen* wieder genesen.«

»Aber Mister Flutie, ich ...«

»Genesen Sie!«, bellte er.

Buffy gab sich geschlagen und ließ sich auf die Bank sinken.

Ich bin wie immer ein Glückspilz. Jetzt sitze ich hier mit unserem kontaktfreudigen Schuldirektor fest. Na, auf jeden Fall freudig, wir sind hier ja so »empfindlich, was unstatthafte Kontakte angeht«.

Buffy lehnte sich zurück und hoffte, dass Willow bemerken würde, wenn Miss French im Unterricht irgendetwas Auffälliges anstellte. Normalerweise würde sie auch Xander hinzuziehen, aber der war offensichtlich völlig entflammt und in dieser Hinsicht zu nichts zu gebrauchen.

Entflammt? Ich habe wohl zu viel Zeit mit Giles verbracht.

Aus dem zum Sprechzimmer umfunktionierten Raum drang eine monotone Stimme an ihr Ohr, es war Cordelia.

»Ich weiß nicht, was ich sagen soll«, verkündete sie gerade, was offensichtlich nicht der Wahrheit entsprach. »Es war ... ich meine, in der einen Minute führt man noch ein normales Leben, und dann steckt da jemand ihm Kühlschrank. So etwas geht einem wirklich nahe. Es war ... nun, ich habe seit gestern keinen Bissen mehr heruntergebracht. Ich habe bestimmt schon ein halbes Pfund abgenommen – und das in viel kürzerer Zeit als mit der so genannten Diät, auf die mich dieser Quacksalber gesetzt hat. Oh«, fügte sie eilig hinzu, »das soll natürlich nicht heißen, dass nun jeden Tag ein Lehrer umgebracht werden soll, damit ich an Gewicht verliere. Ich will damit nur sagen, wenn das Schicksal zuschlägt, muss man auch immer das Gute daran sehen. So wie ein gebrauchter Benz noch immer Ledersitze hat, nicht wahr?«

Okay, dachte Buffy, damit ist es offiziell, ich bin in der Hölle.

Cordelia hatte endlich genug davon, sich selbst reden zu hören, und kam heraus. Als sie Buffy sah, sagte sie: »*Du* brauchst da drin wahrscheinlich mehrere Stunden. Ich meine, warum solltest du eine kostenlose Therapie ausschlagen?«

Buffy schenkte ihr keine Beachtung und trat ein. Sie reagierte auf sämtliche Fragen des Psychologen – bilde ich mir das bloß ein oder ist er froh, auch mal zu Wort zu kommen? – mit knappen Antworten. Sie hatte dergleichen schon einmal durchgemacht, auf der Hemery High, nachdem sie die Sporthalle niedergebrannt und kurz bevor man sich dazu durchgerungen hatte, sie rauszuschmeißen. Daher war es dem Schulpsychologen unmöglich, irgendetwas für sie zu tun, da sie ihm die wahren Gründe für etwaige Probleme ohnehin nicht nennen durfte. Insofern war sie binnen fünf Minuten wieder draußen.

Zurück im Biologieraum fand sie ihre Klassenkameraden über

eine schriftliche Prüfung gebeugt. »Na klasse«, murmelte sie beim Eintreten, »ein Test.«

Im nächsten Moment zogen zwei Dinge ihre Aufmerksamkeit auf sich. Das eine war, dass ihr Labortisch vollkommen verwaist war. Blayne hatte den Unterricht also ebenfalls geschwänzt. Das zweite war, dass Miss French mit dem Rücken zur Tür stand.

Das war an und für sich noch nicht ungewöhnlich, doch sie drehte jetzt den Kopf, um Buffy anzusehen.

Um genau zu sein, sie drehte ihren Kopf einmal ganz herum, ohne den Rest ihres Körpers folgen zu lassen.

Das, fand sie, ist wirklich abgefahren.

Nach der Schule berichtete sie Willow von Miss Frenchs kleinem Halstrick.

Willow bereitete die Vorstellung einige Schwierigkeiten. »Sie hat sich den Hals verrenkt?«

»Nicht verrenkt!«, entgegnete Buffy ungeduldig, als sie die Bibliothek betraten. »Wir reden hier von einer vollständigen Umdrehung – wie in *Der Exorzist.*«

»Aua.«

»Dabei fällt mir ein«, fuhr Buffy fort, als sie sich an ihre zweite sonderbare Beobachtung erinnerte, »wie kommt es eigentlich, dass Blayne, der gestern Abend Einzelunterricht bei ihr hatte, heute nicht in der Schule ist?«

»Die Neugier will stets genau Bescheid wissen«, sagte Willow und steuerte unverzüglich den Computer an.

Buffy ging hinüber zu Giles, der an dem großen Schreibtisch saß und über einem Buch brütete. »Hatten Sie Erfolg?«

»Hm ... ich habe bisher noch keine Kreatur ausfindig machen können, die einem Vampir Angst und Schrecken einjagen könnte.«

»Schauen Sie mal unter *Wesen, die ihren Kopf ganz herumdrehen können* nach.«

»Kein menschliches Wesen vermag das«, stellte Giles fest.

»Sehr richtig.« Buffy hatte plötzlich eine Idee, als ihr Teile aus dem sechsten und achten Kapitel wieder in den Sinn kamen. »Aber es gibt bestimmte Insektenarten, die das können. Aber was auch immer Miss French sein mag – ich bin bereit.«

Darauf stieg sie die Stufen zum Magazin hinauf.

»Was hast du vor?«, rief Giles ihr nach.

»Hausaufgaben machen.« Buffy grinste und betrat das Magazin.

Nach einigen Sekunden kam sie noch einmal heraus. »Wo stehen die Bücher über Ungeziefer, Giles?«

Der Augenblick ist da, dachte Xander triumphierend. Er hatte die ganze Nacht kaum geschlafen, und wenn, dann hatte er von *ihr* geträumt. Der Biologieunterricht konnte für ihn gar nicht früh genug beginnen. Da war der Test wie ein Eimer eiskaltes Wasser mitten ins Gesicht. Gleichwohl kämpfte er sich tapfer hindurch. Die Tatsache, dass Blayne sich nicht blicken ließ, erfüllte ihn mit Zuversicht. Wahrscheinlich war eine richtige Frau doch zuviel für ihn. Nun, wir vom Stamm der Harris sind da aus härterem Holz geschnitzt.

Der Test war eine echte Herausforderung, vor allem weil Xander sein Biologiebuch schon seit einem Jahr kaum mehr aufgeschlagen hatte. Und wenn, dann in erster Linie, um Schnurrbärte auf die Abbildungen von Zellen zu kritzeln.

Aber dieser eine Moment war es ihm wert.

»Schauen Sie nur nach vorne«, hatte Miss French gesagt, während sie durch die Sitzreihen ging, »auf ihren eigenen Test.« Jetzt trat sie hinter Xander und legte ihm die Hand auf die Schulter. Sein Herz setzte aus, zumindest für eine Sekunde. Leise flüsterte die Lehrerin ihm zu: »Ich glaube, du hast bei Nummer vierzehn *Bestäubung* gemeint.« Dankbar blickte er zu ihr auf und korrigierte seine Antwort. »Wir treffen uns hier nach der Schule,« fügte sie hinzu.

Er war bereit für den Einzelunterricht.

Als er den Raum betrat, hatte sich Miss French gerade ein Sandwich zurechtgemacht. »Hi!«, rief er, dankbar dafür, dass er in ihrer Gegenwart wenigstens einsilbige Worte herauszubringen vermochte.

»Oh, hi, ich genehmige mir gerade einen Snack. Kann ich dir auch was machen?«

Xander kamen verschiedene Antworten in den Sinn, aber er sagte nur lahm: »Nein danke, ich esse nie, wenn ich Schutzhüllen für Insekteneier baue.« Er senkte den Blick auf ein Modell, das sie bereits angefertigt hatte. »Wow, wenn das hier echt wäre, müssten die Insekten so ...«

»... groß sein wie du«, beendete sie lächelnd den Satz.

»Ja. Also«, sagte er rasch, da er sich nicht bei dieser Vorstellung aufhalten wollte, »womit fangen wir an?«

»Oh, Xander, ich habe etwas sehr Dummes getan. Ich hoffe, du kannst mir vergeben.«

Und wenn sie den Dritten Weltkrieg vom Zaun gebrochen hätte, er hätte ihr auch das vergeben. »*Vergebung* ist mein zweiter Vorname. Eigentlich lautet er LaVelle, aber ich wüsste es zu schätzen, wenn Sie dieses Geheimnis mit Ihrem Leben verteidigen würden.«

Xander wurde klar, dass dies hier die wahre Liebe sein musste. Er hatte noch nie zuvor jemandem seinen zweiten Vornamen verraten. Nicht mal Willow oder Jesse oder Buffy.

»Es ist so: Ich habe in einer halben Stunde eine Lehrerkonferenz, außerdem habe ich die Farbe und die Pappe vergessen. Ich nehme an, du hast keine Lust, heute Abend zu mir nach Hause zu kommen, um *dort* zu arbeiten?«

»Zu Ihnen ... äh ... nach Hause?«

Bis zu diesem Punkt hatte Xanders Liebesleben in erster Linie aus Mädchen bestanden, die ihn hysterisch auslachten, sobald er irgendein romantisches Interesse an ihnen bekundete. Daher kam die Einladung der vollkommensten Frau der Welt zu einem abendlichen Besuch in ihrem Haus einem Schock gleich.

Ein positiver Schock, sicher, aber dennoch ein Schock.

»Ja, nur wir beide«, fuhr sie fort und verstärkte damit sowohl den Schock als auch die Freude. »Ich würde mich dort auch wesentlich wohler fühlen, weißt du, ich könnte ... es mir etwas bequemer machen.«

»Ja, das ist ... natürlich ... wichtig«, stotterte Xander, »wenn Sie es sich nicht bequem machen können ... fühlen Sie sich nicht wohl.« Was rede ich da bloß für einen hirntoten Quatsch. Aber wen kümmert es? Immerhin hat sie mich zu sich nach Hause eingeladen.

»Dann sind wir also verabredet«, sagte sie und kramte auf der Suche nach einem Stück Papier auf dem Schreibtisch herum. »Neunzehn-dreißig«, fügte sie hinzu und reichte ihm den Zettel. »Hier ist meine Adresse. Wir sehen uns heute Abend.«

Sie hat *verabredet* gesagt.

Langsam und bedächtig drehte sich Xander, der sich nicht zutraute, ohne große mentale Anstrengung festen Tritt zu fassen, um und verließ den Biologiesaal 109.

Sobald sich die Tür hinter ihm geschlossen hatte, warf er die Arme in die Luft und jubelte: »Ooh *ja*!«

Buffy stürzte an das Geländer, von dem aus man den Hauptteil der Bibliothek überblicken konnte. Sie hielt ein Kompendium über Fangheuschrecken in den Händen. »Hört euch das an«, verkündete sie aufgeregt. »›Die Gottesanbeterin kann ihren Kopf um einhundert Grad drehen, während sie ihrer nächsten Beute auflauert.‹ Ha!«, beschloss sie das Zitat und klappte das Buch mit einer schwungvollen Bewegung zu.

Als Giles und Willow nicht reagierten, rief Buffy: »Nun kommt schon, Leute. *Was*?«

Willow schob sich das braune Haar hinters Ohr, wie sie es immer tat, wenn sie sich zu einer Bemerkung aufraffte, von der sie dachte, dass niemand sie hören wollte. »Na ja, Miss French ist ziemlich groß … für ein Insekt, meine ich«, fügte sie erklärend hinzu.

»Und im Großen und Ganzen ist sie … wie eine Frau gebaut«, ergänzte Giles.

Buffy wollte sich indes nicht geschlagen geben. Während sie die Treppe herabkam, hakte sie die Fakten ab. »Okay. Erstens: Nur die Gottesanbeterin kann ihren Kopf in dieser Art verdrehen. Zweitens: Ein ausgewachsener durchgeknallter Vampir fürchtet sich vor ihr förmlich zu Tode. Drittens: Miss Frenchs modische Vorlieben schreien das Wort *Raubtier* geradezu heraus.«

Das schien Willow zu überzeugen. »Die Schulterpolster.«

»Genau«, rief Buffy siegessicher.

Giles spielte nervös mit seinem Füllfederhalter herum. »Wenn ihr Recht habt, muss sie eine Art Formwandler sein oder ein Wahrnehmungstäuscher. Aber Moment mal«, sagte er und sah aus, als wäre ihm soeben ein Licht aufgegangen. »Ich hatte mal einen Kommilitonen in Oxford, Carlyle, ein Mann mit hohen akademischen Graden in Entomologie und Mythologie.«

»Entomo-was?«, fragte Buffy.

»Insekten und Märchen«, übersetzte Giles.

Buffy nickte. »Wusste ich es doch«, log sie.

»Wenn ich mich recht erinnere, hat der gute alte Carlyle – kurz bevor er den Verstand verlor – behauptet, es gäbe da so ein Ungeheuer …«

Willow fiel ihm ins Wort. »Buffy, höchste Alarmstufe! Blaynes Mom hat heute in der Schule angerufen; ihr Sohn ist gestern Abend nicht nach Hause gekommen.«

Während Buffy um den Tisch herum kam, um sich zu Willow zu gesellen, fragte Giles: »Der Junge, der gestern mit Miss French gearbeitet hat, stimmt's?«

»Ja«, erwiderte Willow. »Falls Miss French die Verantwortung dafür … da fällt mir ein, in diesem Augenblick hat *Xander* bei ihr Einzelunterricht … wenn das stimmt, was ihr befürchtet, dann steht er auf … ein riesiges Insekt!« Sie war außer sich.

Buffy unterdrückte ein Lächeln. Willow stand selbst auf jemanden: auf Xander. Ihre Gefühle für ihn waren für jedermann offensichtlich, für jedermann außer Xander, dessen Ahnungslosigkeit fast süß gewesen wäre, wenn sie Willow nicht so gekränkt hätte.

»Okay, keine Panik«, sagte Buffy rasch, »ich werde ihn warnen. Aber ihr müsst euch zwischenzeitlich für mich in den Rechner des Leichenbeschauers hacken.«

»Und wonach suchen wir?«, wollte Willow wissen.

»Nach den Ergebnissen der Autopsie an Dr. Gregory. Ich habe schon versucht, hinter diese komischen Spuren an seiner Leiche zu kommen. Ich denke, die rühren von Beißwerkzeugen her.« Sie deutete auf eine Abbildung in dem Buch über Fangheuschrecken. »Und diese Schmusetiere hier müssen sich ganz sicher nach jeder Mahlzeit die Beißerchen putzen.« Sie wandte sich wieder an Giles. »Sie sagten da gerade etwas über ein Ungeheuer.«

Giles hatte seinen Fernblick aufgesetzt. »Oh, äh, ja ... ich müsste dazu ein Telefonat nach Übersee führen.« Er begab sich in sein Büro, hielt inne und drehte sich noch mal um. »Dieser Einbruch in den Computer des Leichenbeschauers, den Willow da vorhat – ist so etwas eigentlich legal?«

»Natürlich«, antwortete Buffy mit der ganzen Aufrichtigkeit, die in diese Worte zu legen ihr gegeben war.

»Völlig«, versicherte Willow im selben Moment.

Giles schien nicht besonders überzeugt. »In Ordnung«, sagte er, »ich war nicht hier, habe nichts gesehen und konnte euch deshalb auch nicht aufhalten.«

»Prima«, bemerkte Buffy – dieses Mal aufrichtiger.

Als der Bibliothekar in seinem Büro verschwunden war, griff sich Buffy ihre neue Lederjacke (*Angel ...*), ließ Willow mit ihrem Hacker-Angriff allein und machte sich auf die Suche nach Xander.

Sie brauchte ein paar Minuten, um ihn zu finden. Er war nicht in der Bioklasse, nicht in der Schülerlounge oder der Cafeteria, und er war offensichtlich auch nicht in der Bibliothek, womit seine üblichen Lieblingsplätze erschöpft waren. Sie sah draußen nach und sah ihn schließlich auf dem Schulhof umherwandern.

»He!«, rief sie, während sie zu ihm aufschloss.

Er erwiderte ihr »He!«.

»Wie läuft's denn so mit Miss French?«

Xander zuckte die Achseln. »Na ja. Es fordert einen schon ein bisschen, ihr absoluter Favorit im gesamten Universum zu sein, aber ich kriege das schon irgendwie hin.«

Na großartig, er hat wirklich nicht den geringsten Schimmer. »Xander«, sagte sie, »sie ist vielleicht nicht das, was sie zu sein scheint.«

»Ich weiß«, entgegnete er verträumt, »sie ist so viel mehr als das.«

Arrrrgh. »Na schön, äh, ich muss dir was über sie sagen«, begann sie langsam, »und du musst mir jetzt *ganz genau* zuhören, okay?«

»Okay«, entgegnete Xander. Er klang, als würde er es ehrlich meinen.

Also los. »Ich glaube, sie ist ... nicht menschlich.«

»Ich verstehe. Sie ist also nicht menschlich.« Xander lächelte. »Sie ist ...?«

»... genau genommen ein großes Insekt.«

Als Xanders Lächeln zu einem breiten Grinsen wurde, fügte Buffy rasch hinzu: »Ich weiß, das klingt echt verrückt, aber ...«

»Das klingt überhaupt nicht verrückt«, warf Xander mit so viel Herablassung in der Stimme ein, wie sie noch niemals zuvor von ihm gehört hatte. »Ich verstehe vollkommen. Ich habe jemanden kennen gelernt, und du bist eifersüchtig.«

Buffy nahm ihre gesamte Willenskraft zusammen und verzichtete darauf, Xander das Genick zu brechen. »Wie bitte?«

»Ich kann nichts daran ändern. Irgendwie besteht einfach eine gewisse chemische Verbindung zwischen Miss French und mir.«

»Weiß ich, ich habe alles darüber gelesen. Man nennt das, äh ... Pheromone. Das sind chemische Lockstoffe, die Insekten absondern, um ...«

»Sie ist kein Insekt, verdammt noch mal, sie ist eine Frau, okay?« Xander klang jetzt richtig verärgert. »So schwer es dir auch fallen mag, dir das auszumalen, aber ja, es stimmt, eine *wirkliche* Frau findet mich attraktiv. Mir ist schon klar, dass sie kein charismatischer Rätseltyp ist, der Lederjacken verschenkt. Und da wir gerade beim Thema sind, ich dachte immer, Angel wäre ein Mädchenname.«

»Was hat das denn damit zu tun?«

»Gar nichts«, versetzte Xander. »Hätte mich nur mal interessiert.«

Buffy blickte in die Augen ihres Freundes und begriff, dass sie ihn nicht würde überzeugen können. Er hatte keinem ihrer Worte Beachtung geschenkt und nicht mal in Erwägung gezogen, dass sie Recht haben könnte. Das widersprach so sehr seinem Charakter – und entsprach ihm unter diesen Umständen gleichzeitig auch so sehr –, dass es völlig sinnlos war, noch weiter mit ihm zu streiten.

»Ich muss jetzt aber wirklich ...« murmelte Xander und zog ab.

Buffy seufzte und machte sich auf den Rückweg zur Bibliothek. Wir müssen einen Weg finden, sie aufzuhalten, ehe Xander irgendwas Blödes anstellt. Sie dachte kurz nach, dann korrigierte sie sich: irgendwas noch Blöderes.

5

Xander hatte geglaubt, er würde niemals einen herrlicheren Anblick genießen als den von Miss French, wie sie am ersten Tag über den Schulhof gekommen war.

Er hatte sich geirrt.

Die Ehre kam wiederum Miss French zu, als sie ihm am Abend anlässlich ihrer Verabredung die Tür öffnete.

Sie trug – *nun, wirklich nicht viel* – ein schwarzes Kleid, das ziemlich kurz und *sehr* tief ausgeschnitten war.

»Hi«, begrüßte sie ihn mit jenem speziellen Lächeln, das jeden Raum erhellte, »komm doch rein.« Xander trat langsam ein, sein Blick war auf den tiefen Ausschnitt ihres Kleides geheftet. »Soll ich mich umziehen?«, fragte sie. »Ist das hier zu ...?«

»Nein, nein«, sagte Xander schnell, da er ihr jeden Gedanken daran so rasch wie möglich austreiben wollte. »Das ist der tollste Ausschnitt ... äh ... das tollste Outfit, das ich je gesehen habe.« Oh, Grundgütiger, Freud lässt grüßen!

»Vielen Dank, das ist süß von dir.« Sie nahm ein Paar langstieliger Gläser und reichte ihm eines. »Martini?«

Er zögerte. Viele Jungs in seinem Alter tranken auf Partys immerhin Bier, aber zu dieser Sorte Partys wurde Xander niemals eingeladen – was hauptsächlich daran lag, dass er überhaupt nicht zu Partys eingeladen wurde, Punkt. Insofern waren seine Erfahrungen mit Alkohol auf das gelegentliche Glas Wein zum Essen im Hause seiner Großmutter beschränkt. »Es ist ja nur ein Schlückchen«, pflegte sie zu sagen, »das wird ihm nicht schaden.«

»Oh, tut mir Leid«, sagte Miss French, als sie sein Zögern bemerkte. »Möchtest du etwas anderes?«

Xander ergriff rasch das angebotene Glas und nahm an einem Ende des kleinen, aber sehr gemütlichen Sofas Platz. Sie setzte sich in die andere Ecke.

»Ich muss mich ein wenig entspannen«, sagte sie. »Deine Gegenwart macht mich irgendwie nervös. Du bist bestimmt die Ruhe selbst.«

Xander stürzte seinen Martini in einem einzigen Schluck hinunter. Tief in seiner Kehle wuchs ein seltsames Kitzeln, breitete sich mehrere Sekunden lang in seinem ganzen Körper aus und setzte sich schließlich im Kopf fest.

»Hal-lo.«

Miss French lächelte und stieß klingend sein leeres Glas an. »Cheers.« Sie nippte an ihrem Martini – Oh, okay, man nippt also nur daran! –, dann sagte sie: »Darf ich dir eine persönliche Frage stellen?« Sie rückte näher zu ihm heran. »Warst du schon mal mit einer Frau zusammen?«

»Sie meinen ... im selben Zimmer?« fragte Xander, um Zeit zu gewinnen.

»Du weißt, was ich meine.«

»Oh, das. Nun, da muss ich nachdenken ... äh, ja, da war mal ... und dann gab es noch ... Sie war unglaublich ...« Gib es auf. »Nein, ähm ... nicht wirklich.«

»Ich weiß«, sagte sie und streichelte ihm mit ihrer lieblichen Hand über das Haar. »Das sehe ich.«

»Wirklich?« Xander misshagte die Vorstellung, dass ihm sein Mangel an Erfahrung gleichsam in die Stirn gebrannt war.

»Oh, aber das *gefällt* mir«, versicherte sie. »Man könnte auch sagen ... es ist mir ein Bedürfnis.«

»Nun, man sollte Bedürfnissen ... wissen Sie, man sollte Bedürfnissen immer nachgeben, solange sie einem am nächsten Tag keine Kopfschmerzen bereiten, oder ...« Xander verstummte. Er hätte schwören können, dass er gerade weit entfernt jemanden schreien gehört hatte. »Haben Sie das gehört?«

»Nein.«

»Hat sich angehört, als würde jemand schreien.«

»Ich habe nichts gehört.« Sie ergriff seine Hände. Xander schluckte, als ihm aufging, dass sie sie in derselben Weise nahm wie Buffy dies in seiner Fantasie getan hatte, der er sich vor zwei Tagen während des Biologieunterrichts hingegeben hatte. »Deine Hände sind so ... heiß«, sagte Miss French.

Doch Xander konnte sich gedanklich nicht von der Jägerin lösen, die sich in sein immer verwirrteres Hirn gestohlen hatte. »Buffy«, murmelte er träumerisch. »Ich liebe ... Buffy.« Er richtete seinen verschleierten Blick auf sein Glas. »Wow, das war also ein Martini, wie?«

»Hm-hm«, machte Miss French, während sie weiter seine Hand liebkoste.

Wieder hörte Xander einen Schrei, und dieses Mal konnte er deutlich die Worte *Warum hilft mir denn keiner*? unterscheiden.

»Haben Sie das gehört?«

»Würdest du mich gerne mit deinen Händen anfassen?«, fragte Miss French.

Fünf Minuten früher hätte Xander noch geantwortet, dass er sich nichts in der Welt mehr wünschte, doch jetzt vermochte er seine Gedanken nicht länger auf einen bestimmten Punkt zu richten. Er schaute auf Miss Frenchs Hände hinab, die noch immer die seinen streichelten, und versuchte sich darauf zu konzentrieren. »Ihre Hände sind wirklich wunderschön ... *gezackt*?« Plötzlich sah er keine Hände mehr, sondern irgendetwas ... *was*? Was auch immer sie sein mochten, sie waren auf keinen Fall menschlich.

Dann wurde die Hand-die-keine-war vor seinen Augen unscharf und verschwamm. »Also, dieser Martini ... ich glaube wirklich ...«

Er verlor das Bewusstsein.

Giles hatte zwar gesagt, er müsse einen Anruf nach Übersee tätigen, doch in Wirklichkeit führte er gleich mehrere Telefongespräche. Laut Willow war er gerade beim vierten Telefonat, als Buffy von ihrem wenig erfolgversprechenden Gespräch mit Xander zurückkehrte. Anscheinend war dieser Carlyle in eine andere Klapsmühle verlegt worden, und bis Giles schließlich die richtige fand, war es bereits später Abend.

»Offen gestanden, Madam«, drang die Stimme des Wächters aus dessen Büro, »habe ich nicht die leiseste Vorstellung, *wie spät* es bei Ihnen ist, und es ist mir ehrlich gesagt auch völlig gleichgültig. Jetzt schließen Sie gefälligst seine Zelle auf, binden ihn los und bringen ihn auf der Stelle ans Telefon. Es geht um Leben und Tod.«

Buffy, die selbst schon ein- oder zweimal die Zielscheibe von Giles' Groll gewesen war, beneidete die Person am anderen Ende der Leitung nicht.

»Ich hab ihn«, verkündete Willow am Computer. Buffy ging zu ihr. »Der Bericht des Leichenbeschauers, komplett mit ...« Sie verzog das Gesicht. »... Farbfotos.«

Willow wich vom Monitor zurück; Buffy indes beugte sich weiter vor, um Genaueres zu erkennen. Als Jägerin konnte ihr kaum etwas den Magen umdrehen. Eigentlich bevorzugte sie das dosiertere Blutvergießen in den Berichten der Pathologen sogar. Schließlich gingen Vampire bei weitem nicht so gezielt zu Werke, wenn sie einen Körper aufschlitzten. Das hier war hingegen sauber und ordentlich.

Na ja, mal davon abgesehen, dass der Kopf fehlt. Aber der ist ja nie gefunden worden.

Sie verglich die Spuren an den Überresten von Dr. Gregorys Hals mit denen in dem Lehrbuch. »Das *sind* Bissspuren«, sagte sie triumphierend, »und sie passen perfekt zu denen, die Fangheuschrecken hinterlassen, wenn sie ihrer Beute den Kopf abbeißen.«

»Na gut«, warf Willow ein, »aber das gefällt mir nicht.«

»Sie fressen den Kopf immer zuerst. Und bei der Paarung machen sie es genauso. Das Weibchen beißt dem Männchen den Kopf ab, während sie ...«

»Nein, nein, nein!«, rief Willow, und Buffy kam mit einiger Verspätung zu Bewusstsein, dass sie vielleicht zu anschaulich berichtet hatte.

»Sieh mal, Xander ist ... ich mag ... seinen Kopf, das ist der Teil, wo seine Augen und Haare sind – und sein hinreißendes Lächeln ...«

»Wow, nun mach mal halblang, Will«, sagte Buffy und legte ihrer Freundin die Hand auf die Schulter. »Xander schwebt in keiner unmittelbaren Gefahr. Ich habe selbst gesehen, wie er die Schule verlassen hat. Er ist in diesem Moment wahrscheinlich schon zu Hause und in Sicherheit.«

Xander kam zu sich und fand sich inmitten von – *Stroh*? Er saß auch nicht mehr auf Miss Frenchs Sofa, sondern lag auf einem festen und sehr unbequemen Untergrund in einem sehr dunklen Raum. Und, so stellte er jetzt fest, in einem Käfig.

Dann sah er die riesige Gottesanbeterin.

Aber das ist doch völlig unmöglich, dachte er.

Er erinnerte sich an Buffys Worte. »... genau genommen ein großes Insekt ...«

Oh Mann.

»Miss ... French?«, flüsterte er zaghaft.

»Bitte«, entgegnete die riesige Gottesanbeterin mit der Stimme, in die er sich auf der Stelle verliebt hatte, »nenn mich Natalie.«

Oh Mann.

Plötzlich packte eine Hand seinen Arm. »Aaaaah!«

Die Hand gehörte zu jemandem im angrenzenden Käfig. Und dieser Jemand entpuppte sich als ... Blayne?

Verschiedene Dinge wurden Xander Harris mit einem Mal auf grausame Weise klar; darunter vor allem die Tatsache, dass er der größte Schwachkopf war, der jemals auf dem Antlitz der Erde umhergewandert war.

»Oh Gott, oh Gott, oh Gott ...«, stieß Blayne hervor.

»Bist du okay?«

»Du musst mich hier rausholen, du musst ... sie ... sie ... sie fängt dich und dann ...«

Neugier rang mit Abscheu und gewann. »Was? Was dann?«

»Oh Gott, oh nein ...«

Nun, da die Neugier den Sieg davongetragen hatte, wollte Xander sie auch ums Verrecken befriedigt sehen. Er langte durch die Gitterstäbe und packte Blayne bei seinem mittlerweile schmutzigen Hemd. »Blayne, *was* macht sie dann?«

»Sie ... holt dich aus dem Käfig und bindet dich fest. Dann fängt sie an, sich irgendwie zu bewegen und zu pulsieren, und dann ... kommen all diese Eier aus ihr raus. Und dann ...«

»Was? Was dann?«

»... dann paart sie sich mit dir.«

Unter anderen Umständen die Erfüllung eines Traums, dachte Xander. »Sie ...«

»Das ist aber noch nicht das Schlimmste«, fuhr Blayne fort, der jetzt so richtig in Fahrt kam.

»Ist es nicht?«

»Hast du ihr Beißwerkzeug gesehen? Wenn sie gerade mit dir ... na ja, mitten drin ... Ich habe gesehen, wie sie es tut!« Er deutete auf einen leblosen Körper im Käfig nebenan. Genau wie bei Dr. Gregorys Leiche fehlte auch hier der Kopf. »Ich will so nicht sterben!«

»Blayne! Blayne, beruhige dich. Es wird alles gut, wir kommen hier wieder raus.«

»Du hast einen Plan?«, jammerte Blayne. »Wie geht der?«

Da es Xander widerstrebte, dass er auch nicht besser dran war als der große Football-Crack, sagte er nur lahm: »Ich arbeite noch daran.«

Blayne fiel nicht darauf herein. »Oh Gott.«

Xander seufzte, dann beschloss er, tatsächlich einen Plan zu schmieden. Also gut, was würde Buffy jetzt tun? Er überlegte einen Moment. Na klar, sie würde mit ihrer Jägerinnen-Superkraft die Gitterstäbe verbiegen ... Das hilft mir echt weiter.

Er nahm die Gitterstäbe des Käfigs in Augenschein. Das Metall sah an einigen Stellen etwas abgenutzt aus. Vielleicht, nur vielleicht ...

Er zerrte und rüttelte an einem der besonders schwachen Stäbe. Jenseits des Käfigs schlurfte das gewaltige, zuvor als Miss French bekannte Ungeziefer umher und tat offensichtlich das, was immer Insekten vor der Paarung so tun mögen. Vielleicht macht sie sich gerade ihre Fassettenaugen zurecht, dachte Xander, während er weiter rüttelte.

Blayne hörte auf, unentwegt »Oh Gott« zu jammern und rief: »Was machst du da? Tu bloß nichts, was sie sauer machen könnte!«

Xander ignorierte ihn, und endlich gelang es ihm, einen der Gitterstäbe zu lösen.

»He, klasse«, meinte Blayne mit deutlich besserer Laune. »Jetzt kann ich endlich raus aus meinem Käfig und ... in deinen.« Er legte die Stirn in Falten. »Doch wozu soll das gut sein?«

Xander hielt den Gitterstab in die Höhe und flüsterte: »Eine Waffe.«

Blayne warf einen skeptischen Blick auf das Rieseninsekt. »Ich schätze, die wirst du auch brauchen.«

Xander verbarg den Stab hinter seinem Rücken, sah sich nach der Gottesanbeterin um – so ist es richtig: Sieh dieses Ding als ein Insekt an und nicht als Miss French! – und bemerkte, dass sie langsam auf ihre Gefangenen zukam. Sie blieb vor Blaynes Käfig stehen. Der Stolz der Razorbacks wimmerte wie ein kleines Mädchen und zwängte sich durch den neu geschaffenen Durchlass in Xanders Gefängnis.

Er zeigte auf Zander und rief hysterisch: »*Er* war's! Er hat den Käfig kaputtgemacht! Nehmen Sie ihn, nicht mich! Nehmen Sie ihn!«

Das ist natürlich auch eine Art, Stress abzubauen, Blayne.

Das Insekt wandte sich Xanders Käfig zu, in dem jetzt beide Jungs kauerten, und deutete mit einem seiner vorderen Gliedmaße zuerst auf Blayne und dann auf Xander.

Und wieder auf Blayne.

»Was soll das?«, fragte Xander in die Stille.

»Ich glaube, das ist ein Abzählreim: Ene, mene, muh ...«

Das Vorderbein zeigte auf Xander. »... und raus bist du.«

Rupert Giles hatte Ferris Carlyles Stimme seit zwanzig Jahren nicht mehr gehört, und es schien, als hätten die beiden dazwischen liegenden Dekaden nicht viel zu dessen geistiger Stabilität beigetragen.

»Ich verstehe, Carlyle ... Ja, ich werde jede nur mögliche Vorsichtsmaßnahme ergreifen ... Absolut, es scheint sich um exakt die Kreatur zu handeln, die du beschrieben hast. Du hast die ganze Zeit Recht gehabt, in allem ... nun, außer mit der Behauptung, deine Mutter wäre als Pekinese zurückgekommen, aber ... Du solltest versuchen dich auszuruhen, alter Freund ... Ja ... ich ... ja, bis dann.«

Er legte mit dem Gefühl auf, soeben ein äußerst modriges Grab geöffnet zu haben. Die alten Tage in Oxford – sowie die Zeit unmittelbar danach – bargen Erinnerungen, denen er sich nicht oft hingab.

Er rieb sich kurz den linken Arm, als säße dort ein alter Schmerz, erhob sich und kehrte in den Hauptraum der Bibliothek zurück, wo er von Buffy und Willow erwartet wurde.

»Können Sie uns jetzt etwas über dieses Ungeheuer erzählen?«, fragte Buffy.

Giles nickte. »Dr. Ferris Carlyle«, sagte er, »hat lange Jahre mit der Transkription einer verlorenen prägermanischen Sprache zugebracht. Was er dabei herausfand, hat er für sich behalten ... bis in den Cotswolds ein paar Jungs ermordet wurden. Danach begab er sich auf die Jagd nach ... dem Ding.«

»Und das *Ding* war ...?«

»Er nannte sie die She-Mantis. Ein derartiges Geschöpf, auch Kleptes-virgo oder Jungfrauenräuber genannt, tritt in zahlreichen Kulturen in Erscheinung: man erinnere sich an die griechischen Sirenen, die keltischen Meerjungfrauen, die das lebendige Fleisch von den Knochen der ...«

»Giles«, fiel ihm Buffy ungeduldig ins Wort, »wir bleiben nicht ewig jung.«

Giles rief sich einmal mehr seufzend die praktisch nicht vorhandene Aufmerksamkeitsspanne seiner Jägerin ins Gedächtnis. »Also, im Wesentlichen nimmt die She-Mantis die Gestalt einer schönen Frau an und lockt so unschuldige Jungfrauen in ihr Nest.«

»Jungfrauen? Aber Xander ist doch keine ... Ich meine, er ist wahrscheinlich ...«

»... dem Tode geweiht!«, beendete Willow den Satz, während sie aufsprang und zum Telefon rannte.

»Okay, okay«, sagte Buffy und beendete damit das betretene Schweigen, »also dieses Ding sucht Jungfrauen, und wir müssen es finden und beseitigen. Irgendwelche Vorschläge, was das Beseitigen angeht?«

»Carlyle empfiehlt, sämtliche Körperteile mit einer scharfen Klinge abzutrennen.«

»Also tranchieren«, kommentierte Buffy.

Giles widerstand dem Drang anzumerken, dass er genau das gesagt zu haben meinte, und fügte statt dessen hinzu: »Was immer du vorhast, sollte unerwartet und schnell geschehen. Dieses Biest ist extrem gefährlich.«

»Ihr Kumpel Carlyle ist ihm begegnet und weilt noch immer unter den Lebenden.«

»Schon«, nickte Giles, »allerdings steckt er seitdem in einer Zwangsjacke und brüllt sich den lieben langen Tag die Eingeweide aus dem Leib.

»Super, Admiral, Sie machen den Truppen richtig Mut.«

Giles straffte sich. »Tut mir Leid.« Möge der Himmel verhüten, dass ich jemals einen Versuch unternehme, eine gewisse Ernsthaftigkeit in die Diskussion einzubringen.

Vom Schreibtisch ertönte das Geräusch eines mit Nachdruck aufgelegten Telefonhörers. »Xander ist nicht zu Hause«, rief Willow und kam zurück zu den anderen. »Er hat seiner Mom gesagt, dass er zum Haus seiner Lehrerin wollte, um mit ihr an einem wissenschaftlichen Projekt zu arbeiten. Er hat ihr aber nicht erzählt, wo das ist.«

Aber natürlich, Giles entsann sich seiner eigenen Worte: Sie lockt unschuldige Jungfrauen in ihr Nest.

»Versuche ihre Adresse in der Liste der Lehrervertretungen zu finden, Will«, rief Buffy und wandte sich dann Giles zu. »Und *Sie* müssen die Schallwellen von Fledermäusen aufzeichnen, und zwar dalli.«

Giles nickte mechanisch. »Schallwellen von Fledermäusen, in Ordnung.« Dann ging ihm auf, dass ihm offenbar eine wesentliche Information entgangen war. »Wozu?«

»Fledermäuse fressen diese Dinger. Ich habe gelesen, dass, sobald die Gottesanbeterin ihre Schallwellen vernimmt, ihr gesamtes Nervensystem den Bach runter geht.«

›Den Bach runter‹. ›Tranchieren‹ ... Diese Ausdrucksweise verursacht mir noch Schwindelanfälle, dachte Giles. »Und wo finde ich ...?«

»In der Videothek«, entgegnete Buffy ungeduldig und schob Giles in die entsprechende Richtung. »Es gibt da keine Bücher, aber es ist trotzdem finster und muffig. Sie werden sich wie zu Hause fühlen. Nun machen Sie schon!«

Giles verschwand zuerst in seinem Büro, um eines der tragbaren Aufnahmegeräte zu holen, die ihm sein Vorgänger hinterlassen hatte. Hinter sich hörte er Buffy sagen »Ich schätze, *ich* übernehme die Verteidigung«, gefolgt von dem Geräusch des Waffenschranks, der geöffnet wurde.

Giles fand ein Mikroband, auf das er in den ersten Tagen an der Sunnydale High ein paar Notizen gesprochen und das er seither nicht mehr gebraucht hatte. Er schob es in sein Diktiergerät und wagte sich anschließend in die Videothek, wo er, wie er zugeben musste, noch nicht allzu oft gewesen war. Wie der Zufall so spielt galt das auch für die Schüler – die Sammlung bestand zum größten Teil aus Lehrmaterial, das vom Lehrkörper benutzt wurde und das, wie Giles bald herausfand, auch ein Band über Fledermäuse enthielt.

Es gab auch Equipment, mit dem man hochwertige Audioaufnahmen von Videos kopieren konnte, aber Giles hatte keine Ahnung, wie man die Geräte bedienen musste, außerdem fehlte ihm dazu jetzt die nötige Zeit. Er fand das entsprechende Videoband – und stellte betrübt fest, dass die letzte Person, die es benutzt hatte, laut Karteikarte Michael Gregory gewesen war – und legte es ein. Als es in dem Film um Schallwellen ging, richtete Giles das Diktiergerät auf den Lautsprecher des Fernsehers und drückte auf *Record*.

Nach zehn unendlich langen Minuten war die Aufnahme, um deren Zulänglichkeit er inständig betete, abgeschlossen. Er spulte das Band zurück und spielte es ein paar Sekunden ab, um sich zu vergewissern, dass die Aufnahme gelungen war. Plötzlich bemerkte er, dass die Batterieanzeige flackerte. Da er nicht riskieren wollte, dass das Gerät mitten im Kampf seinen Geist aufgab, schob Giles das Band in einen anderen Recorder.

Er kehrte in den Hauptteil der Bibliothek zurück, als der Computer soeben ein Blatt Papier für Willow ausdruckte. »Ich hab die Adresse«, rief sie.

»Super«, sagte Buffy, die ihren gepackten Rucksack auf den Tisch wuchtete. »Giles?«

»Diese Schallwellen aufzuzeichnen«, antwortete er, während er Buffy den kleinen Recorder übergab, »kam auf irgendeine beruhigende Weise dem Gefühl gleich, die Zähne aufgebohrt zu bekommen.«

»Lasst uns aufbrechen«, sagte Buffy.

Sie machten sich auf in Richtung Ausgang. Auf dem Weg studierte Willow den Ausdruck und meinte. »Laut der Personalakte von Miss French wurde sie 1907 geboren. Damit wäre sie ungefähr neunzig Jahre alt.«

»Sie hat sich ausgesprochen gut gehalten«, bemerkte Giles.

Es dauerte nicht lange, bis sie die Adresse der Lehrerin – 837 Weatherly Drive – gefunden hatten. Giles parkte den Wagen direkt vor dem Haus, und die Jägerin, der Wächter und Willow stiegen aus.

»Und was jetzt?«, wollte Giles wissen, während sie sich dem Eingang näherten. »Wir können ja schlecht einfach die Vordertür eintreten.«

»Stimmt, das wäre äußerst unelegant«, meinte Buffy und schickte sich an, die Vordertür einzutreten.

In diesem Moment öffnete sich die Tür und gab den Blick auf eine verhutzelte alte Frau frei, die eine Strickjacke und eine Brille mit dicken Plastikgläsern trug. »Hallo, meine Liebe«, sagte sie, »ich dachte doch, ich hätte etwas gehört ... Willst du mir etwas verkaufen? Ich wäre dir ja gerne behilflich, aber leider ist es so, dass ich ein bisschen knapp bei Kasse bin, meine Rente ...«

»Ich will zu Miss French«, sagte Buffy langsam.

»Ich *bin* Miss French«, antwortete die Frau voller Stolz.

»Natalie French«, vergewisserte sich Buffy, »die Biologievertretung?«

»Du meine Güte, ja, das bin ich«, erwiderte die alte Frau mit einem warmherzigen Lächeln. »Ich habe über dreißig Jahre lang unterrichtet. 1972 habe ich mich dann zur Ruhe gesetzt.«

Plötzlich verstand Giles. Das Geburtsdatum 1907 in Miss Frenchs Personalakte machte auf einmal Sinn.

Buffy, die offenbar zur gleichen Schlussfolgerung gelangt war, sagte: »Das glaube ich einfach nicht – sie hat Miss Frenchs Akte benutzt, um sich in die Schule einzuschleichen, sie könnte sonst wo sein.«

»Aber nein, meine Liebe«, sagte die alte Dame, »ich stehe direkt vor dir, ich bin Miss French.

»Was sollen wir jetzt tun?«, fragte Willow mit leichter Panik in der Stimme.

»Demütiges Beten und Flehen käme mir in den Sinn«, murmelte Giles. Er musste zugeben, dass auch er nicht weiter wusste. Er hatte angenommen, dass die Insektennatur der She-Mantis für ein Phänomen verantwortlich sein könnte, das Buffy »die Sache mit dem Alter« nennen würde. Der Gedanke, dass sie einfach die Identität einer anderen Person annehmen könnte, war ihm nicht gekommen.

»Ich habe sie doch an diesem Park vorbeigehen sehen«, meldete sich Buffy wieder zu Wort und deutete auf den nahe gelegenen Weatherly Park. »Sie wohnt vielleicht hier ganz in der Nähe.«

Willow marschierte sofort auf eines der übrigen Häuser zu. »Na, dann werde ich mal anfangen, an Türen zu klopfen.«

»Warte, nein«, rief Buffy und hielt sie fest, »dafür haben wir keine Zeit!«

»Wir müssen aber *irgendwas* tun!«, schrie Willow. Giles hatte sie noch nie so verzweifelt erlebt. Ihm war bis zu diesem Augenblick nicht klar gewesen, wie tief Willow Rosenbergs Gefühle für Xander Harris wirklich waren.

»Das werden wir auch«, sagte Buffy entschlossen, schnappte sich ihren Rucksack und lief zur Straße.

Sie blieb vor einem Kanaldeckel stehen, ließ den Rucksack fallen und entnahm ihm ein ziemlich langes Seil. Dann hob sie den Deckel mit solcher Leichtigkeit an, dass Giles sich ins Gedächtnis rufen musste, wie schwer diese Dinger tatsächlich waren.

»Es wird nicht lange dauern«, rief Buffy ihnen zu und verschwand in der Kanalisation.

Willow und Giles hockten mehrere zermürbende Jahrtausende – seine Uhr bestand allerdings darauf, dass lediglich drei Minuten vergangen waren – untätig vor dem Kanaldeckel. Einmal rief Giles Buffys Namen, erhielt jedoch keine Antwort. Er fragte sich, was um Himmels willen sie dort unten tun mochte.

»Mach schon, Buffy«, murmelte Willow.

Schließlich fiel Giles ein, dass ihr einhändiger Vampir bei seinem Abgang den Weg durch die Kanalisation gewählt hatte. Hat sie etwa vor, den Blutsauger als eine Art Geigerzähler für Insekten zu benutzen?

Plötzlich hörte er in den Büschen hinter sich Kampflärm. Als er auf die Beine sprang und nachsah, kam unversehens Buffy zum Vorschein – gemeinsam mit einem hoch gewachsenen langhaarigen Vampir, dessen Hände auf dem Rücken zusammengebunden waren, genauer gesagt, dessen *eine Hand!* »Du!«, rief der Vampir, der Buffy jetzt anscheinend zum ersten Mal deutlich sehen konnte.

»Ja, ich«, entgegnete Buffy lächelnd. Dann packte sie den Kerl im Genick und stieß ihn den Gehweg entlang. »Komm schon. Komm schon, wo ist sie?«

Giles, der ihr mit Willow folgte, erkannte, dass seine Vermutung richtig gewesen war. Vampire waren offenbar dazu fähig, die wahre Natur der She-Mantis wahrzunehmen. Vielleicht weil ihr Blut ihnen nichts bringt? Auf jeden Fall hatte Buffy vor, den Vampir dazu zu benutzen, die Bestie aufzuspüren.

»Welches Haus ist es? Ich weiß, dass du Angst vor ihr hast. Ich habe dich *gesehen*. Komm schon ... komm schon.«

Sie kamen an einem jener faden, typisch amerikanischen Wohnhäuser mit versetzten Stockwerken vorbei, das von einem weißen Palisadenzaun umgeben war, als der Vampir Anspannung verriet.

»Was?«, drängte Buffy. »Was gibt es hier? Ist das der Eingang zu ihrem Haus? Ist es hier?«

Der Vampir schwieg und wandte sich ab. Giles erhaschte einen Blick auf das Gesicht der Kreatur und war – ungeachtet dessen, was Buffy ihm erzählt hatte – geschockt, dort Furcht zu erkennen.

Buffy zerrte ihren Spürhund wider Willen näher an das Haus heran. »Besser als Radar«, bemerkte sie. Der Vampir krümmte sich jetzt unter ihrem Griff.

Das fragliche Gebäude lag, abgesehen von einem einzelnen Licht in einem der Kellerfenster, in vollkommener Finsternis.

In diesem Moment bemerkte Giles, dass es dem Vampir soeben gelungen war, mit Hilfe seiner Prothese die Handfessel zu durchtrennen. »Aufgepasst!«, rief der Wächter im selben Augenblick, als Willow »Buffy!« schrie.

Der Vampir holte mit seinen rasiermesserscharfen Krallen nach Buffy aus, die jedoch geistesgegenwärtig in Deckung ging. Unglücklicherweise hatte ihr Ausweichmanöver zur Folge, dass sie auf dem Rasen vor dem Haus ins Straucheln geriet und zu Boden ging. Der Vampir ging sofort auf die Jägerin los, die im Krebsgang zurückwich, bis sie gegen den Zaun stieß.

Während Giles noch mit sich selber darüber stritt, ob es weise war, ihr zu Hilfe zu eilen, bekam Buffy eine der Zaunlatten zu packen, brach sie blitzschnell heraus und benutzte sie, um den Vampir damit zu durchbohren.

Der Blutsauger zerfiel zu Staub.

Lächelnd, als ob nichts geschehen wäre, stand Buffy auf und sagte: »Kommt ihr?« Damit marschierte sie auf das Gebäude zu.

Vielleicht liegt es ja an ihrer minimalen Aufmerksamkeitsspanne, dachte der Wächter stolz, aber dieses Mädchen behält immer die Übersicht.

Dann hörte er einen Hilfeschrei, der ihm das Blut in den Adern gerinnen ließ …

6

Das Rieseninsekt öffnete die Tür des Käfigs und bedeutete Xander herauszukommen.

Okay, das ist also der große Augenblick. Jetzt wirst du über die Mächte der Finsternis triumphieren und kämpfen und weiterleben.

Er verbarg den stibitzten Gitterstab hinter dem Rücken und arbeitete sich mit den Füßen voran Zentimeter um Zentimeter aus dem Käfig heraus. »Bin schon da«, sagte er. »Bin schon da.«

Als er nahe genug heran war, zog er der Mantis den Gitterstab über ihr hässliches Haupt, sprang auf die Füße und rannte geradewegs zur Treppe.

Ich habe es geschafft! Ich bin frei! Es wird alles wieder gut …

Ein Insektenbein brachte ihn zu Fall, und er landete mit Knochen stauchender Wucht auf den Treppenstufen.

Ich habe es *nicht* geschafft. Ich werde sterben.

Das zweite Vorderbein umschlang seinen Torso, und die Gottesanbeterin hob ihn wie eine Feder vom Boden. Dann trug sie ihn zu einer Wand und band ihn mit Lederriemen sicher daran fest. Hätte mir gestern jemand gesagt, dachte Xander bitter, dass mich Miss French binnen vierundzwanzig Stunden mit Lederriemen fesseln würde, wäre ich bestimmt ausgeflippt.

»Oh ja, jetzt geht's los«, ließ sich Blayne vernehmen.

»Was? *Was* geht los?«, rief Xander verzweifelt, obwohl er sich nicht hundertprozentig sicher war, dass er das wirklich wissen wollte. »Die Eier? Wird sie jetzt ihre Eier legen …?«

Ihm fiel ein, was Miss French vor mehreren Lebensspannen im Biounterricht gesagt hatte: »Die kalifornische Gottesanbeterin legt ihre Eier und sucht sich anschließend ein Männchen, sie zu befruchten.« Er entdeckte ein Bündel Eier an der Wand neben sich – wahrscheinlich das Ergebnis ihrer leidenschaftlichen Nacht mit dem armen Kerl im Käfig neben Blayne.

Xander fragte sich, ob er sich das bloß einbildete, aber die Gottesanbeterin schien tatsächlich zu lächeln. Vermutlich spielten ihm nur seine überreizten Nerven einen Streich ...

In diesem Moment schob sich der Insektenkopf nach vorne und wisperte mit Natalie Frenchs Stimme. »Küss mich!«

Xander zerrte vergeblich an seinen Fesseln und keuchte: »Ich würde gerne noch etwas sagen: Hilfe! Hiiiilfe!«

Wie zur Antwort zerbarst plötzlich das kleine Fenster neben der Treppe, das auf den Rasen vor dem Haus hinaus ging, und der schönste Anblick, den Xander in den sechzehn Jahren seines kurzen Lebens gesehen hatte, schob sich in Gestalt von Buffy hindurch.

»He, *hier* bin ich!«, kreischte Blayne. »Hallo? Hier! Im Käfig!«

Buffy bewies eine erstaunliche Geistesgegenwart; sie schenkte Blayne keine Beachtung, sondern wandte sich dem Monsterinsekt zu und schrie: »Lass ihn los!« Gleichzeitig griff sie gewissermaßen tief in die Trickkiste, indem sie zwei Dosen Insektenspray aus ihrem Rucksack zog und »Miss French« damit aus beiden Düsen besprühte.

Der Gestank war entsetzlich, doch für Xander duftete es wie Rosen. Die Attacke hatte Erfolg, das Rieseninsekt zog sich rasch in eine Ecke zurück.

»Hilf mir!«, heulte Blayne unbeirrt weiter. Gib es auf, du Waschlappen, du bist doch in deinem Käfig in Sicherheit, dachte Xander genervt.

»Schafft sie hier raus«, rief Buffy, und erst jetzt bemerkte Xander, dass Willow und Giles ihr durch das Kellerfenster gefolgt waren. Willow lief zu dem Käfig und versuchte ihn zu öffnen, während Giles Xanders Fesseln löste.

Buffy griff unterdessen nach einem kleinen Aufnahmegerät und hielt es wie ein Samurai-Schwert in die Höhe. »Erinnerst du dich an Dr. Gregory, du Bestie? Hast du nicht seinen Kopf gefressen? Nun, er hat mir mal gesagt, dass man eine Menge nützlicher Dinge lernen kann, wenn man seine Hausaufgaben macht. Zum Beispiel was mit deinen Nerven passiert, wenn du *das hier* hörst ...«

Sie drückte auf *Play*.

Rupert Giles' Stimme ertönte: »... trem wichtig, Akten nicht allein alphabetisch anzuordnen ...«

Xander blinzelte verwirrt. Ich weiß, was Giles' Vorträge mit *meinen* Nerven anstellen, aber ob das die Gottesanbeterin beeindruckt?

Buffy drückte *Stop* und schrie: »Giles!«

»Falsche Seite!«, rief dieser ihr zu.

In dem Moment kam die Mantis kreischend aus ihrer Ecke geschossen und ging auf Buffy los; das Bandgerät flog im hohen Bogen durch den Kellerraum und landete unter einer Kühltruhe. Giles tastete danach; Xander griff indes nach den Dosen mit Insektenspray.

Die She-Mantis schlug nach Buffy, doch die Jägerin wich ihr mit einem geschickten Sprung aus.

Xander hörte die Titelmusik aus *Mighty Mouse* in seinem Kopf, stellte sich vor Buffy und nebelte die Mantis mit Insektenspray ein.

Offensichtlich fühlte sie sich dieses Mal von dem Gift kaum gereizt, denn sie richtete nun ihre volle Aufmerksamkeit auf Xander ... Buffy stieß ihn ziemlich hart zur Seite.

Das Insekt schlug Buffy zu Boden und kam auf sie zu. Die Jägerin landete drei gezielte Tritte gegen den Brustpanzer, was ihr genug Luft verschaffte, um wieder auf die Beine zu kommen.

Plötzlich tauchte aus dem Hintergrund Giles auf; er hielt das Bandgerät in der Hand und schaltete es ein.

Xander zuckte zusammen, als der Raum von einem ohrenbetäubend schrillen Geräusch erfüllt wurde. Was soll *das* jetzt?

Die Gottesanbeterin indes begann um ihre eigene Achse zu kreiseln und kreischte wie in tiefster Agonie.

Wie zur Antwort auf Xanders Frage sagte Buffy: »Die Schallwellen von Fledermäusen schicken ihr gesamtes Nervensystem zur Hölle!«

Sie griff in ihren Rucksack und zog eine gewaltige Machete hervor. »Und *dahin* werde ich sie jetzt auch schicken!«

Dieses Mal sah Buffy wirklich wie eine Samurai-Kriegerin aus. Xander beobachtete sie mit einer Mischung aus Abscheu und Freude, als sie die Machete schwang und sich daran machte, die riesige Fangheuschrecke in ihre Einzelteile zu zerlegen.

Binnen weniger als einer Minute war der Kellerboden von den Überresten der Gottesanbeterin übersät.

Als Buffy fertig war, brachte Giles steif sein Jackett in Form und steckte das Bandgerät ein. »Ich würde sagen, sie ist hinüber.«

»Und ziemlich ... zerstreut«, ergänzte Willow. Xander sah, dass sie Blayne erfolgreich aus seinem Käfig befreit hatte.

Er wandte sich an Buffy. »Bist du okay?«

»Ja-ah.«

Xander, der einer Standpauke zuvorkommen wollte, die sich gewaschen haben würde, sagte: »Äh, nur fürs Protokoll: Du hattest Recht, ich *bin* ein Idiot, und ... Gott segne dich.«

Buffy schenkte ihm ein nachsichtiges Lächeln, für das Xander ihr zutiefst dankbar war.

Er drehte sich zu Giles und Willow um und sagte: »Und euch auch vielen Dank.«

»Ja-ah, echt«, ließ sich Blayne kleinlaut vernehmen. Er klang jetzt wieder ein wenig gefasster.

»War mir ein Vergnügen«, sagte Giles.

»Ich bin wirklich froh, dass dir nichts passiert ist«, wandte sich Willow an Xander und stellte sich dicht neben ihn. »Es ist so unfair, dass sie nur hinter Jungfrauen her war.«

Xander blinzelte. »Wie bitte?«

»Ich meine, hier seid ihr zwei, ihr tut das Richtige, verhaltet euch klug ... während eine Menge anderer Jungs in eurem Alter ...«

Blayne richtete sich kerzengerade auf und fiel ihr ins Wort: »Nun nimm dir mal 'ne Auszeit, Süße. Ich bin *keine* ...«

Giles lächelte und sagte: »Das ist nun mal der *Modus operandi* der She-Mantis – sie sucht sich ihre Beute nur unter den Unberührten.«

Unberührt. Jetzt bin ich also auch noch der Unberührte? Das wird ja immer besser, dachte Xander und fügte laut hinzu: »Tja, wenn das nicht das perfekte Ende eines wundervollen Tages ist!«

Blayne hingegen nahm die Neuigkeit weniger locker auf. Drohend richtete er nacheinander seinen Finger auf die Umstehenden und sagte: »Mein Dad ist Rechtsanwalt. Wenn *irgendwer* von euch das vor *irgendwem* wiederholt, hat er sofort einen Prozess am Hals.«

Und wie lautet die Anklage?, dachte Xander. »Blayne«, sagte er, »halt deine blöde Klappe!«

»Ich finde das mit der Jungfräulichkeit gar nicht so schlimm«, meinte Willow lächelnd. »Ich finde es eigentlich eher ...«

Xander bückte sich und hob die Machete vom Boden auf, die Buffy dort fallen gelassen hatte.

»... süß«, sagte Willow schnell, deren Augen angesichts der scharfen Klinge riesengroß geworden waren. »Das ist bestimmt kein Thema, das ich jemals wieder anschneiden werde.«

Xander lächelte, dann machte er sich auf den Weg zu den Insekteneiern.

Methodisch wie ein Boxer vor einem Punchingball hackte und schlitzte er die Hülle um die Eier in kleine Stücke.

Seit Wochen schon hatte er nichts mehr so sehr genossen.

Angel machte überhaupt kein Geräusch, als er im *Bronze* neben Buffy auftauchte. Allerdings hatte sie ihren Gedanken freien Lauf gelassen, und die Musik war heute Abend ganz besonders laut. Trotzdem hatte es immer wieder den Anschein, als würde er einfach aus dem Nichts kommen. Das ist wirklich eine unerfreuliche Angewohnheit, befand sie.

Außerdem kam ihr mit einem Mal zu Bewusstsein, dass sie noch immer seine Jacke trug ...

»Ich habe gehört, dass es einen Vampir weniger gibt, der herumläuft und den Leuten auf die Nerven geht«, sagte er.

»So ist es. Ich schätze, ich sollte dir für den Tip danken.«

Er schenkte ihr sein typisches halbes Lächeln und antwortete: »Das Vergnügen war ganz auf meiner Seite.«

»Es wäre in Zukunft natürlich alles etwas leichter, wenn ich wüsste, wie ich Kontakt zu dir aufnehmen kann ...«

»Ich bleibe in der Gegend.«

»... oder wer du bist.«

Dieses Mal war es ein *ganzes* Lächeln. Ein Teil von ihr wünschte sich verzweifelt, ihm einen Kinnhaken zu verpassen; ein anderer Teil wollte ebenso verzweifelt in diesem Lächeln versinken.

»Wie auch immer«, sagte sie einen Augenblick später und begann, sich aus der Jacke zu schälen.

Er hob abwehrend die Hand. »Die steht dir besser als mir.« Und dann fuhr er kurz mit der Hand über den Kragen der Jacke.

Plötzlich wurde es im *Bronze* ausgesprochen warm.

Angel ging, und Buffy schaute ihm noch lange nach, auch als er ihrem Blick schon längst entschwunden war.

»Oh, Mann ...«

Schuldirektor Flutie hatte einen neuen Biologielehrer gefunden, der Dr. Gregorys Stelle einnahm. Er war größer als sein Vorgänger, hatte dafür aber weniger Haare und die Ausstrahlung einer abgestorbenen Pflanze. Buffy lernte Dr. Gregorys Vortragskünste erst in dem Moment schätzen, als sie dem eintönigen Geleiere *dieses* Typen – dessen Namen sie nicht mal behalten hatte – lauschen musste.

»Alle Hausarbeiten zur Schuljahresmitte werden exakt sechs Seiten lang sein. Nicht mehr. Ein Drittel Ihrer Benotung wird von dieser Hausarbeit abhängen. Nicht mehr. Nicht weniger ...«

Sein Tonfall ändert sich überhaupt nie, dachte sie, und die Aussicht auf die Trübsal des noch verbleibenden Schuljahres erfüllte sie mit Grauen. Sie hatte eben erst angefangen, sich für Biologie zu interessieren, aber sie hegte den Verdacht, dass dieser Lehrer ihr Interesse im Keim ersticken würde.

Sie schielte nach dem Nachbarpult. Xander gab sich alle Mühe, aufmerksam zu bleiben, und versagte dabei kläglich. Buffy vermutete, dass es sich dabei um einen Rest von Schuldgefühl in Kombination mit dem Wunsch handelte, niemals wieder riesigen Gottesanbeterinnen auf den Leim zu gehen. Auch Willow sah ganz so aus, als kämpfe sie darum, ihre Augen offen zu halten.

Ein untrügliches Alarmsignal, dachte Buffy. Wenn der Lehrer sogar Will langweilt, muss er ein echter Verlierer sein.

Diverse Eiszeiten später ertönte endlich die Schulglocke. Buffy stand auf und wollte gehen, als etwas auf einem der schmalen Pulte ihre Aufmerksamkeit erregte.

Dr. Gregorys zerbrochene Lesebrille lag noch genau dort, wo sie sie abgelegt hatte.

»Und bitte, schenken Sie den Vorurteilen des Direktors oder irgendeiner anderen Person über Sie keine Beachtung. Bringen Sie sie dazu, Ihre Akte verspeisen zu müssen. Was sagen Sie dazu?«

Ich werde mein Bestes tun, versprach Buffy.

Heute Nacht, Teil 2

Xander Harris hatte im Leben nur sehr wenige Alpträume gehabt. Aber einmal, gegen Ende des zweiten Schuljahrs, war ihm die Gelegenheit zuteil geworden, sich einem solchen zu stellen: Schuld daran war der Clown, der während der Party zu seinem sechsten Geburtstag für die Unterhaltung zu sorgen hatte.

Ein anderer Alptraum, von dem er glaubte, dass er ihn wohl niemals loslassen würde, war die riesige Gottesanbeterin, die auf ihn zukam, um einen genussvollen Abend intimer Zweisamkeit mit anschließender Enthauptung mit ihm zu verbringen.

Er ging in die Küche, um einen Schluck Wasser zu trinken. Allein der Gedanke an »Miss French« bescherte ihm einen trockenen Mund. Natürlich würden manche Typen, dachte er, während er aus dem Plastikkrug trank, den seine Mutter im Eisschrank aufbewahrte, jetzt zu härteren Sachen greifen.

Aber seit seiner ersten Erfahrung mit Alkohol im Zusammenhang mit eben jener Gottesanbeterin vermutete Xander, dass er sein Leben als Abstinenzler fristen würde.

Zumindest, wenn es Martinis betraf …

Während er in sein Zimmer zurückkehrte, dachte er daran, was nach den Ereignissen um Miss French geschehen war: Zuerst hatte sich Angel als Vampir entpuppt – allerdings einer, der mit einer Seele wie mit einem Fluch belegt worden war, was ihn zu einem der Guten machte. Jedenfalls mehr oder weniger. Offenbar war er vor etwa hundert Jahren mit einer Sippe Roma in Streit geraten, und die

Zigeuner hatten ihn auf diese Weise bestraft. Xander indes fand die Vorstellung, jemanden dadurch zu bestrafen, dass man ihn beseelte, ein wenig verrückt.

Also geschah, was mit Buffy und Angel geschehen musste. Sie verliebte sich Hals über Kopf in ihn, und er erwiderte ihre Gefühle. Aber selbst wenn Xander seine eigenen starken Empfindungen für sie außer Acht ließ, hielt er diese Liaison für falsch. Angel war schließlich noch immer ein Vampir und Buffy immer noch die Jägerin. Die einzig denkbare Beziehung zwischen ihnen sollte die zwischen ihrem Pfahl und seinem Herzen sein. Doch die beiden Turteltauben sahen das ganz anders. Und Xander musste außerdem einräumen, dass Angel sich im Kampf gegen den Meister und seine Blutsauger als sehr nützlich erwiesen hatte.

Dann kam die Prophezeiung. »Der Meister wird sich erheben, und die Jägerin wird sterben.«

Buffy verhielt sich dieser Vorstellung gegenüber zunächst aus verständlichen Gründen eher ablehnend, doch dann akzeptierte sie den Gedanken und stellte sich ihrem Schicksal. Xander sah keine Veranlassung, sie dies allein tun zu lassen. Also verpflichtete er Angel, ihm zu helfen, und folgte ihr zu der Kirche, in welcher der Meister gefangen war ...

Doch zu spät. Als er dort eintraf, war der Meister schon befreit, und Buffy lag mit dem Gesicht nach unten reglos in einer Pfütze. Xander weigerte sich, ihren Tod zu akzeptieren und versuchte es mit Mund-zu-Mund-Beatmung und Herzmassage – Maßnahmen, die er einmal in einem fast vergessenen Erste-Hilfe-Kurs in einem Sommerlager gelernt hatte.

Doch es funktionierte. Buffy hustete und atmete und lebte. Und dann tötete sie den Meister.

Danach schien sich die Lage zunächst zu beruhigen. Sogar Cordelia – die anwesend war, als der Meister abtrat, und deshalb in die Tatsache eingeweiht worden war, dass Vampire *wirklich* existierten und dass sie am Rande des Höllenschlunds lebte – war beinahe erträglich geworden.

Doch die Lage am Höllenschlund blieb niemals lange ruhig.

Zuerst versuchte eine Handvoll Vampire den Meister wieder auferstehen zu lassen. Dann traten Spike und Drusilla in Erscheinung, um ihren Anteil an der allgemeinen Verwüstung zu leisten. Dann kam Ampata ...

Xander öffnete die Tür seines Wandschranks und betrachtete sich im Spiegel auf der Innenseite.

Meine Klamotten sind völlig in Ordnung. Sie sagen etwas aus, und zwar: »Das bin ich!« Und, sehen wir den Tatsachen ins Auge, ein Flanellhemd über einem über der Hose hängenden T-Shirt, das bin eben ich.

Und Ampata hatte damit ganz bestimmt keine Probleme.

Sein Blick fiel auf den Cowboyhut im Innern des Schranks, den er beim Cultural Exchange Dance im *Bronze* getragen hatte …

… und auf dem seine Begleiterin Ampata gewesen war.

Das Geheimnis der Mumie

Zu Beginn des zweiten Jahres

1

Die gute Nachricht für Xander war, dass in Sunnydale die Woche des kulturellen Austauschs bevorstand. Dieses jährlich stattfindende Ereignis, das von der Highschool und der Stadtverwaltung vor einigen Jahren ins Leben gerufen worden war, ermöglichte es ausländischen Schülern, eine Weile in Sunnydale zu leben und die Vereinigten Staaten von Amerika kennen zu lernen.

In Wirklichkeit dauerte die Veranstaltung jedoch *zwei* Wochen, doch wie Xander, als er und Willow Buffy vor ein paar Tagen davon erzählten, so treffend bemerkt hatte, fehlte es dem Namen »Zwei Wochen kultureller Austausch« irgendwie am nötigen Pep. Als Giles einwandte, dass man auch den Begriff »Vierzehntage-Kulturaustausch« hätte wählen können, sahen die drei Teenager ihn solange komisch an, bis er einen anderen Raum aufsuchte.

Xander liebte das Ereignis, da es bedeutete, dass der Unterricht mehr oder minder ausfiel, während der große Schmelztiegel sich selbst zu der zwei Wochen andauernden kulturellen Vielfalt gratulierte.

Die schlechte Nachricht war, dass die Veranstaltung in diesem Jahr auch eine Exkursion in das Museum für Naturkunde von Sunnydale und dessen aktueller Ausstellung der »Schätze Südamerikas«

mit einschloss – eine Wanderausstellung, die absichtlich genau zur Zeit des Kulturaustauschs in ebendiesem Museum gezeigt wurde.

Xander hatte derartige Ausflüge früher sehr gemocht, doch der letzte, an dem er teilgenommen und der in den hiesigen Zoo geführt hatte, endete damit, dass er selbst und vier weitere Schüler vom Geist einer Hyäne heimgesucht worden waren. Die fünf hatten daraufhin mit Haut und Haaren ein Schwein vertilgt und dasselbe mit Direktor Flutie getan. Xander war daraufhin zu der Überzeugung gelangt, dass Exkursionen eigentlich keine so gute Idee waren, wenn man am Rande des Höllenschlunds lebte.

Fluties etwas strenger Nachfolger, Direktor Snyder, hielt nichts von Exkursionen. Das war eine der wenigen Seiten Snyders, die Xander gefielen. Der bevorstehende Ausflug stellte anscheinend die große Ausnahme dar.

»Das ist so unfair«, sagte Buffy, als sie auf die große Freitreppe zuhielten, die sie in das Museum führen würde. Bereits während der gesamten Busfahrt hierher hatte sie sich darüber beklagt, dass ihre Mutter eingewilligt hatte, einen der Austauschschüler zu beherbergen. Xander selbst war von dieser Möglichkeit verschont geblieben. Seine Eltern hatten ihr vollkommenes Desinteresse daran bekundet, wie sein Vater es nannte, »für lau Hotel für jemand zu spielen, der nichma die Sprache kann«.

»So übel finde ich das gar nicht«, meinte Willow.

»Es ist oberätzend. Mom hätte mich wenigstens vorwarnen können.«

Xander sagte: »Na ja, eine Menge Eltern machen das dieses Jahr. Das gehört eben zu dem ganzen Kulturaustausch-Brimborium: die Ausstellung, der Tanzabend ...«

»Ich habe ein echt tolles Kostüm für den Tanzabend«, verkündete Willow in dem offenkundigen Versuch, das Thema zu wechseln.

Buffy schluckte den Köder jedoch nicht. »Zwei Wochen lang jemand vollkommen Fremdes bei mir zu Hause. Ich drehe noch durch. Ich werde innerhalb von drei Tagen eine Gefahr für mich selbst und andere sein, ich schwöre es.«

»Ich finde das Austauschprogramm cool«, sagte Xander mit der ganzen Zuversicht desjenigen, der sein Zuhause mit niemandem teilen musste.« Als beide Mädchen zweifelnde Blicke auf ihn abschossen, fügte er hinzu: »Wirklich. Es ist eine wunderbare Verschmelzung von zwei Kulturen.«

»Hast du jemals an einem Austauschprogramm teilgenommen?«, wollte Buffy wissen.

Xander tat so, als würde er ernsthaft über die Frage nachdenken.

»Mein Dad wollte mich mal an irgendwelche Armenier verkaufen. Zählt das auch?«

Damit entlockte er Buffy wenigstens ein Lächeln.

Die drei betraten die Haupthalle. Dort gab es eine Dinosaurierausstellung. Wie kommt es eigentlich, dachte Xander, dass in jedem naturkundlichen Museum Dinosaurier in der Lobby herumstehen?

Cordelia war unter einem ganz besonders bedrohlich aussehenden Skelett stehengeblieben und betrachtete gemeinsam mit einer Hand voll ihrer Vasallen eine Reihe von Fotos. Sie deutete auf einen Schnappschuss und rief: »Das ist meiner. Sven aus Schweden. Ist er nicht zum Anbeißen. Meiner ist absolut der Beste.«

Aber klar, dachte Xander, Durchlaucht müssen natürlich von allem das Beste haben.

Buffy ging auf Cordelia zu und sagte: »Was siehst du dir da an?«

Das war an und für sich schon erstaunlich. Noch vor ein paar Monaten hätte Cordy ihr nicht einmal die Uhrzeit verraten, und Buffy hätte sie auch niemals danach gefragt. Doch die Jägerin hatte seither zweimal Cordelias Leben gerettet: das erste Mal vor einem Mädchen, das unsichtbar geworden war und Cordy und ihre Freunde terrorisierte; das zweite Mal vor einer Bande durchgeknallter Schüler, die ihren Kopf Frankensteins Braut aufsetzen wollten. Das vermochte, so nahm Xander an, auch die frostigste Beziehung aufzutauen. Niemand würde den beiden jemals vorwerfen, dass sie die besten Freundinnen geworden waren, aber wenigsten gingen sie einigermaßen höflich miteinander um.

Wenn jemand Xander gefragt hätte, so hätte er behauptet, Höflichkeit zu Cordelia wäre reine Zeitverschwendung. Aber ihn fragte ja niemand.

»Die Bilder unserer Austauschschüler«, lautete die Antwort auf Buffys Frage. Cordelia zeigte ihr das Foto von Sven, der wie ein nordischer Gott aussah. »Sieh ihn dir an; hundertprozentig schwedisch, hundertprozentig hinreißend und hundertprozentig Gast in meinem Haus.«

Sie schlenderten weiter und betraten die Abteilung mit den südamerikanischen Relikten, durch die sie zur Sonderausstellung gelangen würden.

»Und«, fragte Cordelia, »wie ist *deiner*? Äußerlich, meine ich.«

Buffy zuckte die Achseln. »Keine Ahnung. Wie ein Junge eben.«

Xander schnappte hörbar nach Luft. In Buffys Klagen über den kommenden Alptraum war das Geschlecht der Person nie erwähnt worden. »*Wie ein Junge eben* heißt ein großes, muskelbepacktes *Mädchen*, ja?«

Wieder zuckte Buffy die Achseln. »Man hat mir nur gesagt, ein Junge.«

Xander war erbost. Er konnte nicht glauben, dass die Jägerin, die Auserwählte, der Stiefel im Hintern der Vampire, ohne Murren diesen hinterlistigen, ausländischen, männlichen Eindringling duldete, der sich bei ihr einnistete.

»Du hast ihn dir nicht erst mal angesehen?« fragte Cordelia entgeistert. »Er könnte hässlich sein.« Sie schüttelte den Kopf. »Du wandelst am Abgrund.«

Xander hob die Hände. »Sekunde mal. Diese Person, die zwei Wochen bei dir wohnt, ist ein Kerl? Mit männlichen Körperteilen? Eine schreckliche Vorstellung!«

»Und was ist plötzlich aus der wunderbaren Verschmelzung zweier Kulturen geworden?«, fragte Willow.

»Hat sich was mit verschmelzen, klar?«, rief Xander mit Nachdruck. »Er behält seine Körperteile besser für sich.«

Etwas erregte Buffys Aufmerksamkeit. »Was macht der denn da?«

Xander folgte ihrem Blick und sah Rodney, der sich viel zu nahe zu einem der Ausstellungsstücke vorbeugte. Es sah sogar so aus, als würde er daran herumkratzen.

»Das ist Rodney Munson«, sagte Xander und sah, wie ein jüngerer Schüler auf Rodney zuging, der daraufhin seine geklammerten Zähne bleckte. Der Kleine entfernte sich sofort. Rodney ist der einzige Mensch, befand Xander, der mit Zahnspangen furchteinflößender aussah als ohne. »Ein echtes Gottesgeschenk«, ergänzte er. »Was ihm an Schlauheit fehlt, macht er durch Mangel an Schlauheit wieder wett.«

Willow bemerkte in ihrer gewohnt philosophischen Art: »Du kannst ihn bloß nicht leiden, weil er dich fünf Jahre lang jeden Tag verhauen hat.«

»Ja-ah«, gab Xander zurück«, ich bin nun mal nachtragend.«

Buffy setzte sich in Bewegung. »Ich sollte ihn stoppen, bevor er Ärger kriegt.«

Willow hielt sie auf. »Lass mich das machen, gewaltlose Annäherung ist in diesem Fall wahrscheinlich besser.«

Als sie sich aufmachte, um die wild gewordene halbe Portion zu beruhigen, sagte Buffy indigniert: »Ich hatte gar nicht vor, Gewalt anzuwenden. Ich benutze schließlich nicht immer Gewalt.« Sie drehte sich zu Xander und und fügte leise hinzu: »Oder doch?«

Xander legte ihr zur Ermutigung eine Hand auf die Schulter. »Das Wichtigste ist doch, dass *du* das glaubst.«

Er sah, wie Willow auf Rodney zusteuerte, der abermals zu knurren begann, aber verstummte, als er erkannte, wer da kam.

»Zisch ab, oder ... Oh, Willow, hi.«

Xander schüttelte den Kopf und kicherte über den plötzlichen Sinneswandel. Wahrend die Snobs – wie Cordelia – dazu tendierten, Willow auflaufen zu lassen, gelang es ihr immer wieder, sich kraft ihrer Talente als Nachhilfelehrerin bei den Mitgliedern der Cro-Magnon-Fraktion an der Schule beliebt zu machen.

»Das solltest du lieber lassen«, Willow wies auf Rodneys Hand. »Wir könnten Ärger bekommen.«

Xander sah jetzt, dass Rodney ein Federmesser in der Hand hielt und Goldstaub von einer der ausgestellten Masken zu kratzen versuchte. Oh, das hat echt Klasse, Rod.

Rodney erbebte in gespieltem Entsetzen und meinte: »Oh nein, und dann werfen sie mich womöglich von der Schule, wie?«

Willow lachte zum Schein über die wenig schlagfertige Entgegnung, dann erwiderte sie: »Sehen wir uns morgen zur Chemie-Nachhilfe?«

»Klar. Ich glaube, ich habe alle vierzehn natürlichen Elemente auswendig gelernt.«

»Es gibt aber dreihundertunddrei«, stellte Willow richtig.

»Oh, dann muss ich ja bloß noch ... äh ...«

»Wir werden auch deine Kenntnisse in Mathe ein bisschen auffrischen«, versprach Willow lächelnd.

»Na vielen Dank.«

Das Geplänkel zwischen der Schönen und dem Arschgesicht wurde unvermittelt durch eine Stimme unterbrochen, die sich vom Eingang der Ausstellung südamerikanischer Schätze an die Menge wandte: »Willkommen. Wir gehen jetzt weiter zur Begräbniskammer der Inkas. Das Menschenopfer«, ergänzte der Führer Unheil verkündend, »beginnt ... jetzt.«

Die Schüler betraten nach und nach die Kammer. Willow schloss sich wieder Xander und Buffy an; Rodney ging seiner Wege. Sie kamen in einen abgedunkelten Saal, wo Scheinwerfer verschiedene Artefakte beleuchteten. Das zentrale Exponat war ein riesiger steinerner Sarkophag auf einem Sockel. Das Trio reihte sich in die Schlange der Schüler ein, die davor anstanden.

»Typischer Museumstrick«, maulte Xander. »Sie versprechen dir Menschenopfer und zeigen dir alte Töpfe und Pfannen.«

Der Führer setzte seinen Vortrag fort: »Vor fünfhundert Jahren wählte das Volk der Inkas ein schönes junges Mädchen, das ihre Prinzessin werden sollte.«

Willow tuschelte: »Ich hoffe, diese Geschichte endet mit den Worten: Und sie lebte glücklich bis ans Ende ihrer Tage.«

Als sie endlich vor dem Sarkophag standen, entdeckte Xander

darin einen mumifizierten Leichnam, der aussah, als wäre er aus Leder. Die Augenhöhlen waren schwarz, der Kiefer eingesunken und die verschrumpelten Arme umschlossen etwas, das wie ein besonders kunstvoller Teller anmutete.

»Nein«, flüsterte Xander zurück, »ich schätze, sie endet mit: Und sie endete als furchterregende, ausgebleichte, verschrumpelte Mumie.«

»Die Inkas jedoch«, fuhr der Museumsführer fort, »opferten ihre Prinzessin dem Berggott Sebancaya. Eine Gabe, die sodann für alle Zeiten lebendig in einer finsteren Gruft begraben wurde.«

»Sie hätten sie wenigstens in hübsche weiße Bandagen wickeln können. Wie in diesen Filmen über das alte Ägypten«, meinte Willow.

Der Führer sprach weiter: »Die Prinzessin verblieb dort. Ihr einziger Schutz war ein verfluchtes Siegel, das dort zur Warnung für jedermann zurückgelassen wurde, der versuchen sollte, sie aufwecken.«

Ein Teil von Xander fand diese ganze Angelegenheit ziemlich widerwärtig; der weit größere Teil jedoch blieb davon vollkommen unbeeindruckt. Er hatte im vergangenen Jahr weitaus bizarrere Dinge gesehen als eine längst verstorbene Inka-Prinzessin.

Abgesehen davon hatte er im Moment weiß Gott andere Sorgen.

»Und wann kreuzt dein Austauschknabe bei dir auf, Buffy?«

»Sein Name ist Ampata. Ich hole ihn morgen Abend vom Busbahnhof ab.«

»Oh, am Busbahnhof von Sunnydale. Wie romantisch. Gibt es einen schöneren Weg, jemanden mit unserem Land bekannt zu machen, als mit dem Gestank von Urin und Abgasen?«

»Wenn ihr mir jetzt bitte hier entlang folgen wollt«, bat der Museumsführer und wies ihnen den Weg zu einem weiteren Schatz der Inkas.

Rodney konnte kaum glauben, wie nachlässig die Sicherheitsmaßnahmen im Naturkundemuseum waren. Es war, als würden sie geradezu darum betteln, ausgeraubt zu werden.

Es gab in der Südamerika-Ausstellung lediglich Punktstrahler, und die Ausstellungsstücke befanden sich auf Podien, so dass es Unmengen dunkler Ecken und Nischen gab, in denen sich Rodney verstecken konnte.

Er wartete geduldig, bis seine Mitschüler verschwunden waren, und anschließend, bis das Museum geschlossen wurde. Das einzige Problem während der langen Warterei war, dass er sich nach einer Zigarette sehnte. Zumindest das hatte er beim letzten Mal gelernt. Irgendjemand würde den Rauch bemerken.

Da fiel ihm ein, dass jemandem auffallen könnte, dass er nicht im Bus war. Aber andererseits wichen ihm die meisten Menschen aus. Willow würde ihn vielleicht vermissen, aber darüber hinaus würde sein Fehlen höchstwahrscheinlich von niemandem bemerkt.

Und wenn doch, wer würde schon was darum geben? Falls dieser kleine Hohlkopf Snyder ihn – mal wieder – in sein Büro zitierte, würde er einfach behaupten, er hätte sich verlaufen.

Als sämtliche Türen verriegelt waren, schlich sich Rodney aus seinem Versteck. Das meiste Zeug war hinter Glas und wahrscheinlich mit Alarmdraht verkabelt. Doch die Trottel hatten absolut nichts unternommen, um die Mumie zu schützen.

Und ihren Teller.

Der Schwachkopf im Anzug hatte das Ding ein *verfluchtes Siegel* genannt, was immer das bedeuten mochte. Rodney wusste nur, dass es irgendwie hübsch aussah. Wahrscheinlich konnte er es für gutes Geld verkaufen.

»Cool«, sagte er, als er in den Sarg langte und nach dem Teller griff.

Unglücklicherweise hielt die Mumien-Braut den Teller mit dem Griff des Todes umklammert. Rodney zerrte daran.

Als der Teller sich schließlich löste, entglitt er dummerweise Rodneys Fingern, schlug auf dem Podium auf und zersprang in ein Dutzend Scherben.

»Verdammt!«

Ehe Rodney darüber nachdenken konnte, was er statt dessen stehlen könnte, packte ihn eine zerknitterte Hand an der Kehle.

Rodney kam nicht mehr dazu zu schreien, da sich verrottete Lippen auf die seinen pressten.

2

Am nächsten Tag gesellte sich Xander nach der Schule zu Buffys täglichem Training mit Giles in der Bibliothek. Heute bestand die Übung darin, dass Giles eines jener großen orangefarbenen Prügelkissen vor sich hielt, auf die Footballspieler eindreschen, um ihre Fähigkeit zu verbessern, ihre Gegner zu Krüppeln zu machen.

Buffy versuchte gerade Giles dazu zu überreden, ihr am nächsten Abend den üblichen Patrouillengang zu erlassen, damit sie statt dessen am »World Culture Dance« im *Bronze* teilnehmen konnte.

»Also«, sagte sie, nachdem sie sich über den Tanzabend und darüber, wie viel Spaß man dort haben konnte, sowie über all die wunderbaren neuen Kulturen, die sie dort kennen lernen würde, verbreitet hatte, »darf ich hingehen?« Sie verpasste dem Trainingskissen einen ziemlich harten Tritt.

»Ich denke nicht«, entgegnete Giles und geriet unter dem Anprall ins Straucheln.

Buffy schlug hart auf das Kissen ein. »Und wieso?«

»Weil du die Auserwählte bist.«

Ein weiterer Hieb. »Nur dieses eine Mal wäre ich lieber die Übersehene.« Sie unterstrich ihren Wunsch mit einer Serie von Tritten, die Xander zusammenzucken ließen.

»Ich fürchte«, sagte Giles, der mittlerweile keuchte, »es ist einfach nicht möglich. Du hast eben Verpflichtungen, die andere Mädchen nicht haben und ...«

»Oh«, fiel ihm Buffy ins Wort, »diese Leier kenne ich schon: Die Rolle der Jägerin bringt gewisse Opfer mit sich, bla-bla-blubber ...«

Giles warf ihr einen vernichtenden Blick zu. »Du scheinst mich ja sehr gut zu kennen.« Xander sah den Schweiß auf der Stirn des Wächters glänzen. Buffy fuhr fort, das Kissen mit Tritten einzudecken, während er weiter sprach: »Es ist schon schwer genug, deine geheime Identität zu wahren, während dieser Austauschschüler bei dir wohnt.«

Xander verdrehte sie Augen. »Nicht *bei* ihr, bloß im selben Haus wie sie. Bin ich eigentlich der Einzige, der klar genug sieht, um diese Unterscheidung zu treffen?« Er hatte bereits den lieben langen Tag versucht dieses tragische Missverständnis aufzuklären.

»Aber«, sagte Buffy, die Xander ignorierte, um weiter Giles zu bearbeiten, »wie jeder normale Mensch zu dem Tanzabend zu gehen wäre doch die beste Methode, meiner Allerwelts-Identität Rechnung zu tragen.« Wieder ein gezielter Tritt gegen das Kissen.

»Du drehst mir die Worte im Mund herum«, warf Giles mit einem gequälten Stöhnen ein.

»Nein. Ich benutze sie nur zu meinem Vorteil.« Ein weiterer Schlag. »Giles, nun kommen Sie schon. Geben Sie nach. Wer nie nachgibt, macht sich unbeliebt.«

Sie hob ein Bein, um abermals nach ihm zu treten.

»Also gut!«, rief Giles schnell, wich zurück und senkte das Trainingskissen. »Geh hin.«

»Ja«, gab Buffy mit einem triumphierende Lächeln zurück. »Gewonnen.«

Giles ließ das orangefarbene Kissen zu Boden fallen und sagte: »Ich denke, ich werde jetzt meine Schulter mit einem Eisbeutel bekannt machen.«

Während er davonstolperte, erhob sich Xander vom Schreibtisch und sagte zu Buffy: »Also, sieht aus, als gingen wir tanzen. Cool. Ich denke, ich kann Moms Karre bekommen und mache den Fahrer.«

»Ich dachte, du gehst mit Willow hin«, erwiderte Buffy.

»Tja, äh, ich geh ja auch mit Willow hin, aber nicht *mit* Willow, im Sinne von *mit jemandem gehen*. Mit dir sind wir zu dritt, und alle können sich sicher fühlen. Ohne dich sind wir bloß zu zweit.«

»Aha«, nickte Buffy ernsthaft, »und dann gehen wir gemeinsam nach Dateville: Romantik, Blumen …«

»… Küsse«, ergänzte Xander.

»Na komm, in all den Jahren, die du Willow jetzt kennst, hast du doch nie einen Gedanken daran verschwendet, sie zu küssen.«

Xander seufzte. Dieses Thema ließ ihn sich jedes Mal unbehaglich fühlen. »Buffy, ich liebe Willow. Sie ist meine beste Freundin, was sie eben zu der Sorte Mädchen macht, an deren Küsse ich nicht so besonders oft denke.« Oh, das war echt überzeugend, dachte er und seufzte dieses Mal innerlich. »Sie ist eben die Sorte Mädchen, die zu meiner besten Freundin taugen.«

Vom Eingang der Bibliothek ließ sich eine Stimme vernehmen. »Hallo, Leute!«

Willow.

Xander geriet in Panik. Er wusste, dass Willow intellektuell verstand, was er, Xander, fühlte, aber er wusste auch, dass sie sich emotional weigerte, es zu akzeptieren. Es brachte ihn um den Verstand. Aber so zu tun, als würde er mehr für Willow empfinden, würde alles nur noch schlimmer machen.

Hoffentlich hat sie uns nicht gehört.

»Willow, hi!«, rief er ein bisschen zu laut. »Wir haben uns gerade über gute Neuigkeiten unterhalten. Zum Beispiel darüber, dass wir drei zusammen zum Tanz gehen. Siehst du? Gute Neuigkeiten!« Schließlich bemerkte er ihren säuerlichen Gesichtsausdruck. »Nicht gut?«

»Nein. Ja, doch«, fügte sie eilig hinzu und versuchte zu lächeln. Doch sofort trübte sich ihre Miene wieder ein. »Nein. Rodney wird vermisst.«

Giles kam bei ihren letzten Worten wieder herein. Er drückte einen Eisbeutel gegen seine Schulter. »Mal wieder Ärger mit Mister Munson?«

»Seine Eltern sagen, dass er gestern Abend nicht nach Hause gekommen ist. Die Polizei sucht schon nach ihm.«

Xander schüttelte den Kopf. Er war erleichtert, weil Willows Missstimmung offenbar nicht daher rührte, dass sie sein Gespräch mit Buffy belauscht hatte. »Die Polizei sucht nach Rodney Munson. Das ist ein Satz, an den wir uns gewöhnen werden.«

Buffy legte die Stirn in Falten. »Wisst ihr, ich erinnere mich gar nicht, Rodney auf der Rückfahrt von der Exkursion im Bus gesehen zu haben.«

»Ich auch nicht«, sagte Willow. »Ich hoffe, er hat im Museum keinen Ärger bekommen.«

Xander lachte und bemerkte leichthin: »He, vielleicht hat er die Mumie aufgeweckt.«

»Genau«, stimmte Willow in sein Lachen ein, »und dann hat sie sich aus ihrem Grab erhoben.«

»Und ihn angegriffen«, ergänzte Buffy kichernd.

Schlagartig hörten sie auf zu lachen und sahen einander erschrocken an.

Vier Gedanken, von derselben Panik erfüllt. Sekunden später stürzten die Schüler und der Bibliothekar aus der Bibliothek, liefen zu Giles' Wagen und rasten in Richtung Museum davon.

Exkursionen am Höllenschlund. Eine blöde Idee. Eine wirklich blöde Idee.

Nur zwanzig Minuten später trafen sie am Museum ein und hätten noch weniger Zeit gebraucht, wenn Giles' Auto nicht zweimal stehen geblieben wäre. Als sie ihr Ziel endlich erreichten, war das Museum zwar noch geöffnet, die Südamerika-Ausstellung jedoch bereits geschlossen. Zum Glück kannte Giles eine der Kustodinnen – »sie hat wie ich langweilige tote Dinge studiert« –, die sie dennoch einließ.

»Miss Gilman sagt«, erklärte Giles, »dass die Ausstellung geschlossen wurde, nachdem die Schulklasse gestern das Gebäude verlassen hatte. Es ist unwahrscheinlich, dass Mister Munson unbemerkt zurückbleiben konnte.«

»Andererseits«, sagte Willow und versuchte hoffnungsvoll zu klingen, »könnte Rodney auch nur eine rauchen gegangen sein.«

»Vierundzwanzig Stunden lang?«, fragte Xander skeptisch.

»Es ist immerhin eine Sucht.«

Giles sagte: »Wir beschäftigen uns mit dieser Möglichkeit, sobald wir böse Flüche ausgeschlossen haben.«

»Eines Tages«, warf Buffy wehmütig ein, während sie auf den Sarkophag zuging, »werde ich in einer Stadt leben, in der böse Flüche von vornherein ausgeschlossen sind, ohne dass man überhaupt ein Wort darüber verlieren muss.«

»Wo war dieses Siegel?«, wollte Giles wissen.

»Hier ist es. Seht, es ist zerbrochen!«, rief Buffy, als sie den Sarkophag erreichte.

Xander näherte sich einem großen Bruchstück, das in der Nachbarschaft einiger weiterer Scherben auf dem Boden lag.

»Soll das heißen, die Mumie ist los?«, fragte Willow.

Buffy und Xander spähten in den Sarg, doch die Mumie lag immer noch friedlich und ledrig darin.

»Nein«, sagte Buffy, »hier liegt sie, gemütlich wie immer.«

Giles hatte natürlich das große Stück des Siegels aufgehoben. »Seht euch mal diese Serie von Piktogrammen an ...«

Bevor Giles jedoch zu einer ohne Zweifel endlosen Vorlesung über eben jene Piktogramme ansetzen konnte, griff ein Mann mit einer Machete an.

Es war Xanders Leben wie ein Erbe zugefallen, dass ein großer, von Narben entstellter Mann in einem weiten weißen Hemd, der ein großes Buschmesser schwang, nicht einmal als besondere Überraschung zu Buche schlug. Der Mann schwang also die Machete, und Xander duckte sich darunter weg.

Dann ging der Angreifer auf Buffy los. Willow versteckte sich hinter Giles. Buffy wich gleichfalls einem Hieb der Machete aus und bereitete sich auf eine zweite Attacke vor.

Da warf der Mann einen Blick in die Grabstätte – und verharrte auf der Stelle. Xander ergriff die Gelegenheit beim Schopf und sprang ihm auf den Rücken, um ihn vollends außer Gefecht zu setzen.

Doch der Angreifer schüttelte Xander mit einem Schulterzucken ab und rannte davon

»Okay, ich habe uns gerade gerettet, oder?«, bemerkte Xander nicht sonderlich überzeugt.

»Irgendwas hat uns jedenfalls gerettet«, sagte Buffy.

»Um die Einzelheiten sorgen wir uns später«, warf Giles ein. »Verschwinden wir lieber von hier, bevor er wiederkommt.«

Xander folgte Buffy und Giles auf schnellstem Wege zum Ausgang. Da hörte er von dem Sarkophag Willows Stimme. »Sagen Sie mal, Giles, waren die Inkas sehr fortschrittlich?«

»Ja, sehr«, erwiderte der Bibliothekar.

»Hatten sie auch Kieferorthopäden?«

Xander kehrte zur Grabstätte zurück, und nun sah er es auch: Die Mumie trug ... Zahnspangen.

Rodney Munsons Zahnspangen.

»Rodney sah aus, als wäre er schon seit fünfhundert Jahren tot. Wie kann das sein?«

Die Rückfahrt vom Museum war ziemlich schweigsam verlaufen.

Erst als sich die vier wieder in der Bibliothek versammelt hatten, stellte Willow die Frage, die allen im Kopf herumspukte.

»Vielleicht«, antwortete Xander«, sollten wir das den Kerl mit dem großen Messer fragen.«

Buffy entgegnete: »Ich hatte nicht den Eindruck, dass er übermäßig gesprächig war.«

»Wie er Reißaus genommen hat, als er Rodney gesehen hat«, sinnierte Willow. »Fast könnte man meinen, er hatte genauso viel Schiss wie wir.«

Xander bezweifelte das, aber offensichtlich hatte der Macheten-Mann ebenso wenig wie sie selbst erwartet, Rodney in dem Sarg liegen zu sehen. Er konnte es nicht glauben: Rodney war tot. Obwohl Xander stets vorhergesehen hatte, dass Munson jung sterben würde, hatte er doch eher mit einem Raubüberfall auf einen Gemischtwarenladen oder so gerechnet. Manchmal hasse ich es echt, hier zu leben.

»Meine Quellen zu diesem Thema sind extrem karg«, erklärte Giles. »Ich denke, diese spezielle Mumie stammt aus der Sebancaya-Region im Osten Perus. Sehr abgelegen. Wenn es eine Antwort gibt, verbirgt sie sich ...«

»... in dem Siegel«, beendete Buffy den Satz.

Giles nickte. »Es könnte Wochen dauern, bis ich diese Piktogramme entschlüsselt habe. Wir fangen heute Abend mit ...«

»Ampata!«, rief Buffy plötzlich aus. Sie sah gepeinigt aus.

»Ich wollte eigentlich vorschlagen, dass wir mit den Nachforschungen beginnen«, sagte Giles trocken.

Buffy stürzte zur Tür und sagte: »Nein, ich bin spät dran. Ich hab' Mom versprochen, ihn abzuholen.«

Xander traute seinen Ohren nicht. »Buffy, was ist dir wichtiger? Einen mumifizierten Killer aufzuspüren oder deine Zeit mit irgendeinem Latin Lover zu vertun, dessen Hauptbeschäftigung darin besteht, Herzen zu brechen?«

»Ampata wartet da ganz allein«, erwiderte Buffy aufgebracht, »und ich habe keinen Schimmer, wie gut sein Englisch ist. Er ist ...« Sie sah aus, als wäre ihr gerade ein Licht aufgegangen. »... aus Südamerika. Wisst ihr, vielleicht kann *er* ja das Siegel entschlüsseln.«

Xander schüttelte den Kopf und sagte: »Oh ja-ah, fall jetzt bloß noch auf die alte ›Lass-mich-das-alte-Siegel-für-dich-entschlüsseln‹-Masche rein. Hast du eine Ahnung, wie oft ich die selbst schon eingesetzt habe?«

Buffy warf ihm nur einen finsteren Blick zu.

»Na schön«, sagte Xander. Er bewegte sich in Richtung Tür, um sie zu begleiten. »Aber wir kommen mit.«

Willow blinzelte. »Kommen wir?«
»Schön, wie auch immer. Gehen wir«, schloss Buffy.

Ampata Gutierrez war aufgeregt. Schließlich hatte er es doch noch nach Amerika geschafft. Davon hatte er seit Jahren geträumt. Er hatte in den sechzehn Jahren seines Lebens Peru noch nie verlassen, aber viel über andere Orte gelesen: Paris, London, New York. Seit er ein kleiner Junge war, hatte er reisen wollen – den Eiffelturm sehen, den Buckinham-Palast besichtigen und auf die Spitze des Empire State Building steigen. Er wollte die ganze Welt sehen.

Wenn er ehrlich zu sich selbst war, so musste er zugeben, dass er bis jetzt eher enttäuscht war. Sunnydale, Kalifornien, besaß nur wenige Sehenswürdigkeiten. Bloß jede Menge kleiner Häuser, die alle gleich aussahen. Nicht einmal Los Angeles, so wenig er auch vom Flugzeug davon sehen konnte, hatte ihn allzu sehr beeindruckt.

Aber er wollte sich nicht die Stimmung vermiesen lassen. Er war in den USA, und Sunnydale war immerhin ein Anfang. Und er würde das Beste daraus machen.

Aber natürlich konnte er nur dann das Beste daraus machen, wenn das Mädchen, das ihm Unterkunft gewährte, endlich auftauchte. Er wartete bereits seit einer halben Stunde auf sie.

»Ampata«, flüsterte eine Stimme.

Aha, dachte er, das muss sie sein. Aber weshalb flüstert sie?

Er sah sich um, konnte aber niemanden entdecken, abgesehen von den beiden unrasierten Männern, die sich seit Ampatas Ankunft nicht von der Mauer gelöst hatten, an der sie lehnten.

»Ampata«, flüsterte die Stimme noch einmal. Leidet dieses Mädchen an einer Kehlkopfentzündung?, fragte sich Ampata.

Dieses Mal hatte er die Stimme jedoch lokalisieren können. Er ging um einen der zahlreichen geparkten Busse herum, um ihre Urheberin ausfindig zu machen.

Die Greyhounds warfen lange Schatten über das nur spärlich erhellte Depot, so dass Ampata die Gestalt, die er neben dem Bus stehen sah, zuerst nicht richtig erkennen konnte. Er wagte ein »Hallo?«.

Dann trat sie ins Licht.

Vor ihm stand die scheußlichste Kreatur, die Ampata jemals gesehen hatte. Sie schien annähernd die Gestalt eines Mädchens zu besitzen, war jedoch so runzlig wie eine Trockenpflaume. Sie sah aus wie einer dieser Aussätzigen, die Ampata in einem der Bücher seiner Mutter gesehen hatte.

Er wollte schreien, doch das Ding packte ihn bei der Kehle und drückte ihm die Luft ab.

Dann rückte das entsetzliche Gesicht näher und näher und … küsste ihn.

Als Ampata Gutierrez das Leben aus seinem Körper entweichen spürte, war sein letzter Gedanke: Jetzt werde ich Paris niemals sehen.

3

Xander hatte das Busdepot von Sunnydale noch nie leiden können. Das war auch absolut nicht ungewöhnlich. Obwohl er niemals eine Umfrage zum Thema gestartet hatte, war ihm doch noch kein gutes Wort über diesen Ort zu Ohren gekommen. Er war feucht, schlecht beleuchtet und mit Möbeln und Technik ausgestattet, die auf der Höhe der Zeit waren, als man sie 1953 aufgestellt und eingebaut hatte. Der Boden wurde, ob er es nötig hatte oder nicht, etwa alle zehn Jahre gereinigt.

Laut Buffy war Ampata in Los Angeles, LAX, gelandet und anschließend mit dem Bus hierher gekommen. Ein Höllenweg, um jemanden mit unserem Land bekannt zu machen, dachte Xander. Der hässlichste Flughafen der Welt, gefolgt von der ödesten Busstation der Welt.

»Vierzig Minuten Verspätung«, murmelte Buffy. »Willkommen in Amerika.«

»Was, wenn er schon weg ist?«, fragte Willow, als sie ins Freie traten, nachdem sie ihn auf keiner der Stahl-Vynil-Bänke im Warteraum entdeckt hatten.

Buffy ließ Willows Frage unbeantwortet, statt dessen rief sie: »Ampata! Ampata Gutierrez!«

Sie schritten in der Hoffnung, auf einen verloren aussehenden Peruaner zu stoßen, durch die Reihen der geparkten Busse. »Müssen wir spanisch sprechen, wenn wir ihn finden?«, fragte Xander. »Weil, ich kenne nämlich nicht viel mehr als *Doritos* und *Chihuahua*.«

»Ampata!«, rief Buffy noch einmal.

»Hier«, antwortete eine leise Stimme.

Eine leise und sehr weiblich klingende Stimme.

Xander blickte in die Richtung, aus der die Stimme kam, und sah – ein Mädchen.

Ein sehr schönes Mädchen, um genau zu sein. Ihr glänzendes schwarzes Haar fiel ihr in Kaskaden über die Schultern wie ein Wasserfall. Ihre Haut besaß die Farbe von Mandeln und war ohne Makel, und ihre Augen ...

Xander konnte ihre Augen bei dieser trüben Beleuchtung eigentlich gar nicht erkennen, aber er war sich ziemlich sicher, dass sie wundervoll waren.

»Hallo«, sagte sie jetzt. »Ich bin Ampata.«

»Ay, caramba«, murmelte Xander und fügte hinzu: »Das kann ich auch noch.«

»Es tut mir Leid, dass ich zu spät bin«, sagte Buffy entschuldigend. »Ich bin Buffy Summers.« Sie streckte ihre Hand aus.

Ampata blinzelte einen kurzen Moment, dann erwiderte sie den Händedruck. »Ich bin sehr erfreut, dich zu sehen.«

»Ja-ah, kann ich mir denken. Die Verspätung tut mir wirklich sehr Leid, aber wir haben irgendwie die Zeit aus den Augen verloren. Oh, das hier sind meine Freunde Xander Harris und Willow Rosenberg.«

Da er sich sorgte, sie könnte nicht genug Englisch verstehen, sagte Xander langsam: »Willkommen in unserem Land.«

Sie lächelte. Es war das wundervollste Lächeln der Welt. »Ich danke dir.«

»Wir sollten jetzt los«, warf Willow ein. »Nach Einbruch der Dunkelheit ist dieser Ort nicht länger eine monsterfreie Zone.«

Nachdem sie dafür gesorgt hatten, dass Ampatas schweres Gepäck zu Buffy nach Hause gebracht wurde, stiegen sie nacheinander in das Auto von Xanders Mutter ein. Xander trug eigenhändig ihren Handkoffer zum Wagen. Während der Fahrt blieben alle ziemlich still. Ampata schien ganz entzückt von den Häusern ringsum. Xander fragte sich, während er fuhr, welche Art Häuser es wohl in Peru geben mochte. Man lebt dort doch auch nicht mehr in Hütten, oder doch? Er machte sich im Geiste eine Notiz, morgen Giles danach zu fragen.

Nach der Ankunft veranstaltete Buffy für Ampata die Kurzfassung einer Führung durch das Haus und schloss mit der Küche.

»Es ist sehr schön«, sagte sie, als Buffy sie hereinführte. Das hatte sie allerdings in jedem Zimmer gesagt.

»Ja.« Das war das, was Buffy in jedem Zimmer darauf geantwortet hatte. »Es gibt einen Herd, einen Kühlschrank – alles sehr praktisch. So gefällt es uns am besten.«

»Möchtest du etwas trinken?«, erkundigte sich Xander, wobei er dafür Sorge trug, besonders prononciert zu sprechen.

»Mal sehen«, sagte Buffy und sah im Kühlschrank nach. »Wir haben Milch und ... ältere Milch. Saft?«

»Bitte«, antwortete Ampata und nahm an der Küchentheke Platz. Xander setzte sich auf den Hocker neben sie.

»Also«, meldete sich Willow, »Ampata. Du bist ein Mädchen.«

Sie zeigte abermals ihr erstaunliches Lächeln, als sie entgegnete: »Ja, schon seit vielen Jahren.«

»Und kein Junge«, fügte Willow hinzu. »Wir dachten nämlich, es kommt ein Junge, und da bist *du*, ein Mädchen von Kopf bis Fuß.«

Xander fragte sich, warum das von Bedeutung sein sollte. »Bloß eine von diesen verrückten Verwechslungen, Will.«

Buffy reichte Ampata ein Glas Apfelsaft und fragte: »Und, warst du schon mal in Amerika?«

»Ich bin ... herumgereist.«

Abermals prononcierte Xander seine Frage, um sich zu vergewissern, dass sie verstanden hatte. »Wo bist du gewesen?«

»Man brachte mich nach Atlanta, Boston, New York ...«

Willows Miene hellte sich auf. »New York? Das ist ja toll. Wie war es dort?«

Xander lächelte in sich hinein. Will wünschte sich schon ewig, New York zu besuchen.

»Ich habe nicht allzu viel gesehen«, erwiderte Ampata und Willow stieß merklich die Luft aus.

»Dein Englisch ist sehr *bueno*«, stellte Xander fest.

Wieder lächelte Ampata. »Ich höre viel zu.«

»Also, das passt ja prima, ich rede nämlich viel.«

Xander und Ampata lachten.

Buffy saß in ihrem Zimmer, wo sie für Ampata ein Gästebett aufgeschlagen hatte. Es hatte praktisch eines direkten Fingerzeigs Gottes bedurft, um Xander doch noch zum Gehen zu bewegen. Willow schaffte es schließlich, ihn nach einem deutlichen Wink von Buffys Mom, die klarmachte, dass sie müde sei und schlafen wolle, nach draußen zu zerren.

Mom war allerdings nicht zu müde, um das Extrabett zurechtzumachen und vorzuschlagen, dass Ampata das Zimmer mit Buffy teilen sollte, da sie doch statt des erwarteten jungen Mannes, der im Wohnzimmer hatte schlafen sollen, ein Mädchen war.

Buffy war sich nicht sicher, was sie davon halten sollte. Ihr Dasein als Jägerin wurde schon durch Ampatas bloße Anwesenheit zur Genüge in Unordnung gebracht. Sie jetzt auch noch im selben Zimmer unterzubringen würde es vollständig zum Erliegen bringen. Ebenso wie Angels nächtliche Besuche an ihrem Fenster ...

Na schön, niemand hat behauptet, das Leben sei gerecht. Wenn es das wäre, würde ich mir keine Gedanken darum machen müssen, dass ein Gast im Haus mich daran hindert auszugehen und dabei mit Vorliebe Vampire zu pfählen.

»Entschuldige, dass mein Zimmer so winzig ist«, sagte Buffy. Das zweite Bett reduzierte den freien Platz auf beinahe nichts.

»Mein altes Zuhause war noch viel kleiner«, erklärte Ampata.

»Wie ist es denn so bei dir zu Hause?«

»Eng. Und sehr tot.«

Buffy grinste. »Na, dann wirst du dich in Sunnydale wie zu Hause fühlen.«

»Oh nein, du hast es hier so viel besser.«

Das überraschte Buffy. Ampata war bisher recht reserviert gewesen und hatte jede Frage nur mit einer bedenklich kurzen Replik beantwortet. Buffy dachte zuerst, das es sich um ein Sprachproblem handelte, obwohl ihr Englisch wirklich gut war.

Und dann legte sie plötzlich so großen Wert auf die Feststellung, in welchem Überfluss man in Sunnydale lebte.

Das Einzige, was wir hier im Überfluss haben, sind Widerwärtigkeiten.

Ampata war vor den Schreibtisch getreten, wo in einem Holzrahmen ein Foto von Buffy, Willow und Xander stand, das Willows Mutter im vergangenen Jahr von ihnen gemacht hatte.

Buffy fragte: »Was ist mit Freunden?«

»Sie sind ...« Ampata zögerte.

Sucht sie nur nach dem richtigen englischen Wort oder ist es etwas anderes?, fragte sich Buffy und rief sich im nächsten Augenblick selbst zur Ordnung. Du bist zu misstrauisch. Nicht jeder ist ein durchgeknallter Dämon, der die menschliche Rasse auslöschen will. Das hier ist bloß ein Mädchen aus einem anderen Land.

»Ich bin allein«, sagte Ampata.

Nur ein *einsames* Mädchen aus einem anderen Land. Buffy kannte das Gefühl hinter Ampatas Worten. Sie dachte an die Schüler auf der Hemery High, nachdem die Sporthalle abgebrannt und sie der Schule verwiesen worden war. Die selben Kids, die einmal ihre besten Freunde gewesen waren, wollten nun nicht mehr mit ihr sprechen; einige wechselten sogar die Straßenseite, um ihr aus dem Weg zu gehen.

»Ich kenne das«, entgegnete sie mitfühlend. »Aber, he, du wirst morgen eine Menge neuer Leute kennen lernen.«

»Ich danke dir«, sagte Ampata und stieg in das Feldbett. »Du musst mir alles über dein Leben beibringen. Ich möchte dazugehören. So wie du. Ein normales Leben führen.«

Mädchen, du hast ja keinen Schimmer, um was du mich da bittest. Laut sagte sie nur: »Das normale Leben fängt erst an.«

4

Oz war nicht wirklich sauer. Das lag daran, dass Oz niemals sauer wurde. Sauer zu werden verbrauchte für gewöhnlich mehr Energie, als Oz aufzuwenden bereit war. Doch wenn er gewillt gewesen wäre, die nötige Energie aufzubringen, dann hätte er sie in diesem Moment an Devon ausgelassen.

Da waren sie, luden ihr Bandequipment in Oz' Lieferwagen, um es für den heutigen »World Culture Dance« ins *Bronze* zu schaffen, und ihr Leadsänger war ausschließlich damit beschäftigt, mit seiner Freundin zu quatschen.

Allerdings, wenn Oz sich wirklich aufgeregt hätte, so wäre dies natürlich eher dem Umstand zu verdanken gewesen, dass Oz selbst keine Freundin hatte, die ihn ablenken konnte. Nicht, dass Devon jemals das schwere Zeug getragen hätte, und es war ein harter Job, Cordelia Chase keine Beachtung zu schenken, wenn sie mit einem reden wollte. Das war ungefähr so, als wollte man einen Tornado ignorieren – falls dieser Tornado Mascara und Pumps trug.

Trotzdem, beim »World Culture Dance« im *Bronze* zu spielen war eine große Sache für die *Dingoes Ate My Baby,* und Oz war der Ansicht, dass Devon sein Zeug selbst schleppen sollte. Oder wenigstens *irgendein* Zeug.

»Devon«, sagte Cordelia gerade, »ich habe dir gesagt, dass ich heute Abend zum Tanz gehe, aber ich bin keines deiner kleinen Groupies. Ich werde direkt vor der Bühne stehen und auf dich aufpassen wie ein Luchs.«

»Alles klar«, meinte Devon.

»Wir sehen uns also nachher?«

»Sicher. Wo willst du, dass wir uns treffen.«

»Ich stehe direkt vor der Bühne.«

Oz überlegte, ob er lachen sollte, kam jedoch zu dem Schluss, dass dies grausam wäre.

Devon, dem Ironie naturgemäß völlig abging, deutete auf einen blonden Riesen, der wie ein schwedischer Knorz an der Treppe stand. »Mit dem Typ?«

Cordelia drehte sich zu dem Möchtegern-Thor um. »Sven. *Momento.*« Dann wandte sie sich wieder Devon zu. »Diese ganze Schüleraustauschsache ist ein entsetzlicher Alptraum. Die sprechen ja nicht mal Amerikanisch!« Sie gab Devon einen Kuss auf die Wange. »Also dann, bis später. Bye!« Sie drehte sich wieder zu dem Nordmann um und sprach mit ihm wie zu einem Hund. »Komm, Sven!«

Sven folgte Cordelia – wohin auch immer. Devon ging rüber zu Oz.

»Oz, Mann, was denkst du?«

»Worüber?«

»Cordelia, Mann.«

Oz ließ sich verschiedene Antworten durch den Kopf gehen, sortierte die meisten davon aus, da sie ihm als wenig geeignet erschienen, einen perfekten Leadsänger in der Band zu halten, und entschied sich für: »Sie ist eine Rundfahrt durch einen Vergnügungspark.«

»Du musst zugeben, sie ist ein heißer Feger.«

»Ja-ah, ein echt heißer Feger«, erwiderte Oz ungerührt.

»Lass mich raten. Sie ist nicht dein Typ?«, grinste Devon. »Was muss ein Mädchen tun, um dich zu beeindrucken?«

Da eine ehrliche Antwort Devons Fassungsvermögen überstiegen hätte, gab Oz nur zurück: »Tja, dazu gehört eine Federboa und die Musik aus *A Summer Place*. Mehr möchte ich dazu hier nicht sagen.«

Devon schüttelte den Kopf. »Du bis viel zu wählerisch, Mann. Hast du eine Ahnung, wie viele Mädchen du haben könntest? Du bist Leadgitarrist, Oz, das ist echt was wert.«

»Ich bin nicht wählerisch. *Du* bist bloß gleich bei jedem hübschen Mädchen hin und weg, das alleine gehen und sprechen kann.«

Devon erwiderte unschuldig: »Also, sprechen müssen sie noch nicht mal unbedingt können ...«

Oz gab es auf.

Willow hatte sich am Morgen wie so oft mit Xander getroffen, und sie unterhielten sich über die abendliche Tanzveranstaltung.

Willow hatte bei verschiedenen Gelegenheiten erwogen, ihn zu fragen, wie es wäre, wenn sie miteinander hingingen; nur um zu schauen, wie er darauf reagierte. Doch sie tat es nicht. Xander war sich nicht im Klaren darüber, dass sie gestern jedes Wort mitbekommen hatte, das er zu Buffy sagte; und Willow entschied sich – widerwillig – dafür, dass es so wahrscheinlich das Beste war.

»Ich habe mir mit meinem Kostüm echt Mühe gegeben«, sagte sie stattdessen. »Es ist ziemlich cool geworden.«

»Okay, aber was ist mit mir? Ich muss mir noch was überlegen.«

Typisch, dachte Willow. Xander hatte sich mit seinem Kostüm mal wieder bis zur letzten Minute Zeit gelassen. Falls auf dem Campus jemals ein Club der Zauderer ins Leben gerufen wird, steht Xander bestimmt als erster in der Schlange derer, die nicht wissen, ob sie Mitglied werden sollen.

»Es ist ein Fest der Kulturen«, sagte sie. »Da gibt es jede Menge Möglichkeiten, sich zu verkleiden.«

»Und eine ebenso große Menge Möglichkeiten, sich zum Affen zu machen.«

Willow überlegte. Vor ihrem geistigen Auge sah sie Xander in einem Rüschenhemd, einem Hut mit Gamsbart und in Lederhosen. Die Vorstellung gefiel ihr sehr gut, vor allem die seiner Beine in Lederhosen. »Bayern sind cool.«

»Kein Rüschenhemd, klar?«, entgegnete Xander bestimmt. »Kein Hut mit Gamsbart und ganz bestimmt keine Lederhose. Darin sehen meine Waden fett aus.«

Willow seufzte. »Weshalb machst du dir auf einmal so viele Sorgen, dass du wie ein Idiot aussehen könntest?« In diesem Moment fiel ihr auf, was sie da gerade gesagt hatte. »Sorry, das ist mir so rausgerutscht.«

Aber Xander hörte gar nicht zu. Stattdessen starrte er unentwegt irgendwohin. Willow folgte seinem Blick, um zu sehen, was sein Interesse gefesselt hatte, obwohl sie bereits ahnte, was es war.

Wie erwartet waren soeben Buffy und Ampata in Sichtweite gekommen. Normalerweise rechnete Willow in solchen Fällen damit, dass Xander Buffy anschwärmte, doch zur Zeit schien er nur Augen für Ampata zu haben. Es war schon beinahe peinlich gewesen, wie er am vergangenen Abend um sie herumscharwenzelt war.

Willow seufzte abermals.

»Dein erster Schultag«, sagte Buffy lächelnd. »Nervös?«

Ampata sah regelrecht überwältigt aus. »So viele Leute habe ich schon lange nicht mehr auf einmal gesehen.«

»Ach, mach dir keine Sorgen. Du wirst leicht Freundschaften schließen. Ich weiß sogar jemanden, der geradezu darauf brennt, dich kennen zu lernen.«

Sie hatte Xander und Willow entdeckt und unterbrachen ihr Gespräch, um sie zu begrüßen. Xander nahm Buffy kaum wahr und richtete seine gesamte Aufmerksamkeit auf Ampata. Die Jägerin wusste nicht, ob sie deswegen erleichtert oder beleidigt sein sollte.

Xander beachtete auch Willow kaum, die mit ihrem typischen traurigen Gesicht abseits stand.

Um sie abzulenken, erkundigte Buffy sich nach den Chemiehausaufgaben, und es schien zu funktionieren. Während Xander und Ampata sich darüber unterhielten, wie sie letzte Nacht geschlafen hatte, gab Buffy vor, sich brennend für alle Einzelheiten über Kohlenstoffatome zu interessieren.

Sie suchten zuerst den Aufenthaltsraum auf, in dem sich ein halbes Dutzend ausländischer Schüler drängte, dann kam in ermüdender Abfolge die erste Staffel Unterrichtsstunden. Ampata nahm alles mit beinahe übereifriger Begeisterung auf. Und den Lehrern schien sie es ohne Ausnahme angetan zu haben.

Buffy, Willow und Xander hatten dieselben Freistunden, in denen sie traditionell einen Abstecher in die Bibliothek machten, um sich bei Giles sehen zu lassen. Buffy erklärte Ampata, dass sie sich nun auf dem Weg zu *dem* Mann machten, der sie zum Sterben gerne kennen lernen würde. Ampata reagierte darauf mit einem ihrer seltsamen Blicke.

Als sie bei Giles ankamen, stand der Wächter praktischerweise bereits über dem größten unversehrten Bruchstück des Siegels gebeugt.

»Ampata«, sagte Buffy, »das ist der Bibliothekar unserer Schule, Mister Giles.«

»Hallo«, sagte Ampata.

»Wie geht es dir?«, erwiderte Giles und schüttelte ihre Hand. Dann hielt er ihr auch schon das Siegel entgegen. »Ich habe mich gefragt, ob du das hier vielleicht übersetzen kannst.«

Buffy blinzelte. »Was für ein warmherziger Empfang«, kommentierte sie sarkastisch.

Ampata warf indes einen Blick auf das Siegel und setzte sofort wieder einen irgendwie schrägen Gesichtsausdruck auf, in dem jedoch nicht Verlegenheit oder Verwirrung lagen, wie Buffy in Anbetracht von Giles' grober Taktlosigkeit durchaus erwartet hätte. »Stimmt was nicht?«, erkundigte sie sich.

Ampata schüttelte den Kopf und antwortete: »Nein, es ist nur ... Warum fragen Sie mich das?«

»Nun, dies ist ein Artefakt«, antwortete Giles, »aus deiner Gegend. Es stammt genauer gesagt aus dem Grab einer Inka-Mumie. Wir versuchen die Inschrift zu entschlüsseln – ein Projekt unseres ...« Der Bibliothekar verstummte.

»... archäologischen Clubs«, sprang Willow ein.

»Sehr gut«, murmelte Giles. Offenbar hatte er seine Geschichte nicht zu Ende gedacht.

»Es ist zerbrochen«, sagte Ampata. »Wo sind die übrigen Stücke?«

»Dies hier ist das Einzige, das wir gefunden haben«, erklärte Buffy. Das stimmte zwar nicht so ganz, doch die restlichen Fragmente waren zu klein, um als sonderlich nützlich gelten zu können.

»Es ist sehr alt. Wertvoll.« Ampata dachte einen Augenblick nach und sagte dann: »Ihr solltet es verstecken.«

»Erkennst du irgendetwas darauf?«, wollte Giles wissen und deutete auf eines der Zeichen. »Den Kerl mit dem Messer zum Beispiel?«

»Na ja, ich weiß nicht genau, aber ich denke, dieses Symbol steht für ... ich glaube, das richtige Wort ist ... *Bodyguard*?«

Giles nickte. »Ein Leibwächter. Interessant.«

»Die Legende besagt«, fuhr Ampata fort, »dass er die Mumie vor jenen beschützt, die ihre Ruhe stören wollen.«

»Indem er sie aufschlitzt?«, fragte Buffy.

»Davon weiß ich nichts.«

Giles legte das Fragment zurück auf den Schreibtisch. »Ja, sehr schön, das ist ein sehr guter Anfang für unseren ... Club.« Er sah Buffy an.

Buffy brauchte einen Moment, bis sie aus dem Blick schlau wurde, doch dann sagte sie rasch: »Oh! Und ich habe als Präsidentin des Clubs eine Menge zu tun – eine *Riesen*menge.« Sie warf Willow einen Blick zu. »Willow, vielleicht könntest *du* ...?«

Xander mischte sich ein: »... den Tag mit Ampata verbringen?« Er bot ihr seinen Arm an. »Mit dem größten Vergnügen.«

Ampata lächelte. »Ja, das wäre toll.«

Darauf führte er sie hinaus.

»Also gut«, begann Giles nach einem längeren peinlichen Schweigen, »ich mache mit der Übersetzung weiter. Buffy, *du* stellst Nachforschungen über diese Sache mit dem Leibwächter an. Und Willow ... Willow?«

Buffy sah, dass Willow immer noch die Tür anstarrte, durch die Xander und Ampata verschwunden waren. »Junge, Junge, die können sich echt gut leiden«, sagte sie in einem Tonfall, der Buffy fast das Herz brach.

Xander hatte noch niemals etwas erlebt, das diesem Tag vergleichbar gewesen wäre. Klar, er hatte von der Grundschullehrerin, für die er geschwärmt hatte, bis zu Buffy bereits einer ganzen Reihe von Frauen nachgestellt. Von Miss French ganz zu schweigen.

Doch an diesem Tag mit Ampata fand er zum ersten Mal Gelegenheit an etwas teilzuhaben, was sein Großvater stets als die »verlorene Kunst des Hof Machens« bezeichnet hatte. Zum ersten Mal im Leben bot sich ihm die Chance, länger als siebeneinhalb Sekunden zu flirten, ohne nichts als schallendes Gelächter zu ernten. Ampata genoss es nicht nur, sie schien seine Flirtversuche sogar zu erwidern. Die Neuheit dieser Erfahrung verdrehte ihm buchstäblich den Kopf.

Ampata begleitete Xander zu den restlichen Vormittagsstunden und würgte während der Mittagspause das Essen in der Cafeteria hinunter – obwohl sie zu Xanders schierem Entsetzen darauf bestand, dass es *so schlecht* gar nicht sei. Nach Schulschluss setzte Xander den Rundgang über das Gelände fort, der schließlich auf der Tribüne des Sportplatzes endete. Sie hatten den Platz – abgesehen von einem Razorbacks-Go-Transparent – für sich alleine, da die Footballmannschaft an diesem Nachmittag ein Auswärtsspiel hatte.

Nachdem sie unterhalb der obersten Tribüne Platz genommen hatten, langte Xander in seinen Rucksack. Er hatte Ampata einen Vortrag über amerikanisches Essen gehalten, weil er nicht wollte, dass sie den Fraß in der Cafeteria für den Normalfall hielt. »Und das hier«, verkündete er mit einer gewissen Dramatik, »nennt man einen Snack.« Er hielt ein Twinkie in die Höhe.

»Snack«, wiederholte Ampata. Sie hörte sich ein wenig misstrauisch an.

»Ja-ah, ein köstlicher, lockerer, goldener Keks, gefüllt mit einer wunderbaren cremigen weißen Masse feinster Qualität. Und so isst man ihn.«

Xander schob sich den kompletten Twinkie-Riegel mit einer Bewegung in den Mund, die Willow seit mehr als zehn Jahren regelmäßig zusammenzucken ließ.

Ampata zuckte nicht zusammen. Sie lachte. Und ihr Lachen gefiel Xander sehr.

»Oh, aber jetzt kann ich es gar nicht mehr probieren.«

Xander streckte den Zeigefinger der linken Hand aus und griff mit der rechten in seinen Rucksack. Seine Worte waren mit dem Mund voll cremiger weißer Substanz feinster Qualität kaum zu verstehen, als er sagte: »Deshalb hat man immer zwei dabei.«

Er zückte ein weiteres Twinkie und reichte es ihr.

Ampata nahm den Riegel mit angemessener Ehrfurcht. »Also los.«

Sie schob ihn sich komplett in den Mund. Unglücklicherweise musste sie lachen und spuckte das ganze Ding daher fast wieder aus.

»Gut, was?«, sagte Xander und lachte ebenfalls. »Und das Beste ist, da ist absolut nichts drin, was ein Mensch auch nur aussprechen könnte. Deshalb liegt es einem auch nicht so schwer im Magen.«

Nachdem sie ihr Twinkie heruntergeschluckt hatte, sagte Ampata lächelnd: »Du bist seltsam.«

»Das sagen alle Mädchen über mich, bevor sie davonlaufen«, erwiderte Xander wahrheitsgemäß.

»Mir gefällt es.«

Das hat noch kein Mädchen gesagt, dachte Xander vergnügt. »Und mir gefällt, dass dir das gefällt.« Er dachte über seine Worte nach und fügte hinzu: »Merk dir bitte nicht mein Englisch.«

Wieder lachte sie, und wieder stimmte er in ihr Lachen ein.

Daran könnte ich mich gewöhnen, dachte Xander, bevor im nächsten Moment der große Mann mit dem weibischen Hemd und dem langen Messer angriff.

»Ihr habt das Siegel gestohlen!«, schrie er. »Wo ist es?«

Xander stürzte und krachte mit dem Rücken auf die Tribünenbank der nächsten Reihe.

Der Angreifer setzte ihm nach und schickte sich an, Xander mit seiner Machete zu filetieren. Xander schaltete auf Autopilot, langte intuitiv nach oben und packte den Unterarm des Mannes, um die Attacke abzublocken.

Zu seiner Riesenüberraschung funktionierte das sogar. Aber der Kerl war unglaublich stark, und Xander würde, wenn er nicht irgendetwas unternahm, in der nächsten Sekunde loslassen müssen.

Da schrie Ampata.

Der Leibwächter – falls er wirklich einer war – sah sie an, und seine Augen weiteten sich. »*Ihr* seid es!«, rief er – was auch immer er damit meinen mochte.

Xander nutzte die Ablenkung zu seinem Vorteil und versetzte dem Mann einen Tritt in den Bauch. Während der Kerl die Bankreihen hinabpolterte, rappelte sich Xander auf und ergriff mit einer Hand seinen Rucksack und mit der anderen Ampatas Arm. »Komm«, sagte er und brachte sie zum Schulgebäude zurück.

5

Buffy brütete über einer Reihe von Abbildungen in einem von Giles' Büchern. Sie hielt ein riesiges Vergrößerungsglas über die Seiten, um die Details besser erkennen zu können, und hoffte etwas zu finden, das den Zeichen auf dem Siegelfragment ähnelte.

Sie hatte bereits den größten Teil ihrer Freizeit damit zugebracht und absolut nichts gefunden, und sie und Willow waren nach dem Lunch wiedergekommen und hatten noch mehr absolut nichts gefunden. Die dritte Runde in Sachen Misserfolg schloss sich dann unmittelbar nach der Schule an. In Zeiten wie diesen hatte sie größten Respekt vor Giles. Er machte so etwas ohne Unterlass und obwohl es ihm offensichtlich besser gefiel als ihr, musste diese Arbeit dennoch frustrierend sein. In der vagen Hoffnung, auf etwas Brauchbares zu stoßen, endlose Texte zu durchforsten und dabei überhaupt nichts zu finden, konnte man unmöglich als besonders erbaulich bezeichnen.

Buffy gelangte zu dem Schluss, dass sie *ihren* Anteil an der Jagd mehr mochte: Finde dein Ziel, pfähle dein Ziel. Einfach und direkt.

Im nächsten Moment fiel ihr etwas auf. »Aha!«, rief sie, doch dann sah sie genauer hin. »Oder vielleicht *Aha.*« Sie drehte das Buch herum, um es Willow zu zeigen, die ihr gegenüber saß. »Denkst du, das passt?«

Willow antwortete nicht. Sie starrte in den leeren Raum und drehte ein Stofftier in den Händen. Schon wieder. Sie war so, seit Xander am Morgen mit Ampata abgezogen war. »Hallo!«, rief Buffy.

Willow kam unvermittelt wieder zu sich. »Oh! Ja, ich beschäftige mich ... mit Mumien.«

Wieder brach es Buffy fast das Herz. »Ampata bleibt doch nur zwei Wochen.«

»Ja-ah«, entgegnete Willow bitter, »dann wird Xander *wieder* eine andere als mich finden, auf die er steht. Wenigstens kann ich sicher sein, dass er bei *dir* nicht landen kann.«

Buffy biss sich auf die Lippen. Es war ihr schwer gefallen, Xanders Einladung zum Abschlussball oder all seine anderen Avancen auszuschlagen, aber sie empfand einfach nicht genug für ihn. Hör nur gut zu, dachte sie, ich höre mich schon genau so an wie Xander gestern. Wir haben hier ein richtig nettes Liebesdreieck, was?

Als Giles hereinkam und einen neugierigen Blick auf Buffys Buch warf, setzte Willow ihr tapferes Gesicht auf und sagte: »Tja, weißt du, ich habe die Wahl. Ich kann mein ganzes Leben lang darauf warten, dass Xander irgendwann mit allen anderen Mädchen ausgegangen ist und endlich *mich* bemerkt, oder ich kann mein Leben leben.«

Buffy lächelte. Sie hatte Monate darauf gewartet, diese Worte von Willow zu hören. »Letzteres klingt nach einer guten Entscheidung.«

Der tapfere Gesichtsausdruck sank in sich zusammen. »Na ja, ich habe mich noch nicht entschieden.«

Buffy seufzte und wollte gerade zu einer aufmunternden Rede ansetzen, als Giles sagte: »Großer Gott!« Dann sah er Buffy an. »Gute Arbeit.«

Buffy blinzelte angenehm überrascht. »Meine Arbeit?«

»Ja. Das hier ist äußerst aufschlussreich.« Er deutete auf die Abbildung in dem Buch, bei der es sich – wie Buffy bereits vermutet hatte – offenbar um eine detailliertere Wiedergabe eines der Zeichen auf dem Siegel handelte. »Allem Anschein nach war die Mumie Rodneys Mörder.«

Willow beugte sich vor und betrachtete die Seiten. »Wo steht das?«

Giles drehte das Buch so, dass Willow es besser einsehen konnte. »Hier. Die Stelle impliziert, dass die Mumie fähig ist, sich von der Lebenskraft eines Menschen zu ernähren – ihn, wenn du so willst, in eine gefriergetrocknete Leiche zu verwandeln. Außerordentlich.«

Buffy lehnte sich in ihrem Stuhl zurück. »Also müssen wir die Mumie jetzt nur noch stoppen. Was uns zu der Frage führt, wie wir sie a) finden und b) aufhalten können.«

Giles straffte sich und sagte: »Nun, die Antwort drauf verbirgt sich immer noch hier drin – oder in den restlichen Stücken des Siegels.«

In diesem Moment kamen Xander und Ampata herein. Beide waren völlig außer Atem. »Der Macheten-Knabe ist wieder da«, verkündete Xander, bevor irgendjemand etwas sagen konnte, »und es wird bestimmt Ärger geben.«

Xander schien in Ordnung zu sein; Ampata jedoch sah verheerend aus. Xander schilderte die Ereignisse auf der Tribüne. Währenddessen setzte Giles eine Kanne Tee auf. Was ist es bloß, das die Briten in jeder Lebenslage zu Tee greifen lässt?, fragte sich Buffy nicht zum ersten Mal.

Als der Tee fertig war, reichte Giles Ampata eine große Tasse voll. »Hier.«

»Warum hat dieser Typ es bloß auf uns abgesehen?«, fragte Willow. »Was will er?«

Xander zuckte die Achseln. »Er hat gebrüllt: Ihr habt das Siegel gestohlen.«

»Anscheinend«, sagte Giles, der jetzt das Siegelfragment in Händen hielt, »erfreut sich *das hier* größerer Beliebtheit, als wir angenommen haben. Ich weiß nur nicht, was wir damit anfangen sollen.«

Zum ersten Mal, seit Xander sie hereingeführt hatte, ergriff Ampata das Wort. »Zerstören Sie es. Wenn Sie es nicht tun, könnte jemand sterben.«

»Ich fürchte, es ist bereits jemand gestorben«, murmelte Giles.

In Buffys Kopf schlugen Alarmglocken an, aber Ampata sagte nur: »Wollen Sie damit sagen, der Mann mit dem Messer hat jemanden getötet?«

»Nein«, warf Buffy ein. »Nicht ganz.«

»Ihr sagt mir nicht alles«, sagte Ampata, und nicht zum ersten Mal ertappte sich Buffy dabei, wie sie dachte, dass Ampata nicht mal die Hälfte von dem verstand, was sie sagte.

Ehe noch jemand sprechen konnte, nahm Xander Ampatas Hände und sagte: »Du hast völlig Recht, Ampata. Und es wird langsam Zeit, dass wir das nachholen. Wir sind in keinem archäologischen Club, wir sind ...«

In Buffys Kopf lärmten noch mehr Alarmglocken und Giles räusperte sich vernehmlich. Buffy konnte nicht glauben, dass Xander dämlich genug war, Ampata alles zu offenbaren.

»... in einem kriminalistischen Club«, erklärte Xander kaum einen Herzschlag später und Buffy erlaubte es sich, die angehaltene Luft abzulassen. »Das ist so was Ähnliches wie der Schachclub, bloß dass es um Verbrechen geht und nicht um Schach.«

»Versteht mich bitte richtig«, bat Ampata und stand auf. »Dieses Siegel hätte uns fast umgebracht. Es muss zerstört werden!«

Und damit drehte sie sich um und rannte aus der Bibliothek.

»Ampata!«, rief Xander und setzte ihr nach.

Dann lief Willow hinter Xander her.

Und das Dreieck dreht sich munter weiter, dachte Buffy, bevor ihr einfiel, dass Dreiecke sich im Allgemeinen nicht drehten.

Willow stürzte in dem Moment aus der Bibliothek, als Xander Ampata an die Wand des zu dieser Stunde verwaisten Schulkorridors gelehnt fand. Zum Glück blieben nur sehr wenige Schüler nach Unterrichtsschluss noch hier; es sei denn zum Sport, und da die Footballspieler nicht da waren, blieben nur die Nachsitzer übrig sowie jene Hand voll Schüler, die an vereinzelten außerschulischen Aktivitäten teilnahm – und natürlich das Jäger-Team.

»Ampata, hör mir zu«, sagte Xander gerade eindringlich. »Niemand wird dir etwas zu Leide tun. Ich werde das nicht zulassen.«

»Eure Nachforschungen sind gefährlich«, erwiderte sie und Willow bemerkte, dass sie weinte. »Ich will das nicht. Nur ein normales Leben.«

Sie wandte sich ab und ging zum Wasserspender. Willow trat hinter Xander und fragte: »Ist sie okay?«

»Ziemlich daneben«, antwortete Xander. »Ich versuche sie davon zu überzeugen, dass unser Leben hier nicht nur aus Risiko und Gefahr besteht.«

Willow schluckte die naheliegendste Antwort darauf hinunter und sprach statt dessen die Worte, von denen sie genau wusste, dass sie sie aussprechen musste, auch wenn sie sich eigentlich lieber die Zunge abgebissen hätte. »Du solltest mit ihr zum Tanz gehen.«

Xander warf ihr einen kurzen Blick zu. »Das ist eine gute Idee. Wir gehen alle gemeinsam.«

»Nein, ich meine, *nur* du.«

»Aber du hast dich doch so darauf gefreut«, entgegnete Xander verwirrt. »Und dein Kostüm ...«

»Wir sehen uns dort.«

Einen Moment später erschien ein breites Lächeln auf Xanders Gesicht. »Weißt du was, Willow? Du bist wirklich meine beste Freundin.«

Damit wandte er sich wieder Ampata zu. Willow wartete, bis sie sicher sein konnte, dass er außer Hörweite war, dann sagte sie: »Ich weiß.«

Nachdem Ampata, Xander und Willow nacheinander die Bibliothek verlassen hatten, wandte Giles seine Aufmerksamkeit wieder dem Siegel zu. Er war im Grunde dankbar, dass sie ihn mit Buffy allein gelassen hatten. Sie schien wenigstens einen Schritt über dem bizarren Paarungsritual zu stehen, das die drei anderen erfasst hatte. Wenn die Hormone von Teenagern in Aufruhr waren, bekam er immer leicht Kopfschmerzen. Er hatte geglaubt, die Beziehung zu der Computerlehrerin Jenny Calendar – die sich überaus angenehm entwickelte – würde ihn gegenüber den sonderbaren Dreiecksverhältnissen, die Buffy und ihre Freunde ständig zu plagen schienen, toleranter stimmen, doch wenn sie überhaupt etwas bewirkte, dann, dass sein Verständnis für derartiges Geplänkel eher noch abgenommen hatte.

»Ich verstehe das nicht«, sagte Buffy, und Giles konzentrierte sich, während sie sprach, wieder auf das Siegel. »Weshalb sollte der Leibwächter es auf einen zerbrochenen Stein abgesehen haben?«

»Nun, äh, vielleicht muss er unser Fragment mit den übrigen Stücken zusammenfügen.«

»Falls er die hat«, meinte Buffy. »Ich meine, wir haben nicht alle gefunden.«

Giles erwog den Einwand. Außerdem dachte er an ihren hastigen Rückzug aus der Ausstellung südamerikanischer Schätze. »Falls nicht, müssen sie immer noch im Museum liegen.«

»Dann sollten wir vielleicht dorthin gehen und danach suchen. Das Dumme ist bloß, dass *er* auch aufkreuzen wird, nicht wahr?«

Giles nickte und entgegnete: »Hoffen wir, dass wir bis dahin fertig sind.« Buffy hatte bisher noch keine Gelegenheit gehabt, diesem Burschen, dem Leibwächter, von Angesicht zu Angesicht gegenüberzutreten, und Giles vermutete, dass dieser sich kein Bild davon machte, auf was er sich einließ, wenn er die Auserwählte herausforderte.

»He, sieh einer an«, sagte Buffy mit einem Lächeln, »wir haben einen Plan. Einen guten Plan.«

»Richtig. Wir können uns heute Abend, wenn das Museum geschlossen hat, hier treffen.«

Das Lächeln verging. »Nein, mieser Plan. Ich habe andere Pläne. Tanzpläne.«

Der Wächter richtete einen jener Blicke auf sie, an denen er über Jahre hinweg gearbeitet hatte, die aber bei *dieser* Jägerin nur sporadisch Wirkung zeigten. Buffy lehnte sich in ihrem Stuhl zurück und schmollte. »Aufgegebene Pläne.«

Giles gestattete sich ein schmales triumphierendes Lächeln.

Die Prinzessin hatte es irgendwie geschafft, sich wieder zu beruhigen – was in erster Linie dem lieben Alexander zu verdanken war. Mit ihm an ihrer Seite fühlte sie sich fast sicher.

Fast.

Trotzdem lebte sie in ständiger Furcht sowohl vor dem Hüter des Siegels als auch vor dem Siegel selbst. Sie wusste, dass sie, solange Hoffnung bestand, das Siegel wiederherzustellen, und solange der Hüter lebte, niemals das normale Leben führen konnte, nach dem sie sich so verzweifelt sehnte.

Doch sie musste alles unternehmen, was in ihrer Macht stand, um diesen Lebenstraum zu verwirklichen. Diese Welt war herrlich, so viel reicher als ihre peruanische Heimat, und sie war Tausende von Meilen und fünf Jahrhunderte von dieser entfernt. Ja, sie würde hier leben können.

Und Ampata wünschte sich, mit Xander hier zu leben.

»Okay«, sagte dieser gerade, während sie durch den Schulkorridor schlenderten, »ich muss dir was sagen. So eine Art Geheimnis. Und es ist ein bisschen gruselig.«

Die Prinzessin warf Xander einen besorgten Blick zu.

»Ich mag dich«, fuhr er fort. »Sehr.«

Die Prinzessin musste sich ein Lachen verbeißen. Das wäre schließlich eine unangemessen unfreundliche Erwiderung. Aber nach allem, was geschehen war, hatte sie eigentlich erwartet, dass er das Wort *gruselig* in einem anderen Zusammenhang benutzen würde.

Er sprach weiter. »Und ich möchte, dass du mit mir zum Tanz gehst.«

Sie lächelte zufrieden. Sie hatte den ganzen Tag lang gehofft, dass er sie darum bitten würde. »Und was ist daran so gruselig?«

»Na ja, man weiß vorher nie, ob ein Mädchen ja sagt oder ob sie dir ins Gesicht lacht und dir dein Herz herausreißt und unter ihren Absätzen zermalmt.«

Die Prinzessin wusste aus früheren Gesprächen, dass Xander mit seinen Annäherungsversuchen an andere Mädchen bisher wenig

Glück gehabt hatte. Doch sie konnte das, zumal in diesem Moment, unmöglich glauben.

»Dann hast du sehr viel Mut«, sagte sie mit gespielter Ernsthaftigkeit. »Darf ich *dir* ein Geheimnis anvertrauen?« Er nickte und sie sagte: »Ich mag dich auch.«

»Wirklich?« Er hörte sich ehrlich überrascht an.

»Wirklich«, antwortete sie und versuchte so ermutigend wie irgend möglich zu klingen.

»Das ist ja toll! Wirklich?«

Lachend wiederholte sie: »Wirklich.«

»Das ist toll«, sagte er noch einmal. »Und du bist keine Gottesanbeterin, oder?«

Die Prinzessin blinzelte. Das war nicht ganz das, was sie erwartet hatte.

»Sorry«, fügte er schnell hinzu, »das war jemand anders.«

Die Prinzessin buchte es ab unter die anderen obskuren Anspielungen, von denen die Unterhaltungen mit Xander gespickt waren, und sah ihre fernere Bestimmung deutlich vor sich. Verlegen sagte sie: »Ich komme wieder.«

»Wohin gehst du?«

»Wohin du nicht mitkommen kannst«, erwiderte sie geheimnisvoll.

Damit öffnete sie die Tür zu den Waschräumen der Mädchen.

»Ich warte draußen«, sagte Xander.

Sie ging hinein und landete schließlich vor einem Spiegel, um ihr Haar zu kämmen. Sie betrachtete ihr Spiegelbild und lächelte. Sie sah glücklich aus. Sie sah zufrieden aus. Gut. Man sollte so aussehen, wie man sich fühlt.

Doch allmählich wurde sie immer blasser. Nein, dachte sie. Die beiden Leben, die sie genommen hatte, hätten ausreichen müssen, um sie zu erhalten. Sie blickte auf ihre Hände und bemerkte, dass die Haut weniger glatt zu werden begann.

Nein! Das ist nicht fair! Sie wollte keine weiteren Leben mehr nehmen, aber sie wollte auch nicht zu jener höllischen Existenz in dem Sarkophag zurückkehren. Sie wollte leben!

Sie hob den Blick wieder zu ihrem Spiegelbild – und sah den Hüter hinter sich stehen.

Sie wirbelte herum und sagte in einer uralten Sprache: »Ich flehe dich an, töte mich nicht.«

Der Hüter erwiderte in derselben Sprache: »Ihr seid bereits tot. Seit fünfhundert Jahren.«

»Aber es war nicht recht«, sagte sie flehend. »Ich war unschuldig.«

»Die Menschen, die Ihr jetzt tötet, damit Ihr leben könnt, *die* sind unschuldig.«

Die Prinzessin zuckte zusammen. »Bitte. Ich liebe.«

Ihre eigenen Worte überraschten sie, doch sie hatte sie kaum ausgesprochen, da wusste sie, dass sie der Wahrheit entsprachen. Sie liebte Alexander Harris. Ihr ganzes Leben lang war sie mit jener abgehobenen Ehrfurcht behandelt worden, die religiösen Ikonen vorbehalten war. Sie war kein menschliches Wesen – sie war *das Opfer.* Xander war der erste, der sie wie eine wirkliche Person behandelte, und dafür würde sie ihn immer lieben.

Der Hüter kam näher. »Ihr seid die Auserwählte. Ihr müsst sterben. Ihr habt keine Wahl.«

Die Prinzessin schaute nach unten und entdeckte, dass ihre Hände immer faltiger wurden. Sie würde von jemandem zehren müssen, und zwar bald.

Sie blickte auf. Warum sollte ich nicht zwei Probleme auf einmal lösen?

Der Hüter hob den rechten Arm. In der Hand hielt er einen Dolch. Doch als er den Arm herabfahren ließ, packte die Prinzessin ihn mit der rechten Hand, lenkte ihn ab und drehte ihn dem Mann auf den Rücken. Die linke drückte sie dem überrumpelten Hüter aufs Gesicht.

»Die habe ich sehr wohl«, sagte sie entschlossen.

Dann küsste sie ihn und fühlte, wie das Leben ihn verließ und in ihren Körper strömte.

Innerhalb weniger Sekunden war alles vorbei. Sein Leben sollte für lange Zeit genügen. Wenigstens hoffte sie das.

Nachdem sie den nunmehr mumifizierten Leichnam in eine der Kabinen geschleift hatte, kehrte sie auf den Korridor und zu Xander zurück, der nervös auf einer der Bänke saß. Als er sie sah, stand er auf.

»Ich habe nachgedacht«, sagte sie. »Der Tanzabend, ich gehe sehr gerne mit dir hin.«

Xander ließ ein breites Lächeln sehen. Er nahm ihre Hand, und gemeinsam gingen sie den Gang hinunter.

Jetzt darf ich endlich glücklich sein.

6

Ampata kam aus dem Bad ins Schlafzimmer und sagte: »Buffy, ich finde meinen Lippenstift nicht.«

Buffy blickte auf. Ampata trug ihr Kostüm und sah beinahe wie eine perfekte Inka-Prinzessin aus. Das Einzige, was ihr dazu noch fehlte, war in der Tat der Lippenstift. »Oh, du kannst einen von meinen nehmen«, erwiderte Buffy. »Auf dem Schreibtisch müsste einer liegen.«

Ampata betrachtete die beiden großen Koffer, die den zuvor noch verbliebenen Platz auf dem Boden mit Beschlag belegten. »Was ist das?«

»Der Busbahnhof hat deine übrigen Sachen geschickt.«

»Oh, natürlich. Hatte ich ganz vergessen. Ich packe sie später aus.«

»Nicht nötig, das kann ich doch für dich machen.«

Ampata legte die Stirn in Falten und musterte Buffy, die T-Shirt und Overall trug. »Aber du musst dich doch für den Tanzabend fertig machen.«

Vielen Dank, dass du mich daran erinnerst, dachte Buffy bitter, verkniff es sich jedoch, die Worte laut auszusprechen. Es war ja nicht Ampatas Schuld, dass ihr Wächter ein gemeiner alter Knochen in Tweed war, der keinerlei Verständnis für die schönen Dinge des Lebens aufbrachte. Wie Tanz. Und Spaß.

»Ich gehe nicht hin.«

»Weshalb nicht?« Ampata klang echt baff.

»Ich muss noch arbeiten. Für den kriminalistischen Club. Absolut kein Grund für dich, dir Sorgen zu machen.«

Sie lächelte. »Ich mache mir keine Sorgen. Dank Xander.«

»Er scheint sehr glücklich zu sein, wenn er mit dir zusammen ist.«

»Ich bin auch glücklich«, sagte Ampata. »Er hat so eine Art, meine Säfte in Wallung zu bringen.«

Buffy grinste. »Und das ist gut?«

»Weil er mich zum Lachen bringt«, erklärte Ampata, während sie auf Buffys Schreibtisch zuging. Sie kramte darauf herum und fand schließlich einen kirschroten Lippenstift. »Ist er das?«

»Oh, nein, das beißt sich. Da drin müsste irgendwo noch ein goldener sein.«

»Danke«, sagte Ampata mit einem warmherzigen Lächeln. »Du denkst immer zuerst an andere. Du erinnerst mich an jemanden, den ich vor sehr langer Zeit kannte. Eine Inka-Prinzessin.«

Buffy fand, das hörte sich gut an. »Cool. Eine Prinzessin.« Sie stand auf und bewegte sich auf Ampatas Gepäck zu.

»Sie sagten ihr, sie wäre die Einzige und dass nur sie ihr Volk vor den Mächten der Unterwelt schützen könnte.«

Während Ampata sprach, warf Buffy einen kurzen Blick in ihren Handkoffer – und entdeckte unter Ampatas Gepäck voller Überraschung Männerunterwäsche. Was? Da bemerkte sie, dass Ampata die Schublade geöffnet hatte, in der Buffy ihre Pflöcke und Kruzifixe aufbewahrte. Ich wusste, ich hätte das Zeug besser in den Wandschrank geräumt.

»Von allen Mädchen ihrer Generation war sie die einzige, die ...«

»... auserwählt war«, beendete Buffy den Satz, während sie die Lade schloss. Sie fand mit einem Mal nicht mehr, dass sich Ampatas Worte gut anhörten. Wie viel weiß sie?

»Du kennst diese Geschichte?«, wunderte sich Ampata.

Buffy war dankbar für diese Wendung, da sie sich zwischen der Entdeckung der Männerunterwäsche und dieser Frage bereits ernsthaft über dieses Mädchen zu wundern begonnen hatte. Laut sagte sie: »Sie kommt mir ziemlich bekannt vor.« Sie entdeckte den gesuchten Lippenstift unter ein paar Halsketten, darunter auch jene mit dem Kreuzanhänger, die Angel ihr bei ihrem ersten Treffen geschenkt hatte, und gab ihn Ampata.

»Sie war sechzehn, so wie wir«, berichtete diese, als sie den Lippenstift von Buffy entgegennahm. »Sie wurde geopfert und ging in den Tod. Wer weiß schon, was sie aufgeben musste, um anderen gegenüber ihre Pflicht zu erfüllen? Welche Chancen hat da die Liebe?«

Buffy dachte an Angel. Sicher, sie hatten eine sehr seltsame Beziehung: eine Jägerin, die einen Vampir mit einer Seele liebte. Aber sie hatten wenigstens eine Chance. Es war immerhin möglich. Außerdem hatte sie bereits eine Prophezeiung überstanden, die ihr den Tod vorausgesagt hatte. Sie klammerte sich an diesen Gedanken und erwiderte. »Wer weiß?«

Dann ging sie zu einem der großen Koffer und sagte: »Ich packe den Rest deiner Sachen für dich aus.«

Als sie sich gerade daranmachte, den Koffer zu öffnen, klingelte es an der Tür. Sie ließ den Deckel fallen und sagte: »Das sind Xander und Willow. Ich gehe aufmachen.«

Buffy eilte die Treppe hinunter und öffnete die Tür für einen Cowboy: Xander, der angezogen war wie Clint Eastwood in *Für eine Hand voll Dollar*. Buffy fragte sich, ob er sogar so weit gegangen war, unter dem Poncho die Metallplatte zu tragen, die feindliche Kugeln aufhalten sollte.

Xander biss die Zähne um einen kalten Zigarillo zusammen und sagte schleppend: »Ich bin zum Tanzen gekommen.«

»Und welche Kultur vertrittst du?«, erkundigte sich Buffy grinsend.

»Ich komme aus dem Land Leone.« Dann nahm Xander den Glimmstengel aus dem Mund und kehrte zu seiner normalen Stimme zurück. »Das liegt in Italien und tut so, als wär's Montana.« Er musterte Buffy von oben bis unten. »Und woher kommst *du*? Aus dem Land des weißen Abschaums?«

Buffy antworte seufzend: »Die Besetzung hat sich geändert. Du und Willow, ihr geht mit Ampata. Giles und ich jagen inzwischen Mumien.« Buffy spähte an Xander vorbei, aber da war keine Willow zu sehen. »Und wo sind *du und Willow?*«

»Sie kommt nicht mit uns.«

»Oh«, sagte Buffy nickend. »Sie hat eine Verabredung. Romantik. Küsse.«

Xander sah aus, als wollte er darauf antworten, doch dann fiel sein Blick auf etwas auf der Treppe. Buffy folgte seinen Augen und entdeckte Ampata, die gerade die Stufen herunterkam. Der Lippenstift hatte definitiv noch gefehlt, sie absolut hinreißend aussehen zu lassen.

»Hallo, Xander«, sagte sie.

»Oh ... Yippie!«

»Ich kann Sprache von amerikanischem Sabber-Boy übersetzen«, sagte Buffy, während Ampata den Fuß der Treppe erreichte. »Er hat gesagt, du bist wunderschön.«

»Hajya«, wandte sich Xander an Buffy.

»Gern geschehen«, erwiderte diese.

In dem Moment trat Joyce Summers zu ihnen. »Ampata, du siehst großartig aus. Ich wünschte, du könntest meine Tochter dazu überreden, euch zu begleiten.«

»Ich habe es versucht«, erklärte Ampata. »Aber sie ist so stur.«

»Ich bin froh, dass das außer mir *noch jemand* erkennt«, rief Buffys Mom lachend.

»Nun, dann gute Nacht«, sagte Ampata und ging zur Tür.

Xander legte Buffy eine Hand auf die Schulter und flüsterte: »Sei vorsichtig.«

»Werde ich«, gab sie mit ebenfalls gesenkter Stimme zurück. Ich hoffe bloß, dass Mom die seltsame Teenager-Geheimniskrämerei darin nicht versteht oder sich am Ende irgendwie zusammenreimt. »He«, fügte sie hinzu, während Xander sich zum Gehen wandte. Als er stehen blieb und sich noch mal umdrehte, sagte sie: »Du siehst gut aus.«

Er lächelte und verließ zusammen mit Ampata das Haus.

Joyce trat hinter Buffy und beobachtete, wie sie nebeneinander auf das Auto von Xanders Mutter zugingen. »Nun sieh dir das an«, sagte sie. »Zwei Tage in Amerika, und Ampata sieht schon fast so aus, als würde sie hierher gehören.«

»Ja-ah«, entgegnete Buffy gedankenvoll. »Wer hätte das gedacht?«

Cordelia betrat das *Bronze* und sah sofort, dass sich außer ihr niemand für den Hawaii-Look entschieden hatte. *Gut*, dachte sie. Sie hegte nicht den geringsten Zweifel daran, dass sie die hinreißendste Person des Abends sein würde.

Ihre Aufmachung im Detail: blaues Bikinitop mit stilisiertem Blumenmuster in Weiß, ein dazu passender Sarong, ein *Lei* in Rosa und Weiß sowie im Haar eine rosafarbene Hibiskusblüte. Das alles wahrte die Grenzen des guten Geschmacks und zeigte dennoch mehr als genug, um ihren fabelhaften Körper wirkungsvoll zur Schau zu stellen.

Natürlich hatte ihre Mutter sie nerven müssen, indem sie behauptete, Hawaii sei gar keine andere Kultur, da die Insel praktisch ein Teil der Vereinigten Staaten war. Cordelia hielt das für ausgemachten Blödsinn. Immerhin, dachte sie, sehen die Leute auf Hawaii anders aus, reden komisch und haben seltsame Namen. Soweit es sie anging, reichte das für eine fremde Kultur. Davon abgesehen dachte Cordelia genauso über Texas.

Beim Hereinkommen fiel ihr Blick auf Willow, und sie musste sich das Lachen verbeißen. Doch dann fiel ihr ein, dass es dafür eigentlich gar keinen Grund gab; sie ließ die Zügel schießen und lachte lauthals los. Willow hatte ein Eskimo-Kostüm angelegt, inklusive Fellkapuze und Speer. Bei all den Leuten im *Bronze* musste in dem Outfit eine Million Grad Hitze herrschen.

Cordelia hatte immer fest daran geglaubt, dass die Ahnunglosigkeit proportional zur Klugheit zunahm. Wie sollte man sonst erklären, dass Willow, die zweifelsfrei zu den Geistesgrößen der Schule zählte, ein derart bescheuertes und verhüllendes Kostüm trug?

Cordelia kam zu dem Schluss, dass Gelächter da nicht ausreichte, und bemerkte im Vorbeigehen: »Oops, haarscharf am Fauxpas vorbei. Ich hätte fast dasselbe angezogen.«

Willow stand ungerührt mit ihrem Speer da. Womöglich schnitt sie eine Fratze, aber das war unter all dem Pelz nur sehr schwer erkennen.

Manchmal, dachte Cordelia, ist es einfach zu leicht.

Sie trat zu Gwen, die in der Nähe der Treppe saß und irgendwie japanisch gekleidet war. Auf der Bühne spielte Devons Band einen tanzbaren, aber wenigstens nicht unausstehlich lauten oder schnellen Song.

Gwen fragte: »He, wo steckt denn Sven?«

Cordelia stöhnte auf. Es war ihr gerade gelungen, eine volle Minute nicht an ihr großes, hohles schwedisches Anhängsel zu denken. »Ich versuche ständig, ihn abzuservieren, aber er ist wie einer dieser Hunde, die man in den Ferien am Grand Canyon aussetzt und die einem dann quer durch vier Staaten wieder nach Hause folgen.«

Wie auf ein Stichwort kam Sven im Gewand eines Wikingerkriegers auf sie zu. »Siehst du? Mein sprachloser menschlicher Bumerang.«

»Er ist doch irgendwie ganz süß«, meinte Gwen. »Vielleicht ist es ja mal nett, das ganze Gerede wegzulassen.«

Da hatte Gwen etwas Richtiges bemerkt, musste Cordelia in Erinnerung an gewisse lahme Unterhaltungen mit Devon zugeben. Und trotzdem ... »Gerede hin oder her – wie wär's mit ein paar einfachen Anweisungen?« Sie machte Sven Zeichen. »Du holen Bowle? Fruchtie-Drink?«

Sven rührte sich nicht.

Gwen stand auf und nahm Svens Arm. »Er kann mit *mir* gehen.«

Willow verschmachtete fast in ihrem pelzigen Kostüm. Dabei schien es zunächst eine so gute Idee gewesen zu sein. Sie hatte diverse Eskimo-Stämme studiert und aus einem Material, das Rentierfell so ähnlich war, wie sie es vom Angebot eines Einkaufszentrums am Stadtrand nur erwarten konnte, einen echt aussehenden *Inuit*-Parka zusammengenäht und sogar ihren Speer nach dem Vorbild eines alten Stichs aus einem von Giles' Büchern angefertigt.

Es war ihr überhaupt nicht in den Sinn gekommen, dass ein pelzbesetzter Parka aus imitiertem Rentierfell mitten im *Bronze* der Inbegriff von *unbequem* sein könnte.

Außerdem war sie allein hier. Klar, es war ihre eigene Idee gewesen, allein herzukommen, nur damit Xander glücklich sein konnte, aber das heiterte sie auch nicht gerade auf.

Und Cordelias blöder Bemerkung gelang das schon gar nicht. Sie versuchte Cordelia nicht an sich heranzulassen. Das Einzige, was sie ihr voraushatte, war die Tatsache, dass sie unglaublich beliebt war und umwerfend bezaubernd aussah, wohingegen Willow ...

Nun, sie war sich ganz sicher, dass sie etwas besaß, das Cordelia nicht hatte. Und wenn es bis zur Stunde ihres Todes dauerte – sie würde eines Tages herausfinden, was das war.

Im nächsten Moment kamen Ampata und Xander herein.

Willow, die nicht über den falschen Pelzrand ihrer Kapuze hinaus blicken konnte, musste den gesamten Oberkörper drehen, um erkennen zu können, was alle anderen anstarrten. Was sie anstarrten, war Ampata, die im Kostüm einer Inka-Prinzessin einfach hinreißend aussah. Aber das war es nicht allein; ihr Outfit wirkte sogar vollkommen echt, wie Willow wusste, da sie einen ganzen Tag damit zugebracht hatte, verschiedene Texte über die alten Inkas durchzuackern.

Sie ließ den Blick an ihrer eigenen unförmigen Verkleidung hinabwandern, seufzte und murmelte: »Ich glaube, ich hätte besser etwas Aufreizendes angezogen.«

Xander entdeckte Willow und führte Ampata zu ihr. Er war wie ein Cowboy angezogen und sah ebenfalls großartig aus. Allerdings tat er das in Willows Augen immer.

»Wow«, sagte Willow, »ihr seht klasse aus.«

»Dein Kostüm gefällt mir«, erwiderte Ampata. »Es ist sehr authentisch.«

Na ja, wenigstens fällt es ihr auf, dachte Willow, aber das war nur ein schwacher Trost. »Danke«, sagte sie leise.

»Ja-ah«, pflichtete Xander ihr bei, »es sieht ... äh ... mollig aus.«

»Das war's, was ich im Sinn hatte«, entgegnete Willow in der Hoffnung, überzeugend zu klingen. »Wo ist Buffy?«

»Hat für den kriminalistischen Club zu tun«, sagte Xander rasch. »Giles wollte irgendwas direkt erledigt haben. Du weißt ja, wie diese Clubleiter sind.«

Willow versuchte zu nicken, stellte fest, dass sie es unter der Kapuze nicht konnte, und sagte daher nur: »Oh.«

Der Song ging zu Ende, was Willow nur deshalb auffiel, weil die Leute klatschten. Sie hatte die Band überhaupt noch nicht wahrgenommen. Nachdem der Applaus verebbt war, begann eine langsame Tanznummer.

Xander sah Ampata an. »Willst du ... ah, möchtest du gerne ... äh, du weißt schon ...«

»Ich würde liebend gern tanzen«, antwortete Ampata und ersparte Xander so weitere Peinlichkeiten.

Xander geleitete sie lächelnd zur Tanzfläche.

Willow seufzte einmal mehr.

Oz ließ den Blick prüfend über die Menge wandern. Dieser spezielle Song war ziemlich schnörkellos, eine Ballade ohne Tempowechsel und mit einigen offenen Akkorden, die er so ziemlich im Schlaf beherrschte. Oz lag wenig an Balladen, aber an so einem Tanzabend musste man eben den Geschmack der breiten Masse bedienen.

Oz musterte die Leute. Er hatte abgesehen von Halloween noch nie so viele Kostüme auf einem Haufen gesehen, und er musste zugeben, dass der Anblick ziemlich cool war.

Zweierlei erregte seine Aufmerksamkeit. Nummer eins war nur schwer zu übersehen, da alle anderen die beiden ebenfalls anstarrten: ein Paar, das in der Mitte der Tanzfläche tanzte. Das Mädel war wie eine Art südamerikanische Göttin gekleidet und der Typ wie ein Cowboy aus einem Italo-Western. Die meisten Leute tanzten ganz normal; diese beiden jedoch waren vollständig ineinander verkeilt. Ihr Auftritt wirkte wie eine Szene aus der *West Side Story*.

Nummer zwei befand sich direkt hinter den beiden: ein Mädchen in einem Eskimo-Kostüm, das süßeste Ding, das er in seinem ganzen Leben jemals gesehen hatte.

Oz hatte das Paar auf der Tanzfläche gesehen und den Blick weiter schweifen lassen. Dieses Mädchen jedoch schlug ihn vollkommen – und untypischerweise – in seinen Bann.

Sie spielten einen Instrumentalpart und Oz trat vom Mikro zurück, um sich zu Devon hinüberzubeugen. »He, das Mädel da. Wer ist das?

»Eine Austauschschülerin. Ich glaube, sie kommt aus Südamerika.«

Oz schüttelte den Kopf. »Nein, nicht die. Die im Eskimo-Kostüm.«

Devon zuckte die Achseln.

Wer ist dieses Mädchen?

Die Prinzessin war noch niemals im Leben so glücklich gewesen. Sicher, die Musik war ein bisschen seltsam, aber sie stellte fest, dass sie ihr gefiel. Letzten Endes kam es darauf auch gar nicht an. Wichtig war allein, dass sie Xander im Arm hielt. Und sie genoss das Gefühl.

Ihr Herz raste, als er sich ihr zum Kuss näherte.

Sie hob den Kopf, um seinen Kuss zu empfangen, und ihr Blick fiel auf ihre Hände, die auf Xanders Schultern lagen.

Sie wurden schon wieder runzlig.

Nein!

Die Lebenskraft des Hüters hätte Tage vorhalten müssen und nicht nur ein paar Stunden. Da stimmte etwas nicht. Vielleicht liegt es daran, dass der Hüter nicht wirklich menschlich war.

Aber der Grund spielte keine Rolle. Sie musste sich von Xander entfernen, ehe er etwas bemerkte.

Noch bevor er sie küssen konnte, riss sie sich aus der Umarmung los und rannte davon.

Damit niemand etwas bemerkte, versuchte sie ihre Hände am Körper zu verbergen und setzte zusätzlich auf die trübe Beleuchtung an diesem Ort. Sie ließ den Blick rasch durch den Raum schweifen und sah einen Jungen, der allein auf der Treppe saß. Sie wusste nicht, welche Kultur er darstellte und es war ihr auch ziemlich gleichgültig. Das Einzige, was zählte, war, dass er allein war und somit eine leichte Beute abgab.

Es bedurfte nur weniger Sekunden und eines strahlenden Lächelns, um den Jungen – Jonathan war sein Name – in den Bereich hinter der Bühne zu locken. Sie nahm ihm den Strohhut ab, der ein Teil seines Kostüms darstellte, und strich ihm über die Haare.

Jonathan war ein bisschen nervös. »Deine Hände fühlen sich irgendwie ... rau an. Und bist du nicht mit Xander zusammen?«

Die Prinzessin antwortete so verführerisch, wie sie es vermochte: »Sieht es so aus, als wäre ich mit Xander zusammen?«

Sie beugte sich vor und wollte ihn küssen.

»Ampata!«, ließ sich aus der Nähe Xanders Stimme vernehmen.

Nein, mein Geliebter, dachte die Prinzessin qualvoll. Nicht jetzt!

Das Unglück nahm jedoch seinen Lauf. Beim Klang der Stimme sagte Jonathan: »Das ist mein Stichwort, hier zu verschwinden«, und machte sich schnell aus dem Staub.

Nachdem Ampata die Tanzfläche fluchtartig verlassen hatte, blickte ihr Xander in vollkommener Verwirrung nach.

»Okay, wenigstens kann ich ausschließen, dass ich was Falsches *gesagt* habe«, murmelte er. Sie hatten, seit sie auf die Tanzfläche gekommen waren, kein einziges Wort gesprochen.

Xander hatte auch nicht angenommen, dass das nötig wäre.

Er ging ihr nach, konnte sie im Gedränge jedoch nicht entdecken. Er stieß auf Willow, die sich inzwischen nicht vom Fleck gerührt hatte. »Hast du Ampata gesehen?«

Willow machte eine irgendwie merkwürdige Bewegung.

Xander legte die Stirn in Falten und fragte: »Was war das?«

»Ein Schulterzucken.«

Notiz an mich selbst, dachte Xander, Schulterzucken und Eskimo-Parkas passen nicht zusammen. »Das nächste Mal solltest du lieber Schulterzucken sagen«, meinte Xander und ging weiter.

Im selben Moment hörte er Willow sagen: »Seufz.«

Als Xander sich einen Weg durch die Menge bahnte, entdeckte er eine Angehörige der Legion Cordelia, die als eine Frau aus dem japanischen Mittelalter verkleidet war. Sie sprach mit Sven, dem schwedischen Schüler, der im Haus der Chase wohnte.

»Ich dachte, die Nummer mit dem Schüleraustausch wäre eine echt große Sache«, sagte Sven gerade, »aber sieh dir an, wo ich reingeraten bin: Momento? Du holen Bowle? Fruchtie-Drink? Kommt Cordelia eigentlich aus diesem Land?«

Unter anderen Umständen hätte Xander es genossen, diese Worte aufzuschnappen. Aber so wie die Dinge lagen, verbuchte er sie vorerst unter ›zukünftige Cordelia-Beleidigungen‹.

Jetzt musste er jedoch Ampata finden. Zum ersten Mal in einem Leben voller Zurückweisungen liefen die Dinge zwischen Xander und einem Mädchen sehr gut. Er wäre verdammt, wenn er sie ohne den größten Kampf seines Lebens ziehen lassen würde.

Er lief in den rückwärtigen Korridor und rief Ampatas Namen.

Eine Minute später fand er sie. Sie schien irgendwie nicht ganz auf dem Posten zu sein. »Da bist du ja. Wieso bist du weggelaufen?«

»Weil ...« Ihre Stimme brach. »Ich verdiene dich nicht.«

Xander schnappte nach Luft. »Du denkst, du verdienst mich nicht?« Er lachte. »Oh Mann. Ich *liebe* dich.«

Er war vor Verblüffung darüber, dass ein Mädchen tatsächlich glauben konnte, ihn nicht zu verdienen, so aufgekratzt, dass er einen Moment brauchte, um sich darüber klar zu werden, was er soeben gesagt hatte.

Ampata wandte sich ab. Tränen rannen ihr über die Wangen.

»Sind das Tränen der Freude? Des Schmerzes? Des Abscheus?«

»Ich bin sehr glücklich. Und sehr traurig.«

Sie hörte sich jedoch nur traurig an. »Dann rede mit mir«, bat Xander. »Lass mich wissen, was nicht stimmt.«

»Das kann ich nicht«, erwiderte sie und sank in seine Arme, weinte an seiner Schulter.

»Ich weiß, weshalb du es mir nicht sagen kannst. Es ist ein Geheimnis, nicht wahr?«

Sie schaute zu ihm auf und nickte.

»Und wenn du es mir trotzdem sagst, musst du mich töten, richtig?«

Sie begann erneut zu weinen.

Gute Arbeit, Mister Leichtfertig. »Oh, das war nur ein blöder Witz. Und ein schlechter Zeitpunkt außerdem. Es tut mir Leid, ich ...«

Er verstummte schlagartig, als er in ihre Augen blickte.

Ihre Augen erwiderten den Blick.

Er wollte in diesem Moment nichts mehr, als Ampata zu küssen, und er war sich ziemlich sicher, dass sie dasselbe wollte.

Sie küssten sich.

Es war ein umwerfender Kuss.

Dann fühlte sich Xander, als würde ihm das Leben ausgesaugt, und der Kuss erschien auf einmal weniger umwerfend ...

7

Buffy hatte sich gerade sorgenvollen Gedanken überlassen, als es an der Tür klingelte. Sie erwartete Willow zu sehen, die den Tanzabend sausen ließ und zu ihr kam, um sich über Xander auszuweinen.

Daher war sie ziemlich perplex, als sie Giles auf der Türschwelle stehen sah.

»Dem Himmel sei Dank, dass du zu Hause bist«, sagte er und schob sich rasch herein.

Nachdem Buffy die Tür hinter ihm geschlossen hatte, sagte sie: »Tja. Kein Tanz. Keine Freunde. Kein Leben.« Giles schien dieser Versuch, ihm Schuldgefühle zu machen, jedoch nicht sonderlich zu beeindrucken, also fuhr sie fort: »Was tun Sie überhaupt hier? Ich dachte, wir treffen uns am Museum, um den Leibwächter zu finden.«

»Nein, der wurde nämlich schon gefunden. In den Waschräumen der Schule – mumifiziert.«

Buffy runzelte die Stirn. »Okay, aber das kapiere ich nicht, Warum sollte die Mumie ihren Leibwächter töten?«

»Nun, ich habe ein paar Querverbindungen hergestellt und mir dann die Piktogramme noch einmal angesehen. Er war tatsächlich ein Aufpasser, aber seine Aufgabe war es, dafür zu sorgen, dass die Mumie nicht erwacht und sich davonmacht.«

»Dann war Ampatas Übersetzung also falsch?« Das macht Sinn, dachte Buffy. Immerhin ist sie bloß ein Mädchen.

Und doch ...

»Vielleicht«, sagte Giles.

»Augenblick mal. Das Siegel hat sie von der ersten Minute an ganz kirre gemacht.«

»Ja, das hat es wohl«, stimmte Giles ihr zu.

»Ihre Koffer«, rief Buffy und lief die Treppe hoch.

Giles folgte ihr und sagte: »Wie bitte?«

»Mit ihrem Gepäck war irgendwas komisch«, erklärte Buffy, während sie ihr Zimmer betrat. Der Handkoffer und die zwei großen Koffer standen noch unberührt da. Buffy bemerkte, dass Ampata ein Vorhängeschloss an einem davon angebracht hatte – an dem, den sie gerade hatte aufmachen wollen, als Xander erschienen war. »Werfen Sie mal einen Blick auf ihre Klamotten«, forderte sie Giles auf.

Der Wächter untersuchte das Gepäck zuerst ein wenig zögerlich, bis er feststellte, dass er es mit einer Auswahl männlicher Bekleidung zu tun hatte. »Das sind ohne Zweifel ausnahmslos die Kleider eines Jungen. Weshalb sollte ein Mädchen so was einpacken?«

Buffy ging vor dem zweiten Koffer in die Knie, sprengte das Schloss mit einer raschen Drehung aus dem Handgelenk und klappte ihn auf.

Ein abgestandener und modriger Geruch stieg ihr in die Nase. Was indes keine Überraschung war, wenn man bedachte, dass der große Koffer einen mumifizierten Leichnam enthielt. Das neuste Sammlerstück, sozusagen!

»Und wie steht's hiermit? Welches Mädchen reist mit einer mumifizierten Leiche und packt nicht mal einen Lippenstift ein?«

Giles atmete langsam aus. »Offenbar ist Ampata unsere Mumie.«

»Und unsere Mörderin. Giles, sie ist mit Xander zum Tanz gegangen!«

Giles nickte. »Wir müssen auf dem schnellsten Weg ins *Bronze*.«

Sie flogen geradezu über die Treppenstufen und nach draußen zu Giles' Wagen. Buffy glitt auf den Beifahrersitz, während der Wächter hinter dem Steuer Platz nahm. Er brauchte drei Anläufe, um das Auto zu starten, doch dann rollte der Wagen langsam über den Asphalt.

Buffy stöhnte. Sie hätte schneller *laufen* können. »Nun machen Sie schon … Können Sie nicht mal das Gaspedal durchtreten?«

»Das tue ich ja«, antwortete Giles gereizt.

»Irgendwann müssen sie sich mal ein richtiges Auto zulegen.«

Giles reagierte darauf nur mit einem seiner berühmten Blicke.

Buffy spähte durch die Windschutzscheibe und sagte: »Ich hätte es mir denken sollen. Wissen Sie noch, Ampata wollte, dass wir das Siegel verstecken.« Giles nickte. »Und dann wollte sie, dass wir es zerstören, weil … Warte mal.«

Einen Moment später entgegnete Buffy: »Ich warte.«

»Nun, wir wissen bereits, dass das Siegel dazu diente, die Mumie aufzuhalten. Als es zerbrochen wurde, hat sie das befreit …«

»… und wenn wir es wieder zusammensetzen, wird es sie festnageln«, beendete sie den Satz. Das sind jetzt schon zwei Pläne an einem Tag. Nicht schlecht für einen steifen alten Briten und eine vorlaute junge Jägerin.

»Ich fahre ins Museum«, verkündete Giles und nahm eine Abzweigung, die sie am *Bronze* vorbeiführen würde. »Ich setze dich vor dem Club ab und versuche die Fragmente zusammenzubringen.«

Buffy entgegnete nickend: »Alles klar. Und ich schnappe mir Xander, bevor er mit seiner süßen Mumie auf Tuchfühlung geht.«

Buffy wartete nicht einmal ab, bis der Wagen vollständig zum Stehen gekommen war, ehe sie heraussprang und die Tür hinter sich zuschlug. Giles fuhr weiter zum Museum.

Sie verschwendete eine volle Minute darauf, Dave dem Rausschmeißer auseinander zu setzen, wieso sie kein Kostüm trug. Die Hausregel des Abends lautete anscheinend, dass niemand hereingelassen wurde, der nicht eine bestimmte Kultur verkörperte. Doch schließlich überzeugte sie Dave davon, dass sie als kanadischer Farmer verkleidet sei, und er ließ sie passieren.

Sie nahm sich vor, Dave zu erwürgen, sobald diese Krise überwunden wäre, und pflügte durch die bunte Vielfalt internationaler Teenager. Sie konnte Xander oder Ampata nirgendwo sehen, doch schließlich entdeckte sie Willow, die einigermaßen reglos in einem Eskimo-Kostüm herumstand.

»Wo ist Xander?«

»Er sucht nach Ampata.«

»Wir müssen sie finden. Ampata ist die Mumie.«

Willows Augen weiteten sich. »Oh.« Dann lächelte sie auf eine so boshafte Art, wie Buffy es niemals von ihr erwartet hätte. »Gut.« Im nächsten Moment nahm ihr Gesicht jedoch einen Ausdruck des Entsetzens an, der Willow weit mehr entsprach. »Xander!«

»Wo sind sie hin?«

»Hinter die Bühne, glaube ich«, antwortete Willow, während die beiden bereits in die Richtung marschierten.

Xanders Erfahrungen mit Küssen waren beängstigend beschränkt, doch ungeachtet dessen war er sich ziemlich sicher, dass dies hier an Inbrunst nicht mehr zu überbieten war. Es fühlte sich allen Ernstes so an, als würde ihm das Leben ausgesaugt.

Doch dann hörte Ampata plötzlich auf. »Nein!«, schrie sie. »Ich kann nicht!«

Xander stürzte völlig ermattet zu Boden. Er hatte schon von Küssen gehört, die einem den Atem rauben konnten, aber *das hier* war lächerlich.

Ampata kniete sich neben ihn. »Xander, es tut mir so Leid.«

Er hätte sie gerne gefragt, was genau ihr denn Leid tue, aber er brachte nicht genügend Kraft auf, um die Worte auszusprechen.

Plötzlich fuhr sie in die Höhe und presste sich die Hände an den Kopf. »Das Siegel«, stieß sie durch zusammengebissene Zähne hervor, als leide sie starke Schmerzen.

Dann rannte sie davon.

»Ampata ...«, krächzte Xander, doch er konnte nicht anders, als einfach still dazuliegen. Nur langsam kehrte seine Kraft zurück.

»Bist du okay?«

Die Stimme schreckte ihn auf. Er sah auf und erkannte Buffy, die noch immer in ihrem Overall steckte, sowie Willow, die nach wie vor als Eskimo verkleidet war. Ich dachte, Buffy wollte mit Giles ins Museum fahren ...

»Ich glaube schon«, erwiderte er mühsam. »Junge, das war vielleicht ein Kuss.«

»Wo ist Ampata?«

Xander hatte gerade dasselbe fragen wollen. Er versuchte seine Gedanken zu sortieren und sich zu sammeln. »Sie hat irgendwas über das Siegel gesagt.«

Buffy stand auf. »Das Siegel. Giles. Kommt!«

Der Wortwechsel ergab immer weniger Sinn. »Was ist eigentlich los?«

»Er hat keine Ahnung«, warf Willow ein.

Keine Ahnung wovon?, dachte Xander.

»Wir erzählen ihm alles unterwegs«, sagte Buffy, während sie und Willow ihm aufhalfen und ihn in den Hauptraum des *Bronze* führten.

Die Prinzessin hatte sich geschworen, nie wieder an diesen Ort zurückzukehren, doch jetzt fand sie sich doch in der Ausstellung südamerikanischer Schätze wieder.

Als dieser schwachsinnige Junge mit den Zahnspangen das Siegel zerbrach, hatte sie nach fünfhundert Jahren unsterblicher Höllenqualen endlich die Freiheit wiedererlangt. Sie konnte auf keinen Fall zulassen, dass das Siegel wieder zusammengesetzt wurde. Sie würde nie wieder in ihre frühere Daseinsform zurückkehren. Schließlich hatte sie jetzt einen Lebenssinn gefunden.

Sie hatte Xander. Und sie würde nicht zulassen, dass irgendetwas ihn ihr wegnahm.

Als sie sich der Ausstellung näherte, vernahm sie eine vertraute Stimme: »›Die Kosmologie der Inkas verbindet den Vogelkopf mit seinem blasseren Zwilling ...‹« Eine Pause, dann: »Oh ja ... seinem blasseren Zwilling.«

Das war dieser Archivar. Giles. Offenbar versuchte er das Siegel wieder zusammenzufügen. Fluch über ihn! Er erinnerte sie an den Hohepriester. So selbstgefällig. So überheblich. Ständig machte er ihr weis, wie nobel es sei, für Sebancaya zu sterben. Als wenn er die geringste Vorstellung davon hätte, was er von mir verlangt. Als wenn dieser Narr die geringste Vorstellung davon hätte, zu was er mich verdammt.

Jetzt sah sie ihn. Er kniete vor ihrer Grabstätte und las aus einem seiner Bücher vor. »›Der Kondor steigt in die Lüfte, er trägt seine Beute in den Krallen.‹ Das ist es.«

Anschließend machte er sich daran, weitere Stücke des Siegels zusammenzusetzen. Die Prinzessin konnte spüren, wie dessen Macht nach ihr rief.

Nein!

Ihre Arme und Beine waren jetzt voller Runzeln. Schon bald würde ihr ganzer Körper verfallen, und dann würde sie nichts mehr ausrichten können. Sie nahm all ihre Kraft zusammen und bewegte sich auf das Grabpodest zu.

»›Die Spiralmuschel erweckt Mamacocha, die Mutter des Allwassers.‹ Nun, das ist es. Nur noch ein Stück.«

Sie streckte ihre knorrige Hand aus, entwand das Siegel dem Griff des Archivars und schleuderte es davon. Es zerschellte und seine Macht über sie war für immer gebrochen.

Mit der anderen Hand packte sie den Archivar bei der Kehle und drückte zu. Doch sie tötete ihn nicht. Sie würde ihn nicht aussaugen können, wenn er tot war.

Als sie sich ihm zum Kuss näherte, wurde hinter ihr eine Stimme laut: »Eines muss man euch Mumien ja lassen: Ihr genießt und schweigt!«

Die Prinzessin fuhr herum und sah Buffy am Eingang stehen. Im nächsten Moment kam das amerikanische Mädchen auf das Podest gesprungen, auf dem der Sarkophag stand, und nahm sofort eine Kampfstellung ein. Die Prinzessin war überrascht. Buffy hatte bisher nicht vermuten lassen, dass sie solche Fähigkeiten besaß.

Sie ließ die regungslose Gestalt des Archivars in ihr Grab sinken und sagte: »Sieht aus, als hättest du mir ein paar Geheimnisse vorenthalten. Du bist kein normales Mädchen, stimmt's?«

Buffy schnaubte. »Oh, und wie steht es mit *dir*?« Dann drehte sie sich, trat zweimal nach der Prinzessin und ließ der Attacke einen Schlag folgen.

Jeder andere Gegner wäre von diesen Hieben gefällt zu Boden gegangen, die Prinzessin jedoch war, sogar in ihrem jetzigen geschwächten Zustand, stärker als der Durchschnitt. Sie schnappte mitten im Schlag Buffys Handgelenk und schleuderte sie auf den Rand des Sarkophags.

Dieses Mädchen ist sehr stark. Sie würde mir für Tage genügen, dachte die Prinzessin und beugte sich vor, um Buffy zu küssen.

Doch Buffy war eine widerspenstigere Beute als der Archivar. Sie versetzte der Prinzessin einen Kopfstoß und ließ sie zurücktaumeln. Buffy schickte ihr einen weiteren Fußtritt hinterher, dem die Prinzessin jedoch erfolgreich auswich.

Buffy griff erneut an, und abermals gelang es der Prinzessin, ihren Angriff gegen sie selbst umzulenken und sie in den Sarkophag zu befördern. Dann klappte sie den Deckel zu.

Sie und der Archivar würden ihr nicht mehr entkommen. Aber sie brauchte dringend eine Auffrischung, bevor sie es wieder mit Buffy aufnehmen konnte. Sie fühlte, dass die Kraft sie verließ. Sie musste rasch ein neues Opfer finden.

Als sie um eine Ecke bog, prallte sie förmlich gegen Willow, die das Outfit des Volkes aus dem Norden unterdessen abgelegt hatte. Die Prinzessin zwang die immer schwächer werdenden Finger, ihr zu gehorchen, und umklammerte mit einer Hand den Hals des entsetzten Mädchens.

»Es wird gar nicht weh tun.«

»Lass sie gehen!«, ließ sich plötzlich die Stimme vernehmen, die die Prinzessin auf keinen Fall hören wollte.

Sie drehte sich um und sah Xander. Nein, Liebster, bitte. Ich will nicht, dass du mich so siehst!

»Wenn du jemanden küsst, dann mich«, sagte Xander.

Die Prinzessin spürte, wie ihr Tränen in die Augen traten. »Xander, wir können zusammen sein, nur diese eine noch.«

»Das wird *niemals* passieren.«

Das Gefühl wich aus ihren Armen und Beinen. Sie würden sehr bald nutzlos sein, wenn sie nicht rasch Nahrung bekam.

»Ich muss es tun«, sagte sie mit großem Nachdruck. »Und ich muss es *jetzt* tun, oder es ist alles aus. Für mich und für uns.« Sie bewegte sich auf Willow zu.

»Nein!«, schrie Xander, brachte sich mit einem Satz zwischen die beiden und stieß Willow zur Seite. Die Prinzessin hatte nicht mehr genug Kraft, um sich dagegen zu wehren. Die Schwäche hatte unterdessen auch ihren Körper erreicht. Sie war kaum mehr dazu fähig, Xander die Hand auf die Schulter zu legen.

Er sah ihr in die Augen. Derselbe Blick, der vor weniger als einer Stunde voller Liebe auf ihr geruht hatte, war jetzt voller Zorn. »Wenn du Leben willst, musst du schon meines nehmen. Kannst du das?«

Furcht überfiel die Prinzessin. Das Siegel hatte sie geschützt, doch sie hatte es zerstört und seinen Hüter getötet. Die Machtmittel des Fluchs waren beseitigt, und die einzigen Vollstrecker von Sebancayas Willen bereits seit Jahrhunderten tot.

Wenn sie jetzt starb, würde sie für immer sterben.

Sie konnte sich nicht damit abfinden. Sie hatte schließlich Geschmack am Leben gefunden, und sie würde es nicht – *konnte* es unmöglich wieder hergeben.

Nicht einmal für Xander.

»Ja«, sagte sie hungrig und beugte sich mit letzter Kraft vor, um ihn zum letzten Mal zu küssen.

Da hörte sie, wie der Deckel ihres Sarkophags auf den Boden geworfen wurde, und aus den Augenwinkeln sah sie Buffy mit großen Sprüngen auf sich zukommen.

Die Prinzessin besaß nicht einmal mehr ausreichend Kraft, um sich zu ihr umzudrehen.

Buffy packte ihre Schultern und zerrte sie weg von Xander.

Das Letzte, was die Prinzessin sah, waren ihre Arme, die aus den Gelenken gerissen waren und noch immer ihren lieben, süßen Xander festhielten.

Das Letzte, was sie spürte, war, dass sie auf den Boden aufschlug.

Dann kam das Vergessen.

Xander hatte in der vergangenen Nacht nicht gut geschlafen. Der schlimme Anblick ihrer abgerissenen Arme, die noch immer an seiner Schulter hingen, während der Rest von ihr in tausend Stücke zersprang, nachdem Buffy sie zu Boden gerissen hatte, wollte ihn nicht loslassen.

Am nächsten Morgen überquerten er und Buffy auf dem Weg zum Aufenthaltsraum den Schulhof. Buffy nippte an einem Soda. Sie bot ihm schweigend einen Schluck an, den er ebenso schweigend ablehnte.

Xanders inniger Wunsch, nicht reden zu müssen, lag im Clinch mit seinem instinktiven Bedürfnis, ohne Unterlass reden zu wollen, und Letzteres trug schließlich den Sieg davon. »Ich bin heute bestimmt eine echte Stimmungskanone, wie? Tut mir Leid.«

»Schon in Ordnung«, versicherte Buffy. »Wir müssen nicht reden.«

Xander seufzte und meinte: »Ich hab bloß ...« Er unterbrach sich, da er sich nicht sicher war, ob er wirklich sagen sollte, was er sagen wollte. Warum eigentlich nicht? Was habe ich schon zu verlieren?

»Meine momentane Begleiterin mal ausgenommen«, sagte er, »habe ich, was Frauen angeht, bestimmt den miesesten Geschmack, den die Welt jemals gesehen hat.«

»Ampata war nicht böse«, entgegnete Buffy. »Zumindest nicht von Anfang an. Und ich glaube wirklich, dass du ihr was bedeutet hast.«

»Ja-ah, aber ich schätze, diese Leben-aus-Menschen-saugen-Nummer wäre wohl eine zu große Belastung für unsere Beziehung gewesen.«

Er dachte an den wahren Ampata Guiterrez, dessen Reise nach Amerika, auf die er sich ohne Zweifel gefreut hatte, an einer übelriechenden Bushaltestelle von der Hand einer lang verstorbenen Mumie ein frühes Ende gefunden hatte. Er dachte an den Leibwächter, der einfach nur versucht hatte, seine Arbeit zu tun. Er dachte sogar an Rodney Munson, der zehn Jahre lang ein Widerling und abschreckendes Beispiel gewesen war. Keiner von ihnen, nicht mal Rodney, hatte verdient, was ihnen zugestoßen war.

»Sie ist hereingelegt worden«, erklärte Buffy. »Sie war bloß ein Mädchen und man hat ihr einfach ihr Leben genommen. Ich weiß noch sehr gut, wie *ich* mich gefühlt habe, als ich von der Prophezeiung hörte, dass ich sterben würde. Ich war nicht gerade scharf darauf, die Voraussage zu erfüllen.«

»Ja, aber das hast du. Du hast dein Leben gegeben.«

Buffy lächelte: »Ich hatte dich, um mich zurückzuholen.«

Xander erwiderte das Lächeln. Vielleicht würde ja nie etwas werden aus ihm und Buffy, aber im Augenblick kam er ganz gut damit zurecht. Im Moment genügte es ihm, sie einfach nur um sich zu haben.

Sie setzten ihren Weg in einträchtigem Schweigen fort.

Heute Nacht, Teil 3

Im Rückblick waren es natürlich unschuldige Zeiten gewesen – zumindest vergleichsweise. Immerhin schienen Angel und Buffy prima miteinander auszukommen, genau wie Giles und Ms. Calendar. Sogar Willow fand jemanden: Oz, den Gitarristen von *Dingoes Ate My Baby*.

Xander hatte Oz zunächst nicht ganz über den Weg getraut. Sicher, er hatte eine Kugel abgefangen, die sonst Willow getroffen hätte, als einer der Tarakan-Attentäter in einem belebten Korridor auf Buffy geschossen hatte, aber trotzdem hatte sich Xander Sorgen gemacht. Doch als Oz die Wahrheit über Sunnydale erfuhr – nachdem Buffy vor seinen Augen einen Vampir gepfählt hatte – schien er es ziemlich gefasst aufzunehmen.

Und dann war da natürlich noch die Tatsache, dass Oz ein Werwolf war ...

Jedenfalls führte die Ankunft dieser Tarakan-Attentäter zu einer weiteren bedeutenden Veränderung in Xanders Leben.

Es fing an, als Xander und Cordelia eines Morgens in aller Frühe Buffy einen Besuch abstatteten. Die Jägerin war verschwunden, ohne eine Nachricht zu hinterlassen. Spike und Drusilla hatten die Tarakan-Attentäter angeheuert, drei übernatürliche Kopfgeldjäger. Buffy und Angel hatten einen davon erledigt, und dann war Buffy verschwunden. Später sollten sie erfahren, dass Angel von Spike und Dru entführt worden war und Buffy sich vor den Attentätern in Angels Apartment versteckt hatte.

Während Xander das leere Haus durchsuchte, ließ Cordelia einen Kosmetikvertreter herein. Unglücklicherweise entpuppte er sich als einer der Attentäter: ein Wesen, das vollständig aus Würmern bestand.

Zusammen mit Cordelia Chase in einem Keller eingesperrt zu sein, stand nicht unbedingt ganz oben auf Xanders Liste der Dinge, die er am liebsten tat. Cordelia dachte offenbar genauso darüber. Sie stritten sich die ganze Zeit.

»Ich kann nicht glauben, dass ich hier festsitze und das, was wahrscheinlich meine letzten Momente auf Erden sind, ausgerechnet mit *dir* verbringen muss!«, hatte Cordelia gesagt.

»Ich *hoffe*, dass es meine letzten Momente sind! Noch drei Sekunden länger mit dir und ich werde ...«

»Du wirst was? Feigling!«

»Verblöden!«

»Ich hasse dich!«

»Ich hasse *dich*!«

Im Lauf der letzten zwölf Jahre hatten Xander und Cordelia eine Menge Szenen mit diesem Dialog bestritten, aber nie zuvor mit einer derartigen Leidenschaft. Ihre Auseinandersetzungen hatten immer etwas Trockenschwimmerhaftes gehabt – eine Beleidigung hier, eine beiläufige Witzelei dort.

Dies war das erste Mal, dass große Gefühle im Spiel waren.

Nachdem sie sich gegenseitig ihren unsterblichen Hass geschworen hatten, raste Xanders Puls, hämmerte sein Herz und er war von einer tiefen, mächtigen intellektuellen Verachtung erfüllt ...

Und von einem noch tieferen, noch mächtigeren Drang, sie zu küssen.

Er griff in demselben Moment nach ihr, als sie nach ihm griff.

Im Gegensatz zu seinem Kuss mit Ampata, der ihm die Lebenskraft geraubt hatte, schien sich dieser Kuss mit Cordelia von sich selbst zu nähren und mit jeder verstreichenden Sekunde intensiver zu werden. Es war, als hätten sie alle Feindschaft und Frustration genommen, die sie während ihres Eingesperrtseins im Keller aufgebaut hatten, und in diesem Speichelaustausch konzentriert.

Nach einem Dutzend Ewigkeiten lösten sie sich voneinander.

»Wir müssen *unbedingt* hier raus«, sagte Xander inbrünstig, und Cordelia stimmte ihm nachdrücklich zu.

Dank ihrer Gewitztheit und des unorthodoxen Gebrauchs eines Gartenschlauchs konnten sie schließlich entkommen. Dann wurden die Tarakan-Attentäter ausgeschaltet, Angel wurde gerettet, und Spike fiel eine große Kirchenorgel auf den Kopf. Alles in allem ein glückliches Ende.

Bis auf dieses eine quälende Problem. Cordy und Xander waren sich einig, dass der Kuss im Keller ein Fehler gewesen war. Keine Einigkeit bestand in der Frage, wessen Fehler es war. Sie stritten sich sogar fast eine ganze Minute über eben diese Frage – bis sie sich erneut küssten.

Der zweite Kuss war sogar noch leidenschaftlicher als der erste.

Ihre Beziehung, sofern man sie als solche bezeichnen konnte, war anfangs rein körperlich. Regelmäßig schlichen sie sich in einen Besenschrank und knutschten. Ihre Beziehung öffentlich zu machen, stand völlig außer Frage. Cordelia ging mit Sportcracks und Leadsängern von Bands aus; Xander hatte sein ganzes Leben lang Cordys Freundinnen für die Staatsfeinde Nummer eins bis zehn gehalten. Keiner von ihnen hätte die Demütigung ertragen können. Außerdem bedeutete die Tatsache, dass sie miteinander knutschten, nicht automatisch, dass sie sich auch *mochten* …

Allerdings kam es an Buffys siebzehntem Geburtstag schließlich doch heraus. Willow reagierte nicht gerade positiv, um es vorsichtig auszudrücken. »Es ist gegen alle Gesetze Gottes und der Menschen!«, war ihr genauer Kommentar dazu.

Angel hob unwissentlich den auf seiner Seele lastenden Fluch auf, verwandelte sich wieder in sein altes dämonisches Selbst und schloss sich Spike und Dru bei ihrem Feldzug zur Vernichtung der Menschheit an. Angel war jetzt einer von den durch und durch Bösen. Schlimmer noch, die Quelle all ihrer Informationen über den Fluch war Ms. Calendar. Es stellte sich heraus, dass sie von den

Zigeunerältesten nach Sunnydale geschickt worden war, um Angel im Auge zu behalten. Diese kleine Enthüllung belastete die Beziehung zwischen Giles und Calendar schwer.

Vor diesem Hintergrund schien die Bekanntmachung seiner Beziehung zu Cordy keine große Sache zu sein.

Wobei die Betonung, dachte Xander, auf dem Wörtchen »schien« liegt ...

Verhext, verfolgt und verwirrt

Um die Mitte des dritten Jahres

1

Der Rechtsanwalt wurde tot aufgefunden, mit Bissmalen am Hals und Blut im Mund. Buffy hatte den für den Mord verantwortlichen Vampir aufgespürt und gepfählt. Aber das Blut in seinem Mund konnte bedeuten, dass er nicht nur ausgesaugt worden war, sondern auch selbst gesaugt hatte. Und so bestand Buffys Patrouille in der Nacht nach der Beerdigung des Anwalts aus einer Wache an seinem Grab für den Fall, dass er als frisch gebackenes Mitglied des Sunnydaler Vampirvereins zurückkehrte.

Da es eine recht langweilige Aufgabe war, bot Xander ihr seine Gesellschaft an. Außerdem brauchte er einen Rat von einem Mädchen. Normalerweise wandte er sich an Willow, aber da es um sein Liebesleben ging, hielt er es für besser, mit Buffy zu reden.

Nachdem sie zehn Minuten mit lahmen Scherzen über den nichtexistenten Unterschied zwischen Vampiren und Anwälten verschwendet hatten, sagte Buffy schließlich: »Xander, seit wir hier hergekommen sind, hast du noch nicht gesagt, was du eigentlich willst.« Sie saß auf dem Grabstein gegenüber dem des Anwalts, während Xander unruhig auf und ab ging.

»Tut mir Leid.« Er griff in seine Tasche und zog die kleine

Schachtel aus dem Juweliergeschäft heraus. Er öffnete sie und hielt die Kette hoch.

Sie war aus Silber, mit einem massiven silbernen Herzen als Anhänger. Xander hatte sich von dem Geld ursprünglich ein cooles neues Skateboard kaufen wollen. Aber seit fast einem Jahr war er nicht mehr zum Skaten gekommen. Außerdem war es Februar, was bedeutete, dass bald Valentinstag war.

Zum ersten Mal in seinem Leben hatte Xander eine Freundin, der er an diesem Tag ein Geschenk machen konnte. Deshalb war er zu Grossmans Juweliergeschäft gefahren und hatte das Skateboardgeld für die Kette ausgegeben.

»Also, was hältst du davon?« fragte er nervös.

»Sie ist hübsch«, meinte Buffy.

»Aber glaubst du, dass sie Cordelia gefallen wird?«

»Ich weiß es nicht.« Buffy zeigte auf das Herz. »Weiß sie überhaupt, was das ist?«

Xander lachte. »Wahnsinnig witzig. Wann hört ihr endlich auf, euch über mich lustig zu machen, nur weil ich mit Cordelia zusammen bin?«

»Es tut mir Leid«, sagte Buffy, und sie schien es ehrlich zu meinen. »Aber wir werden nie damit aufhören«, fügte sie hinzu, und es klang mindestens genauso ehrlich. »Ich denke nur, du könntest jemand ...«, sie zögerte, »... Besseres finden.«

Xander schnaubte. »Vielleicht in einem Paralleluniversum. In diesem Universum ist das einzige andere Mädchen, an dem ich interessiert bin, äh, unerreichbar für mich.«

Buffys Gesichtsausdruck verriet, dass sie wusste, wen er meinte, und sie ersparte ihm die Peinlichkeit, es auszusprechen.

»Außerdem«, fuhr er fort, »kommen Cordy und ich prima miteinander aus. Wir streiten uns nicht mehr so viel, und gestern haben wir einfach dagesessen, ohne was zu sagen. Du weißt schon, wir haben einfach die wohltuende Stille genossen.« Er dachte einen Moment darüber nach und fügte hinzu: »Mann, was war das öde!«

»Ich freue mich, dass ihr euch so gut versteht«, sagte Buffy lächelnd. »Das meine ich fast ehrlich. Und mach dir keinen Stress wegen dem Geschenk.«

»Na ja, das ist ein völlig neues Gebiet für mich. Meine Valentinsgeschenke stoßen normalerweise auf begeisterte Ablehnung.«

»Sie wird die Kette lieben.«

Xander nahm seine unruhige Wanderung wieder auf. »Ich wünschte, die Liebe wäre wie die Vampirjagd – du weißt schon, einfach, direkt. Ein Stoß ins Herz, und das war's.«

Der Anwalt wählte diesen Moment, um aus dem Grab zu steigen und sein neues Mandat als Untoter wahrzunehmen.

Obwohl Xander damit gerechnet hatte, dass sich ein Mann im Anzug und mit Vampirzähnen aus dem Erdreich wühlen würde, traf es ihn dennoch völlig unvorbereitet. Er fiel zu Boden und blieb geschockt liegen. Oh Gott, ich werde sterben.

Doch Buffy kam ihm wie üblich zu Hilfe. Sie sprang von dem Grabstein auf, packte den Vampir von hinten und schleuderte ihn zu Boden. Als er wieder hochkam, versetzte ihm Buffy zwei Tritte und vier gezielte Schläge.

Xander musste zugeben, dass er es liebte, Buffy beim Kämpfen zuzuschauen. Er hatte schon so oft gesehen, wie sie jemanden in den Hintern trat, aber er konnte einfach nicht genug davon bekommen.

Allerdings hatte dieser spezielle Vampir einen besonders widerstandsfähigen Hintern. Er stand trotz ihrer Schläge wieder auf, packte sie und schmetterte sie gegen die Wand eines nahegelegenen Mausoleums. Buffy brauchte weniger als eine Sekunde, um sich zu erholen, dem Vampir einen Tritt gegen den Fußknöchel zu verpassen, dann hochzuspringen und ihm die Stiefelspitze in die Kehle zu rammen.

Der untote Anwalt landete rücklings auf dem Gras. Als er sich erneut aufrappeln wollte, griff Buffy in ihre Jacke, zog einen zugespitzten Holzpflock heraus und bohrte ihn tief in das Herz des Vampirs.

Damit hat die Anwaltskammer ein untotes Mitglied weniger, dachte Xander, als der Vampir in einer Staubwolke explodierte. Und wieder ist eine neue Stelle frei für den hoffnungsvollen Nachwuchs.

Buffy streckte die Hand aus und half Xander auf die Beine. »Tut mir Leid, dass ich das sagen muss, Xander, aber die Vampirjagd ist ein kleines bisschen gefährlicher als die Liebe.«

Lächelnd erwiderte Xander: »Nicht, wenn man in Cordelia verliebt ist.«

Valentinstag in Sunnydale, und Cordelia Chase war besorgt.

Niemand hatte sie gestern Abend zurückgerufen. Dabei gab es noch eine Menge Koordinierungsarbeit in Sachen Tanzfest zu erledigen. Wenn sie nicht aufpassten, drohte eine ernste modische Überlappung – oder, was noch schlimmer war, vielleicht kreuzte sogar jemand in alten Klamotten auf. Vor allem Katie neigte dazu, die Kleider vom letzten Monat zu tragen. Cordelia hatte versucht, ihr diese schlechte Gewohnheit auszutreiben, aber sie machte nur langsam Fortschritte.

Cordelia hatte sich gerade ein atemberaubendes neues rotes Minikleid aus Leinen gekauft, und sie musste Dori dazu bringen, etwas anderes anzuziehen. Schließlich konnte Dori auch in diesem roten, ärmellosen Seidenkleid zum Tanzfest gehen.

Sie sah Harmony, Laura, Kimberley und Dori an einer der Mauern sitzen.

Als Cordelia sich ihnen näherte, sprangen sie jedoch auf und eilten zur Schule. Haben sie mich nicht gesehen?

»Wartet!«, rief sie ihnen nach und lief schneller über den Hof, um sie einzuholen, doch vergeblich. »He, wartet doch!«, rief sie lauter. Als sie sie schließlich erreichte, sagte sie spitz: »Entschuldigung, wo geht's hier zum Schlussverkauf?«

Die vier blieben stehen und drehten sich um. »Oh, tut uns Leid«, sagte Harmony. »Wir haben dich gar nicht gesehen.«

Cordelia konnte schwören, dass sie direkt in ihre Richtung gesehen hatten, bevor sie aufgestanden waren, aber sie entschied, dass sie es sich wahrscheinlich nur eingebildet hatte.

»Warum habt ihr mich gestern Abend nicht zurückgerufen? Wir müssen doch über unsere Tanzoutfits reden. Ich werde Rot und Schwarz tragen«, sagte sie mit einem bedeutungsvollen Blick zu Dori, »du musst also etwas anderes anziehen.«

»Rot und Schwarz?«, warf Kimberley ein. »Sind das Xanders Lieblingsfarben?«

»Xander?«, sagte Cordelia. »Was hat der damit zu tun?« Modefragen waren schließlich Mädchensache. Jungs – vor allem Xander, der modisch völlig Unterbelichtete – hatten davon keine Ahnung.

»Na ja«, meinte Harmony, »du willst für deinen Lover doch gut aussehen, oder?«

Die vier kicherten los. Kicherten! Cordelia konnte es nicht glauben. »Xander ist bloß ...«

Harmony unterbrach sie. »Wann fangt ihr beide denn an, im neckischen Partnerlook aufzutreten? Ich habe nämlich vor, mich demnächst mal wieder zu übergeben.« Sie sah die drei anderen Mädchen an. »Kommt, gehen wir.«

Wortlos stolzierten sie davon und ließen Cordelia mit offenem Mund zurück.

Sie war fassungslos. Man hatte sie unterbrochen – zwei Mal sogar! – und sie dann auch noch stehen lassen.

Was haben die denn für Probleme?

Dann seufzte sie. Das Problem ist mein Verliererfreund. Und wenn sich eine von ihnen mit Xander eingelassen hätte, nun, ich hätte mich kaum anders verhalten, oder?

Als am Ende der Englischstunde die Glocke losschrillte, sagte Ms. Beakman: »Die Aufsätze auf meinen Tisch. Jeder, der diesen Klassenraum verlässt, ohne seinen Aufsatz bei mir abzugeben, bekommt eine Sechs.« Der Aufsatz diente als Zwischenprüfung. Sie hatten ein Essay über einen von fünf Romanen schreiben müssen. Xander hatte sich für *Große Erwartungen* entschieden, ein Buch, das er kaum lesbar fand. Die aktuelle Filmversion war viel besser zu ertragen gewesen, aber das lag hauptsächlich daran, dass Gwyneth Paltrow mitspielte.

Xander hatte die ganze Nacht dafür gebraucht, aber irgendwie war es ihm gelungen, aus Charles Dickens' hirnverbranntem angeblichen Klassiker einen sechsseitigen Aufsatz herauszuquetschen. »Ha, ha, ha«, murmelte er, als die anderen in der Klasse aufstanden und ihre Aufsätze abgaben, »diesmal bin ich vorbereitet. Diesmal gibt es keine Sechs für Xander. Nein, dieses Baby ist mein Ticket für eine süße Vier minus.«

Als Xander seine Bücher in die Tasche packte, bemerkte er, wie Willow Amy Madison begrüßte: »Hi, Amy.«

»Hi«, antwortete die dünne Blondine. »Geht ihr auch zum Valentinstagtanz im *Bronze*? Es wird bestimmt ein Superspaß.«

Willow sah aus, als würde sie jeden Moment platzen. Jetzt geht das schon wieder los, dachte Xander.

»Nun mach schon«, sagte Buffy. »Du weißt doch, dass du es dir nicht verkneifen kannst.«

»Mein Freund spielt in der Band!«, quietschte Willow.

Vorausgesetzt, er hat seinen Prüfungsaufsatz fertig, dachte Xander mit einem Hauch von Grausamkeit. Xander konnte Oz eigentlich recht gut leiden, aber er hatte ein Problem damit, dass Willow mit einem Jungen zusammen war, der sich drei Nächte im Monat in eine geifernde Bestie verwandelte.

Andererseits macht ihn gerade das in dieser Stadt zu dem idealen Partner ...

»Cool«, meinte Amy zu Willow und lachte.

»Ich schätze, jetzt hast du es allen erzählt«, sagte Buffy.

Willow grinste. »Allen in *dieser* Hemisphäre.« Xander verdrehte die Augen. Dieses Maß an Begeisterung zeigte Willow sonst nur, wenn es um Computersoftware ging.

»Was ist mit dir?« fragte Amy Buffy.

»Oh, der Valentinstag ist doch nur ein Marketing-Trick, um Grußkarten und Schokolade zu verkaufen.«

Amy nickte. »Schlimme Trennung, was?«

»Glaube mir, wenn ich sage ›Heul, heul‹.«

Buffy und Willow gaben gerade ihre Aufsätze bei Ms. Beakman

ab, als Xander von seinem Stuhl aufsprang. Während sie nach draußen gingen, trat Amy zur Lehrerin und sah ihr direkt in die Augen.

Ms. Beakman blickte für einen langen Moment ins Leere und tat dann so, als würde sie einen Aufsatz entgegennehmen. »Danke, Amy«, sagte sie.

Amy lächelte und ging hinaus.

Was war denn das? dachte Xander.

Dann fiel ihm ein, wer Amys Mutter war.

Catherine Madison war vor etwa zwanzig Jahren Cheerleaderchampion der Sunnydale Highschool gewesen. Ihr Pokal hatte noch immer einen Ehrenplatz in der Vitrine vor der Bibliothek. Als sich ihre Tochter geweigert hatte, in die Fußstapfen ihrer lieben Mommy zu treten, hatte sich Catherine dem Okkultismus zugewandt. Sie hatte mehrere Zauber entdeckt, darunter einen, der es ihr ermöglichte, ihren Körper mit dem ihrer Tochter zu tauschen, so dass sie ihre glorreichen Tage als Sunnydale High Cheerleaderin noch einmal erleben konnte.

Um an die Spitze der Cheerleader zu gelangen, hatte Catherine vor keiner Schandtat zurückgeschreckt. Sie hatte ein Mädchen zur spontanen Selbstentzündung veranlasst, den Mund einer anderen Schülerin versiegelt, Cordelia geblendet und Buffy fast getötet. Giles war es schließlich gelungen, den Körpertauschzauber umzukehren, und Buffy hatte einen von Catherines magischen Angriffen mit einem Spiegel auf die Urheberin zurückgeworfen.

Niemand wusste, was anschließend aus Catherine geworden war. Amy zog bei ihrem Vater und ihrer Stiefmutter ein und schien glücklich zu sein, mit Moms alter Leidenschaft nichts mehr zu tun zu haben.

Es sieht aber so aus, als hätte sie eine Vorliebe für Moms anderes Hobby entwickelt, dachte Xander, als er seinen Aufsatz bei Ms. Beakman abgab und dann nach draußen lief, um Willow und Buffy einzuholen.

»Mir gefällt einfach nicht, dass du am Valentinstag solo bist«, sagte Will, als Xander die beiden erreichte.

»Ich komme schon zurecht«, meinte Buffy. »Ich werde mir mit meiner Mom ein paar Videos und jede Menge Chips reinziehen. Das ist eine altehrwürdige Tradition bei den Ungeliebten.«

Xander fragte: »Habt ihr das gerade gesehen?«

»Was gesehen?«, wollte Buffy wissen.

»In der Klasse. Ich glaube, Amy hat gerade Ms. Beakman mit einem Zauber belegt.«

Buffy runzelte die Stirn. »Du meinst Hexerei?«

»Ihr wisst doch, dass ihre Mom eine Hexe war«, warf Willow ein.

»Und ein Amateurpsycho«, erklärte Buffy. »Gerade Amy sollte sich nicht mit diesem Zeug beschäftigen.«

Xander begann: »Vielleicht sollte ich mit ihr ...«

Er wurde von einer britischen Stimme unterbrochen, die laut »Buffy!«, rief. Er blickte auf und sah Giles auf sie zukommen. Zur Abwechslung trug er heute Tweed. »Buffy, hast du einen Moment Zeit für mich?«

Buffy zuckte die Schultern. »Sogar eine ganze Minute.«

»Oh, gut«, sagte Giles nach kurzem Zögern, als er den Scherz endlich verstand. »Nun ...«

Giles verstummte. Der Wächter starrte einen Punkt hinter dem Trio an. Xander fuhr herum und sah, wie Ms. Calendar den Computerkursraum verließ und sich dabei mit einem ihrer Schüler unterhielt.

Dann drehte sie sich um und entdeckte die vier.

Xander hatte den Eindruck, dass die Umgebungstemperatur um dreißig Grad fiel. Die Kältewelle stammte von Buffy, deren ganzer Körper sich verspannte.

Nach einem Moment verlegenen Schweigens sagte Ms. Calendar: »Rupert.«

»Ms. Calendar«, nickte Giles knapp.

Ein weiterer Moment verlegenen Schweigens. Xander trat von einem Fuß auf den anderen und wünschte sich, überall zu sein, nur nicht hier. Seit Jenny Calendars Verwicklung in Angels Fluch aufgedeckt worden war, zeigten die Jägerin und ihr Wächter der Techno-Paganin die kalte Schulter – obwohl Jenny nur indirekt damit zu tun gehabt hatte. Es war das abrupte Ende ihrer Romanze mit Giles gewesen.

»Eigentlich bin ich froh, dass wir uns getroffen haben«, sagte Ms. Calendar schließlich, während sie nervös an ihrem rabenschwarzen Haar zwirbelte. »Ich hatte gehofft, wir könnten, ah ... Hast du einen Moment Zeit?«

»Ah, eigentlich geht es jetzt nicht«, erwiderte Giles kühl. »Ich habe etwas mit Buffy zu besprechen.«

Endlich sah auch Buffy Ms. Calendar an. Wenn Blicke töten könnten, dachte Xander, dann läge jetzt die Leiche einer Computerlehrerin vor uns.

»Gut«, sagte die Jägerin kalt. »Gehen wir.«

Giles und Buffy gingen davon.

Xander hatte den Ausdruck ›Spannung knisterte wie Elektrizität in der Luft‹ nie so ganz verstanden – bis zu diesem Moment.

Ms. Calendar sah Xander und Willow an und machte ein gequältes Gesicht. Willow machte ein betroffenes Gesicht. Xander wusste nicht, welches Gesicht er machte.

Schließlich wandte sich die Computerlehrerin und Zigeunerin ab. Das *Klackklack* ihrer Absätze klang ungewöhnlich laut auf dem Linoleumboden.

Xander bemerkte erst jetzt, dass er die ganze Zeit den Atem angehalten hatte, und stieß die Luft zischend aus. Nun, das war seltsam. Xander war der Meinung, dass Buffy auf Ms. Calendar überreagierte. Ja, sie hatte sie belogen, obwohl es eher eine Unterlassungssünde gewesen war. Aber Buffy schien Ms. Calendar für das verantwortlich zu machen, was mit Angel geschehen war. Für Xander gehörte dies in die Kategorie fehlgeleitete Aggressionen.

Und jetzt, wo Angel die Seiten gewechselt hatte, brauchten sie jede Hilfe, die sie bekommen konnten. Es war insofern nicht besonders vernünftig, Ms. Calendar mit ihren magischen Fähigkeiten zurückzuweisen.

Aber wer ist schon vernünftig? Wie Willow immer zu sagen pflegt: »Die Liebe treibt die Menschen in den Wahnsinn.«

Seufzend kehrte er mit Willow in den Unterricht zurück.

Giles führte eine sehr steife Buffy in die Bibliothek. Seine eigenen Gefühle wirbelten wie ein Derwisch, aber er hielt sie unter Kontrolle. Das war schließlich sein Job: die eigenen Gefühle in Schach zu halten, während er die Jägerin unterstützte.

Im Moment wollte die Jägerin nichts mit Jenny Calendar zu tun haben. Ob Giles ihre Ressentiments teilte oder nicht, war irrelevant. Welche Gefühle Giles für Jenny hegte, war sogar noch weniger relevant. Er war der Wächter. Er hatte seine Pflicht zu tun.

Und er hatte das Tattoo eines mystischen Siegels an seinem linken Arm als ständige Erinnerung an das, was beim letzten Mal geschehen war, als er seine Pflichten vernachlässigt hatte.

»Sind Sie okay?« fragte Buffy.

Giles hätte fast aufgelacht, aber es wäre ein bitteres Lachen geworden. »Ich? Mir geht es gut«, log er. Dann konzentrierte er sich auf den Grund für dieses Gespräch. »Eigentlich mach ich mir etwas mehr Sorgen um dich. Seit Angel, hm – *verwandelt* wurde, habe ich mich mit seinen früheren Aktivitäten beschäftigt. Seinen Ernährungsgewohnheiten und so weiter.« Er zögerte.

»Und?« drängte Buffy.

»Am Valentinstag tendierte er dazu, auf ziemlich brutale Weise seine – nun, Zuneigung zu zeigen.«

»Zum Beispiel?«

Bilder von gequälten Tieren und abgetrennten Gliedmaßen tauchten vor seinem inneren Auge auf, und er entschied, der Jägerin die Details zu ersparen. »Nein – ich will jetzt nicht in die Einzelheiten gehen.«

»So schlimm?«

»Es reicht wohl, wenn ich sage, dass ich es für das Beste halte, wenn du in den nächsten Nächten die Straßen meidest. Ich werde die Patrouille übernehmen und die Stadt im Auge behalten. Sicherheit geht vor Reue.«

»Es ist für beides ein wenig spät.«

Giles wusste nicht, was er darauf antworten sollte.

2

Der Vampir namens William – manchmal auch »der Blutige«, meistens jedoch Spike genannt – hatte für sentimentale Festtage, an denen Geschenke gemacht wurde, normalerweise nichts übrig. Doch Valentinstag war etwas anderes, vor allem in diesem Jahr, und das aus zwei Gründen. Zum einen hatte Spike die Vorstellung immer gefallen, den Jahrestag eines der unterhaltsamsten Massaker der Geschichte zu feiern.

Zum anderen waren angesichts seines körperlichen Zustandes Geschenke alles, was er Drusilla geben konnte.

Es war zum Verrücktwerden. Spike war eigentlich nur nach Sunnydale gekommen, um ein Heilmittel für Drus Krankheit zu finden. Zwar waren die körperlichen Wunden verheilt, die ihr der wütende Mob in Prag zugefügt hatte, aber sie war noch immer kraftlos wie ein Auto mit leerer Batterie.

Sie hatten schließlich ein Heilmittel in dem du-Lac-Manuskript entdeckt, das sie aus der Bibliothek der Sunnydale High gestohlen hatten. Obwohl sie das im Manuskript beschriebene Ritual nicht vollständig durchgeführt hatten, war es doch ausreichend gewesen, Drusilla wieder in ihr altes Selbst zu verwandeln. Aber diese dreifach verfluchte Jägerin hatte ihm erneut einen Stein in den Weg gelegt, indem sie eine Kirchenorgel auf ihn geworfen und ihn dem Feuertod überlassen hatte.

Spike hatte in den letzten zweihundert Jahren viele Jägerinnen getroffen. Keine von ihnen hatte ihm auch nur einen Kratzer zugefügt. Er hatte sogar zwei von ihnen eigenhändig getötet.

Bis diese blonde Tussie auftauchte.

Jetzt, wo sich Spike nichts sehnlicher wünschte, als so viel

Distanz wie möglich zwischen sich und die Jägerin zu bringen, war er an einen verdammten Rollstuhl gefesselt. Sein halber Körper war von Brandwunden bedeckt und seine Beine waren zerschmettert. Die Verletzungen würden im Lauf der Zeit heilen, aber bis dahin konnte er nicht reisen.

Schlimmer noch, Angel war zurückgekehrt.

Wenn man Spike vor Monaten gefragt hätte, hätte er bei der Aussicht, dass sein Meister in den Schoß seiner Anhänger zurückkehrte, laut gejubelt. Doch jetzt ...

Drusilla öffnete die Schachtel, die Spike ihr geschenkt hatte, und betrachtete mit staunend aufgerissenen Augen die antike Rubinhalskette, die darin lag. Die Rubine waren natürlich blutrot.

»Gefällt sie dir, Schatz?«

Sie seufzte glücklich. »Sie ist wunderschön.«

Spike lächelte. Er lebte für derartige Momente. »Für mein Mädchen ist nur das Beste gerade gut ...«

Mit einem feuchten *Plop* landete ein menschliches Herz auf dem Tisch.

Es war von Angel. »Alles Liebe zum Valentinstag, Dru.«

»Oh!«, sagte Drusilla mit einem viel glücklicheren Seufzer, als Spikes Kette geerntet hatte. »Angel, es ist noch immer warm!«

Spike kochte. Seit Angel zurückgekehrt war, trieb er dieses Spielchen – er tat alles, um Spike auszustechen. Angel hatte sie beide zu Vampiren gemacht, aber er hatte Drusilla in den Wahnsinn getrieben, bevor er sie in eine Dämonin verwandelt hatte. Mit dem Ergebnis, dass er Drusilla gegenüber besitzergreifend war. Viel besitzergreifender als es Spike recht war.

»Ich wusste, dass es dir gefallen wird«, sagte Angel mit einem raubtierhaften Grinsen. »Ich habe es in einem reizenden kleinen Ladenmädchen gefunden.« Angel bemerkte die Kette und nahm sie in die Hand. »Hübsch«, sagte er herablassend und beugte sich zu Dru, um ihr die Kette umzulegen. »Hier.«

Spike setzte seinen Rollstuhl in Bewegung. »Ich mach das schon«, stieß er mit zusammengebissenen Vampirzähnen hervor.

»Fertig«, sagte Angel, als er die Kette um ihren Hals befestigt hatte und ihr Haar ordnete. Bildete Spike es sich nur ein, oder streichelte Angel wirklich ihr Haar? »Ich weiß, dass Dru dir gegenüber nicht sehr zugänglich ist«, fuhr Angel fort, »aber du musst zugeben, dass es viel einfacher ist, wenn ich solche Sachen für sie erledige.«

Spike widerstand dem Drang, direkt darauf zu antworten, sondern entschloss sich – nicht zum ersten Mal – Angel statt dessen an etwas zu erinnern, um das er sich viel zu wenig kümmerte. »Du solltest dich weniger mit Dru und mehr mit der Jägerin beschäftigen, mit der du herumgezogen bist.«

Angel lächelte stolz. »Die liebe Buffy. Hmm. Ich überlege noch immer, wie ich ihr am besten meine guten Wünsche zum Valentinstag ausdrücken kann.«

Angels Problem, dachte Spike. Auch wenn es im Grunde das Problem der meisten Vampire war. Sie verzettelten sich in Ritualen und Stilfragen und versuchten, phantasievoll zu sein, wenn sie einfach handeln und die Sache zu Ende bringen sollten.

»Warum reißt du ihr nicht einfach die Lunge heraus? Ich stelle mir das ziemlich beeindruckend vor.«

Angel schüttelte den Kopf. »Das ist nicht poetisch genug.«

Alles eine Frage des verdammten Standpunkts. »Das muss nicht so sein.« Spike sah Dru an. »Was reimt sich auf Lunge?«

»Keine Sorge, Spike«, sagte Dru mit einem erschreckend zufriedenen Gesicht, während sie ihr bluttriefendes Geschenk betrachtete.« Angel wusste schon immer, wie man das Herz eines Mädchens rührt.«

Genau deswegen mache ich mir ja Sorgen, dachte Spike.

Buffy hatte den Überblick über die Menge an Junkfood verloren, die sie in sich hineingestopft hatte. Sie hatte eigentlich Buch darüber führen wollen, aber nach der ersten Hälfte von *Der Rosenkrieg* – danach stand *Thelma und Louise* auf dem Programm, der Lieblingsstreifen von Buffy und ihrer Mom – gab sie es auf.

Als sie zu der Szene in *T&L* kamen, in der Susan Sarandon und Geena Davis den Anhalter Brad Pitt mitnahmen, sagte Mom: »Gib mir mal die Malomashs.«

Buffy rührte sich nicht. »Ich kann nicht.«

»Gut«, sagte Mom.

Es bedrückte Buffy, wie sehr die Entwicklung von Geena Davis' Filmcharakter ihrem eigenen Leben ähnelte. Eine Frau in einer Welt voller Beschränkungen wurde durch Gewalt in etwas Größeres verwandelt, als sie war.

Es klopfte an der Tür. Buffy bemerkte erst jetzt die Schüssel mit Thin Mints in ihrem Schoß, reichte sie Mom und sagte: »Hier.« Sie stemmte sich von der Couch und ging zur Haustür.

Es war niemand da.

Plötzlich waren all ihre Sinne im Alarmzustand. Derartige Scherzbolde gab es in L.A. zuhauf, aber wenn in Sunnydale jemand an der Haustür klopfte und dann wegrannte, dann handelte es sich mit Sicherheit um einen Dämon.

Sie schloss und verriegelte die Tür und kehrte wieder ins Wohnzimmer zurück.

Ihre Mutter war weg. Im Fernseher lief noch immer *Thelma und Louise.*

»Mom?«

Sie ging in die Küche und hoffte, dass Mom sich nur etwas zu trinken holen wollte. Dabei versuchte sie nicht an das zu denken, was ihr Giles über Angels Valentinsgewohnheiten erzählt hatte.

»Mom?«

Mom war nicht in der Küche.

Dann hörte sie, wie die Hintertür zufiel.

Sie wirbelte herum.

Da war Mom. Sie hielt eine lange schwarze Schachtel in den Händen. »Buffy, ich bin's.«

Buffy wagte wieder zu atmen. »Ja. Du hast mich ein wenig erschreckt.«

»Ich habe nur an der Hintertür nachgesehen.« Sie reichte Buffy die Schachtel. Sie sah wie eine Blumenschachtel aus. »Jemand hat das für dich dagelassen.«

Buffy öffnete vorsichtig die Schachtel und fand ein Dutzend rote Rosen und eine Karte. Auf der Karte stand schlicht: *Bald.* Daneben befand sich eine kleine Zeichnung, die eine welke Rose zeigte.

Oh mein Gott.

Xander saß im *Bronze* und schaute sich nervös um. Cordelia war bis jetzt noch nicht aufgetaucht. Eigentlich hatten sie zusammen ausgehen wollen, aber im letzten Moment hatte sich Cordy entschlossen, ihn hier zu treffen. Und so saß Xander neben Willow, zog ständig die kleine Geschenkschachtel aus der Tasche, warf sie von einer Hand in die andere und steckte sie dann zurück, nur um sie eine Minute später wieder herauszunehmen.

Willow bemerkte es nicht einmal. Sie hörte der Musik zu. Oz' Band, *Dingoes Ate My Baby*, spielte eine schnörkellose Rocknummer. Xander musste zugeben, dass die Band gut war, und er *liebte* ihren Namen. Aber im Moment war er viel zu nervös, um sie genießen zu können.

»Oz hat heute wieder seine coolen Haare«, sagte Willow. Oz wechselte ständig zwischen seiner natürlichen rotblonden Haarfarbe und einer pechschwarzen Tönung. Niemand wusste genau, warum. »Ich glaube, ich bin ein Groupie«, fügte Willow ernst hinzu.

Xander lächelte sie an. Er musste zugeben, dass es ihm gefiel, Willow so glücklich zu sehen, auch wenn ihm Oz nicht ganz geheuer war.

Wenn ich dasselbe nur von mir sagen könnte. Wo bleibt Cordy?

Endlich kam Cordelia herein. Sie sah sich um, schien von etwas entmutigt zu werden und setzte sich allein an einen Tisch.

Komisch, dachte Xander, während er all seinen Mut zusammennahm, in Gedanken ein letztes Mal die vorbereitete Rede durchging und dann hinüber zu dem Tisch marschierte, an dem Cordy saß.

Als er näherkam, stand sie auf.

Xander nahm sich einen Moment Zeit, ihr scharfes Minikleid und ihre wohlgeformten Rundungen zu bewundern, und sagte dann: »Hi.«

»Deine Kleidung«, sagte sie fast überwältigt. »Du siehst so gut aus.«

Xander trug ein hellgraues Hemd, eine schwarze Hose und ein schwarzgraues Jackett. Zumindest hatte Buffy gesagt, dass es schwarzgrau war. Für Xander sah es einfach schwarz aus, aber er sagte sich, dass sich die Mädchen in diesen Dingen besser auskannten, und beließ es dabei. »Ich habe mich von Buffy anziehen lassen«, erklärte Xander, doch Cordelias Blick ließ ihn rasch hinzufügen: »Natürlich nicht körperlich ...«

»Perfekt«, sagte Cordy, und zu seiner Verblüffung klang es verärgert. »Du musstest es mir natürlich noch schwerer machen, nicht wahr?«

Ich schätze, ich spreche für alle hier, wenn ich sage: »Hä?« dachte Xander, einen von Buffys Lieblingssprüchen zitierend. »Okay«, sagte er bedächtig. »Offenbar hat die Tatsache, dass ich dir äußerlich gefalle, uns beide auf dem falschen Fuß erwischt.«

»Xander ...«, begann sie.

»Lass mich zu Ende reden«, bat Xander. Er hatte diese Ansprache seit dem Mittagessen geübt, und er würde sich von ihr jetzt nicht bremsen lassen. Er holte tief Luft und fing an. »Ich habe in der letzten Zeit oft über uns nachgedacht. Über das Warum und Weshalb. Du weißt schon, einmal, zweimal, ein Küsschen hier, ein Küsschen da. Natürlich kann man all das den Hormonen in die Schuhe schieben. Und vielleicht ist das ja auch alles, was uns verbindet – billige Teenielust. Vielleicht aber auch nicht. Vielleicht siehst du etwas Besonderes in mir. Und ich umgekehrt in dir. Ich meine, bei mir ist das der Fall. Ich sehe in dir was Besonderes.« Du verlierst, dachte er. Das war wohl zu dick aufgetragen. »Deswegen ...«

Er reichte ihr die Schachtel mit dem Geschenk.

Cordelia öffnete sie. »Danke, Xander.« Sie nahm die Karte heraus. »Sie ist wunderschön.« Dann legte sie die Kette zurück in die Schachtel und sagte: »Ich will Schluss machen.«

Xander schaffte es irgendwie, einen Verzweiflungsschrei zu

unterdrücken. »Okay, das ist nicht gerade die Reaktion, die ich mir erhofft hatte.«

»Ich weiß, es tut mir Leid«, sagte Cordy, und zum ersten Mal in ihrem Leben klang sie aufrichtig. »Es ist nur – wem wollen wir etwas vormachen? Selbst wenn gewisse Teile von uns in dem anderen was Besonderes sehen – wir passen nicht zueinander.«

Ein kleiner Teil von Xander hatte dies kommen sehen. Er war sein ganzes Leben lang von der weiblichen Bevölkerung zurückgewiesen, ausgelacht und in schrecklichen Liebeskummer gestürzt worden, und diese Erfahrung hatte ihn auf diesen Moment vorbereitet.

Aber nicht heute Nacht. In allen anderen Nächten ja, aber nicht heute Nacht.

»Tja, okay«, sagte er, vergeblich versuchend, seine Enttäuschung zu verbergen. »Weißt du, welcher Tag ein guter Tag ist, um mit jemand Schluss zu machen? Jeder Tag außer Valentinstag! Ich meine, was ist los mit dir? Sehnst du dich nach mehr Dramatik in deinem Leben?«

»Ich weiß. Ich wollte es dir nicht auf diese Weise sagen«, erklärte Cordy, und auch diesmal schien sie es ehrlich zu meinen.

Zu jeder anderen Zeit hätte sich Xander über die Aufrichtigkeit ihrer Gefühle gefreut.

Aber nicht heute Nacht.

»Nun, du hast es aber getan«, sagte Xander, und er machte auf dem Absatz kehrt und marschierte aus dem *Bronze*.

Nun, wenigstens kann es jetzt nicht mehr schlimmer werden.

3

Xander hatte in der Nacht kaum geschlafen. Letztes Jahr, als er Buffy zum Schülerball eingeladen hatte, hatte er gesagt: »Ich komme mit Zurückweisungen nicht klar. Eigentlich komisch, wenn man bedenkt, welche Übung ich darin habe.« Aber keine Zurückweisung war so schmerzhaft gewesen wie diese, weil keine andere Beziehung auch nur ansatzweise erfolgreich gewesen war. Selbst die Geschichte mit Ampata hatte nur vierundzwanzig Stunden gedauert, bevor sie sich buchstäblich in Luft aufgelöst hatte, und die anderen Flirts hatten nicht einmal dieses Stadium erreicht. Doch mit dieser Beziehung war es ihm wirklich ernst gewesen.

Und so ging Xander am fünfzehnten Februar mit dem Gefühl zur Schule, dass er so tief unten war, wie man nur sein konnte.

Er hatte allerdings nicht mit der Schnelligkeit der Highschool-Klatschmaschine gerechnet. Die halbe Schule war im *Bronze* gewesen, als das beliebteste Mädchen auf dem Campus ihn abserviert hatte, und die andere Hälfte war bei Sonnenaufgang von der ersten umgehend informiert worden.

Sie kicherten. Sie tuschelten. Sie gafften. Sie zeigten mit dem Finger auf ihn und lachten. Sie schüttelten in amüsiertem Mitleid die Köpfe. Ein Typ, den Xander nicht einmal kannte, meinte: »Mann, was für ein Desaster!«

Dann entdeckte er einen Rettungsring: Buffy. Endlich jemand, der mich verstehen wird.

»He, Buffy, altes Haus, du wirst nicht glauben, was mir ...«

»Ich kann jetzt nicht mit dir reden«, unterbrach sie ihn heftig. »Angel.«

Jeder andere hätte darin ein schlechtes Omen gesehen, aber Xander brauchte jetzt dringend eine Ablenkung, selbst wenn es das extremste Beispiel eines Psycho-Ex war. »Brauchst du Hilfe?«

»Ich komme schon zurecht«, sagte sie und eilte weiter, wahrscheinlich zur Bibliothek.

Xander seufzte.

Er ging weiter und sah Cordy und vier ihrer blondierten Bimbo-Freundinnen auf einer der Bänke vor den Toiletten sitzen. Xander konnte sie selten auseinander halten. Ist das da neben ihr Harmony oder Julianne? Er entschied, dass es Harmony sein musste – sie war im letzten Jahr eines der Opfer dieses unsichtbaren Mädchens gewesen.

Und Harmony war es auch, die zuerst etwas sagte. »He, Xander, vielleicht solltest du eine zweite Sprache lernen, damit noch mehr Mädchen dich abblitzen lassen können.«

Alle lachten. Bis auf Cordelia, die ihm nicht einmal in die Augen sehen konnte. Irgendwie machte es das nur noch schlimmer.

Xander stapfte weiter und entdeckte einen zweiten Rettungsring. Amy Madison.

Von einem Augenblick zum anderen nahm in Xander Harris' Kopf ein Plan Gestalt an. Er dankte sämtlichen Göttern und dem Schicksal dafür, dass er gestern Amys kleinen Zaubertrick mit Ms. Beakman beobachten durfte, und marschierte zu der jungen Nachwuchshexe.

Er packte Amys Arm und zog sie in eine Ecke.

»Was soll das?« fragte sie indigniert.

»Amy, schön dich zu sehen«, sagte er im Plauderton. Nachdem er so der Höflichkeit genüge getan hatte, fügte er hinzu: »Du bist eine Hexe.«

»Nein, das bin ich nicht«, wehrte sie mit einem gezwungenen Lachen ab. »Das war meine Mom, schon vergessen?«

»Tja, ich schätze, das liegt bei euch in der Familie. Ich habe gesehen, wie du Ms. Beakman verhext hast. Vielleicht sollte ich jemand davon erzählen.«

Okay, mal sehen, wie sie auf meinen Bluff reagiert. Denn Tatsache war, dass Xander im Grunde nichts gegen sie in der Hand hatte. Er hatte keinen Beweis, und es war unwahrscheinlich, dass irgend jemand, von Giles einmal abgesehen, ihm glauben würde, dass eine Schülerin eine Lehrerin verhext hatte. Aber Xander verließ sich auf die Tatsache, dass Amy wusste, a) wozu Buffy fähig war; b) dass Giles den Körpertauschzauber von Amys Mutter rückgängig gemacht hatte; und c) dass Xander mit beiden eng befreundet war.

»Tu das bloß nicht – das ist so gemein!«

Keine Skrupel! »Erpressung ist so ein hässliches Wort.«

Amy runzelte die Stirn. »Ich habe nichts von Erpressung gesagt.«

»Ja, aber da ich dabei bin, dich zu erpressen, hielt ich es für das Beste, es selbst zur Sprache zu bringen.«

»Was willst du?«, fragte Amy resigniert.

Xander lachte bitter. »Was ich will? Ich will, dass man mich hier respektiert. Ich will wenigstens einmal Glück haben. Ich will, dass der Höllenschlund mal für mich arbeitet. Du und ich, Amy, wir beide werden jemand mit einem kleinen Zauber belegen.«

»Was für einen Zauber meinst du?«

Mehrere Schüler kamen in ihre Richtung, und Xander entschied, dass es besser war, wenn sie nichts von ihrem Gespräch mithörten. Er führte Amy in einen leeren Klassenraum, schloss die Tür und sagte dann: »Ich brauche einen Liebeszauber für Cordelia.«

»Einen Liebeszauber?«, wiederholte sie.

»Ja, du weißt schon, das Übliche – kann nicht essen, kann nicht schlafen, kann nicht atmen ohne den guten alten Xander.«

Amy schüttelte den Kopf. »Von allen Zaubern ist das der schwerste. Ich meine, jemand dazu zu bringen, dass er dich in alle Ewigkeit liebt ...«

»Wow, wow, stop. Wer sagte etwas von der Ewigkeit? Ein Mann kann nur begrenzte Zeit Selbstbräunungslotion auftragen, bevor sein Kopf explodiert.«

Amy runzelte erneut die Stirn. »Nun, dann versteh ich das nicht. Wenn du nicht für immer mit ihr zusammen sein willst, was hat es dann für einen Sinn?«

»Der Sinn ist, dass ich will, dass sie mich will. Mit jeder Faser ihres Herzens. Damit ich mit ihr Schluss machen und sie auf dieselbe Weise demütigen kann, wie sie mich gedemütigt hat.«

»Also, ich weiß nicht, Xander«, sagte Amy zweifelnd. »Bei einem Liebeszauber muss man reinen Herzens sein.«

»Richtig. Und mein Herz ist rein. Von reiner Rachsucht erfüllt. Also, spielst du mit, oder müssen wir uns noch einmal über unsichtbare Hausaufgaben unterhalten?«

Seufzend sagte Amy: »Ich werde etwas von ihr brauchen. Einen persönlichen Gegenstand.«

Xander lächelte. Er hatte auch schon eine Idee.

Buffy ging schnurstracks zur Bibliothek, wo sie Giles sitzen und ein Buch lesen sah. Was für eine Überraschung. Sie stellte sich vor ihn, warf die Karte aus der Blumenschachtel auf das Buch, in dem er schmökerte, und schreckte ihn damit hoch.

Gut. Er hat auch einen Schreck verdient. Buffy hatte sich die ganze Nacht schlaflos in ihrem Bett gewälzt und sich gefragt, was Giles ihr nicht über Angel erzählt hatte. Er sollte jetzt besser mit der Sprache herausrücken.

»*Bald* was, Giles? Sie haben mir nie etwas vorenthalten, bis aus dem großen bösen Wesen im Dunkeln mein Ex-Schatz wurde.«

»Woher hast du das?«, fragte Giles.

»Er sagte es mit Blumen. Jetzt ist nicht die Zeit, den Beschützer heraushängen zu lassen. Ich kann nicht einfach abwarten, bis was passiert, und ich kann mich nicht vorbereiten, solange ich nicht weiß, was passieren wird.«

Giles nickte. »Natürlich. Du hast Recht. Setz dich.«

Buffy nahm Platz, während Giles aufstand und in sein Büro ging, wahrscheinlich um ein paar alte Wächtertagebücher auszugraben.

Cordelia war recht zufrieden mit sich. Der heutige Tag war bis jetzt völlig normal verlaufen. Sie hatte Gwen einen Tip gegeben, wie sie mit John Schluss machen konnte, ohne ihre Zukunft in der Topbrigade zu gefährden. Sie hatte Dori überzeugt, diese grauenhafte Schmetterlingsbrosche nicht mehr zu tragen, denn nur alte Omis und die Dolce-Träger vom letzten Jahr trugen Schmetterlinge. Und sie hatten eine gute halbe Stunde damit verbracht, über den Gastlehrer des Gesundheitskurses herzuziehen, der ein völliger Trottel war.

Die einzige Ausnahme war der Moment gewesen, als alle über Xander gelacht hatten.

Zunächst einmal brauchte Cordelia niemand, der sich für sie über

Verlierer lustig machte. Normalerweise folgten die anderen ihrer Führung und versuchten nicht, das Ruder selbst in die Hand zu nehmen, wie es jetzt geschah. Und sie sah keinen Grund, Xander zu treten, wenn er schon am Boden lag. Er war schließlich nicht Mitch oder Devon oder einer von den anderen, die es verdient hatten, lächerlich gemacht zu werden, nachdem Cordelia sich von ihnen getrennt hatte. Im Gegensatz zu ihnen *hatte* Xander ihr die gebührende Aufmerksamkeit gewidmet.

Aber es hatte einfach nicht funktioniert. Das gehörte eben zu den Dingen, die man erkannte, um dann mit seinem Leben weiterzumachen.

Außerdem hatte niemand über Mitch gelacht oder über Devon gekichert.

Dennoch, es war nicht weiter wichtig. In jeder anderen Hinsicht war das Leben normal. Sie liebte es.

Dann sah sie Xander auf sich zukommen.

Sie wollte ihm ausweichen, aber Xander holte sie dank seiner langen Beine schnell ein und versperrte ihr den Weg.

»Oh, mach dir bloß keine Illusionen«, sagte Xander kalt. »Ich habe nicht vor, dir eine große Szene zu machen. Ich will nur die Kette zurück.«

Cordelia fiel die Kinnlade nach unten. »Was? Ich dachte, sie wäre ein Geschenk.«

»Gestern Nacht war sie ein Geschenk. Heute ist sie nur noch Schrott. Vielleicht kann ich sie ja einschmelzen lassen und als Zahnfüllung weiterverkaufen oder so.«

Entgeistert sagte Cordelia: »Du bist erbärmlich.« Und sie meinte es auch. Vielleicht hatten die anderen Recht. Wie konnte er auch nur daran *denken*, die Kette zurückzufordern? War er wirklich so kleinlich? Nur weil sich die ganze Schule über *ihn* lustig machte, hatte er noch lange keinen Grund, *sie* zu bestrafen, indem er ihr das Geschenk wegnahm.

»Nun mach schon«, sagte er barsch. »Ich werde nichts zur Cordelia-Chase-Ex-Lover-Geschenksammlung beitragen.«

Das genügte. Sie konnte nicht *glauben*, dass er so widerlich war. »Sie ist in meinem Spind«, sagte sie, um Zeit zu schinden.

»Ich kann warten.«

Kochend vor Zorn marschierte Cordelia zu ihrem Spind und öffnete weit die Tür, so dass sie Xanders Blick versperrte.

Grundsätzlich trug Cordelia keine Knopfblusen. Wenn doch, dann knöpfte sie sie nicht bis zum Hals zu. Sie war schon immer sehr stolz auf ihr Schlüsselbein gewesen und sah keinen Grund, es nicht mit der Welt zu teilen. Aber heute hatte sie eine blauweißgestreifte Bluse mit einem weißen Kragen angezogen und sie bis oben hin zugeknöpft.

Es war die einzige Möglichkeit, die Kette zu tragen, ohne dass jemand es bemerkte.

Sie griff unter den Kragen und zog das versteckte Schmuckstück heraus. Sie starrte das glänzende Silberherz an.

Eine Menge Jungs hatten ihr Geschenke gemacht. Aber da sie von Jungs kamen, waren sie meistens hässlich und/oder nutzlos gewesen. Sie sollten nur zeigen, dass der fragliche Junge ihr hoffnungslos verfallen war, und nur das zählte.

Aber diese Kette war anders. Es war das schönste Geschenk, das sie je bekommen hatte.

Und sie war wütend, dass sie es zurückgeben musste.

Sie knallte die Spindtür zu, stapfte zu Xander und drückte ihm die Kette in die Hand. »Hier. Es ist gut, dass wir uns getrennt haben. Jetzt muss ich nicht mehr so tun, als würde sie mir gefallen.«

Friss das, dachte sie.

Wenn Xander verletzt war, so zeigte er es nicht, das Aas. Er starrte sie bloß wütend an. Cordelia hatte ihn noch nie so wütend erlebt.

Nun, das hast du davon. Wenn du mit meinen Gefühlen spielst, musst du eben den Preis dafür bezahlen.

Beide stürmten in entgegengesetzte Richtungen davon. Cordelia war sich noch nie so sicher wie in diesem Moment gewesen, dass sie richtig gehandelt hatte, als sie mit diesem rachsüchtigen kleinen Spinner Schluss gemacht hatte.

Xander hatte gehofft, dass Amy einfach mit ihrem Zauberstab über die Kette streichen und »Simsalabim« oder etwas ähnliches murmeln würde und alles wäre perfekt.

Weit gefehlt.

Sie hatten sich nach Einbruch der Dunkelheit in eins der Chemielabors geschlichen, wo Amy mit roter Farbe das Symbol der Weiblichkeit auf den Boden gemalt hatte. Dann hatte sie Xander aufgefordert, sein Hemd auszuziehen. Danach pinselte sie mit derselben roten Farbe drei Symbole auf seine Brust. Amy nannte sie Sigilla und bezeichnete sie als magische Lettern. Dann gab sie ihm eine dicke Kerze, befahl ihm, sie anzuzünden, sich im Schneidersitz innerhalb des Symbols niederzulassen und die brennende Kerze über seinen Schoß zu halten.

Der Grund für das Eindringen ins Chemielabor war einfach. Es war einer der wenigen Orte in der Schule, wo man kochen konnte. Offenbar mussten für den Zauber mehrere recht durchdringend riechende Kräuter in Wasser gekocht werden.

Xander saß mit der Kerze in der Hand in der Mitte des Weiblichkeitssymbols und fühlte sich ohne sein Hemd ziemlich nackt. Er warf der Kerze immer wieder verstohlene Blicke zu, aus Angst, dass ihm das Wachs auf den Schoß tropfen könnte. Die Kerze war jetzt die einzige Lichtquelle im Raum.

Amy stand mit der Kette in der Hand vor dem kochenden Wasser und las aus einem derart zerfledderten Buch vor, dass Giles' Bücher dagegen funkelnagelneu wirkten.

»Diana, Göttin der Liebe und der Jagd, ich flehe dich an. Lass meine Worte das Herz von Xanders Geliebter binden. Möge sie weder Ruhe noch Schlaf finden ...« Amy warf die Kette in das Gebräu; unheimlicher roter Rauch quoll aus dem Becherglas und erzeugte so eine weitere Lichtquelle, die ihr Gesicht in gespenstische Schatten tauchte. »... bis sie sich ganz seinem Willen unterwirft. Diana! Entfache diese Liebe und segne sie!«

Amy begann zu zittern, als würde sie, wie Xander annahm, von mystischen Energien durchströmt werden.

»Blas die Kerze aus! Jetzt!«, schrie sie.

Er gehorchte, und es wurde dunkel im Raum.

»Großartig«, sagte Xander nach einem Moment. »Wirklich. Guter Zauberspruch. Kann ich jetzt mein Hemd wieder anziehen?«

Als Xander am nächsten Tag in die Schule ging, war er auf alles vorbereitet und sehr gespannt. Gewiss würde Cordelia ihm ihre unsterbliche Liebe gestehen, ihn anflehen, sie wieder zurückzunehmen.

Und dann würde er sie abservieren.

Er hatte für diesen Moment sogar eine Rede vorbereitet, in der er auch auf das Geschenk einging. Er konnte es kaum erwarten, sie zu halten.

Aber zuerst das Wichtigste, dachte Xander. Ich muss die Sache ins Rollen bringen.

Er sah Cordelia mit einigen ihrer Schoßhündchen zusammensitzen. Er schlenderte zu der kleinen Gruppe und blieb neben Cordelia stehen.

Gleich wird sie mich anflehen, sie wieder zurückzunehmen.

Es muss jeden Moment soweit sein.

Okay, vielleicht jetzt.

Cordy plapperte ungerührt weiter, nur gelegentlich warf sie Xander einen bösen Seitenblick zu. Schließlich fauchte sie in seine Richtung: »Was?«

»Morgen, Ladys«, sagte er mit einem, wie er hoffte, verführerischen Lächeln. »Was haltet ihr denn vom heutigen Wetter, hm?«

»Was willst du?«, fragte Cordelia. »Du brauchst gar nicht weiter nach irgendwelchem Schmuck zum Einschmelzen zu schnüffeln, denn alles, was ich je von dir bekommen habe, war dieses Ding, das aussah, als hättest du's aus einem Kaugummiautomaten.«

Xanders Mut sank. Sie hält sich nicht an das »Liebestrank-Nummer-9«-Skript. Er beugte sich näher zu ihr. »Ist das Liebe? Bei dir lässt sich der Unterschied wirklich schwer erkennen.«

Cordelia konnte nicht *glauben*, was Xander hier abzog. Sie konnte vor allem nicht glauben, dass er auf dermaßen unverschämte Weise Körperkontakt suchte. Wenn es nicht gerade ums Küssen ging, hatte sie es nicht einmal gemocht, als sie noch *zusammen* waren, und jetzt gefiel es ihr noch viel weniger.

Sie stieß ihn zurück und sagte: »Was soll das? Machst du jetzt auf Triebtäter oder was?«

»Tut mir Leid«, sagte Xander weit weniger enthusiastisch als zuvor. »Mein Fehler.«

»Ja, das sehe ich auch so.«

Er ging davon.

Cordelia wandte sich an Harmony. »Was ist denn in den gefahren?«

Harmony sah Xander nach, als er sich mit eingezogenem Schwanz trollte. »Ich weiß nicht«, sagte sie. »Hat er eine neue Frisur oder so? Er sieht heute irgendwie richtig niedlich aus.«

Eine schockierte Cordelia starrte Harmony mit offenem Mund an. »Richtig *was*?«

4

Nach dem Unterricht begab sich Xander missmutig in die Bibliothek. Der Tag war nicht ganz so grauenhaft verlaufen wie der gestrige, aber er erreichte noch immer einen Wert von 9,5 auf der zehnteiligen »Das-Leben-ist-beschissen«-Skala. Nachdem er sich all die Mühe gemacht, Amy erpresst, ohne Hemd und mit roter Farbe an der Brust auf einem kalten Laborboden gesessen hatte, während Kerzenwachs auf sein kostbarstes Körperteil tropfte, war er furios abgeblitzt.

Der einzige Trost war, dass der Spott etwas nachgelassen hatte. Eigentlich, dachte er, waren es heute bloß die Jungs, die sich über mich lustig gemacht haben. Die Mädchen haben mich größtenteils in Ruhe gelassen. Ob das was zu bedeuten hat?

Seufzend dachte er: Nun, wenigstens kann es nicht noch schlimmer werden.

»Ah, hier steht noch etwas«, sagte der Wächter gerade, über ein Buch gebeugt. »Valentinstag, ja. Angel nagelt einen jungen Hund an ...«

»Vergessen Sie's.«

»Ja, aber ...«

»Ich will es nicht *wissen*«, sagte Buffy mit Nachdruck. »Ich habe keinen *Hund*. Vergessen Sie's.«

»Du hast Recht«, sagte Giles. Er klappte das Buch zu und erhob sich von seinem Stuhl. »Ich hole die nächste Ausgabe.«

Als er in seinem Büro verschwand, trat Xander zu Buffy. »Ich habe einen Plan. Wir nehmen mich als Köder.«

Buffy runzelte die Stirn. »Du meinst, um Angel anzulocken?«

»Nein, ich meine, dass man mich in kleine Stücke hackt und an Angelhaken aufspießt, damit die Fische was zum Knabbern haben, denn das würde mein Leben *deutlich* vereinfachen.«

»Ja. Ich habe von dir und Cordy gehört. Ein großer Verlust für sie.«

Seufzend sagte Xander: »Das ist nicht gerade die populäre Fassung der Geschichte.«

Buffy stand auf und sah Xander auf eine Art an, wie sie ihn bisher noch nie angesehen hatte. »Weißt du, worauf ich Lust hätte? Warum gehen wir beide heute abend nicht zusammen aus? Nur wir beide.«

»Ach?«, erwiderte er verdutzt.

»Ja. Wir könnten uns gegenseitig trösten.«

Lächelnd fragte Xander: »Gehört vielleicht auch ein Lapdance zu deinem Programm? Das finde ich sehr tröstend.«

Es war natürlich ein Scherz. Xander scherzte meistens. Es war seine Art, mit der Realität zurechtzukommen.

Und was er deshalb am wenigsten erwartete, war eine ernste Antwort.

Buffy lehnte sich an ihn und strich mit ihren Fingern über seine Brust. »Wenn du deine Karten richtig ausspielst ...«

Jemand hat Buffy durch eine Doppelgängerin ersetzt. »Okay, du weißt, dass ich Xander bin, oder?«

Sie schmiegte sich enger an ihn. »Ich weiß. Als ich hörte, dass Cordy mit dir Schluss gemacht hat, war ich zu meiner eigenen Überraschung richtig froh darüber. Es ist komisch, dass man einen Menschen jeden Tag sieht, ohne ihn eigentlich richtig zu *sehen*, weißt du?«

Ich bin gestorben und im Himmel gelandet ... »Ja, es ist wirklich komisch. Und es wird immer komischer.«

Buffy schien noch etwas sagen zu wollen, doch in diesem Moment platzte Amy herein. Sie sah ein wenig nervös aus.

»Xander, hast du einen Moment Zeit?«

Am liebsten hätte er ihr gesagt, sie solle verschwinden, aber es war schlechter Stil, jemand abfahren zu lassen, der einem mit einem Liebeszauber geholfen hatte, auch wenn der fehlgeschlagen war.

Und wenn ich bedenke, wie sich Buffy verhält, ist es vielleicht auch besser so.

»Ja, okay«, sagte er zu der blonden Hexe und zwinkerte dann der Jägerin zu. »Halt den Gedanken fest. Lass ihn bloß nicht los.«

Buffy schenkte im ein verführerisches Lächeln.

Xander folgte Amy aus der Bibliothek. Kaum waren sie vor der Tür, sagte Amy: »Xander, ich glaube nicht, dass der Zauber richtig funktioniert hat.«

»Oh, ich weiß, er war 'ne Pleite. Kein Problem«, sagte Xander wegwerfend. Er warf einen verstohlenen Blick in die Bibliothek und stellte fest, dass Buffy ihn direkt ansah. Giles war zurückgekommen und las wahrscheinlich einen weiteren Absatz aus Angels Handbuch der vampiristischen Jagdtechniken vor. Aber Buffy ignorierte offensichtlich jedes seiner Worte.

»Nun, wir könnten es noch mal versuchen«, sagte Amy. »Ich bin in diesem Bereich noch eine ziemliche Anfängerin.«

»Es ist okay«, erklärte Xander, der dieses Gespräch so schnell wie möglich beenden und zu Buffy zurückkehren wollte. Er wollte so viel Zeit wie möglich mit ihr verbringen, nachdem sie jetzt endlich zur Vernunft gekommen war. »Weißt du was?«, sagte er. »Es war falsch, sich mit den Mächten der Finsternis einzulassen. Ich sehe das jetzt ein. Ich schätze, wir haben alle etwas daraus gelernt. Ich muss gehen.«

Aber Amy war noch nicht fertig. »Nun, wir müssen nicht unbedingt zaubern. Wir können auch ... ausgehen.«

»Sicher«, sagte Xander. Erst jetzt dämmerte ihm, was Amy da gerade gesagt hatte. »Was?«

»Nun, ich bin ... gerne mit dir zusammen. Du bist so süß. Weißt du, es ist schon komisch, dass man einen Menschen jeden Tag sieht, ohne ...«

»Ohne ihn eigentlich richtig zu sehen?«, beendete Xander ihren Satz. Plötzlich wich ihm alles Blut aus dem Gesicht.

»Genau!«, bestätigte Amy lächelnd.

Xander warf wieder einen Blick in die Bibliothek. *Oh Gott.*

Amy und Buffy hatten exakt dasselbe Lächeln auf dem Gesicht.

Ich hätte es wissen müssen. Bei mir läuft immer alles schief. Das ist das elfte Gebot, jede Wette. Du sollst nicht töten, du sollst nicht ehebrechen, du sollst nicht zulassen, dass Xander Harris mit irgendetwas Erfolg hat, zu keiner Zeit, unter keinen Umständen.

»Jedenfalls«, plapperte Amy weiter, »dachte ich, dass es schön wäre ...«

»Hi, Xander?«, sagte plötzlich eine Stimme.

Xander drehte sich um und sah eine der Cordettes – war es Kimberley? Nein, es war Katie – ihn anstarren. Sie hatte ihr blondes Haar zu einer Art umgedrehtem U frisiert, ein Stil, der in den fünfziger Jahren populär gewesen war und nun aus Gründen, die Xander verborgen blieben, wieder zurückkehrte.

»Was ist?«, fragte Xander benommen.

»Du bist doch auch in Mr. Bairds Geschichtskurs, nicht wahr? Ich dachte, wir können vielleicht heute Nacht zusammen lernen.«

Katie schenkte ihm dasselbe Lächeln wie die beiden anderen Mädchen. Das war schlecht.

»Vielleicht ist es dir entgangen«, sagte Amy schnippisch zu Katie, »aber wir unterhalten uns gerade.«

Xander verspürte den plötzlichen Wunsch, sich so weit wie möglich von Sunnydales weiblicher Bevölkerung zu entfernen. »Ich muss jetzt wirklich gehen«, sagte er und ließ Amy und Katie stehen.

Als er die Schule verließ, bemerkte er, dass ihn mehrere andere Mädchen mit diesem Lächeln bedachten. Mädchen, die vor einer Woche nicht einmal seine Existenz wahrgenommen hatten, himmelten ihn jetzt an.

Zu Hause angekommen, fand er das Haus leer vor, was nicht überraschend war. Mom und Dad würden erst in ein paar Stunden von der Arbeit kommen. Dies bedeutete, dass sich Xander ungestört in seinem Zimmer verkriechen und überlegen konnte, wie sich der neueste Schlamassel in seinem Leben beheben ließ, den er angerichtet hatte.

Er schloss die Tür und wollte einfach nur noch ins Bett fallen und eine Weile nicht mehr denken.

Dieser Plan wurde von der Person in seinem Bett jäh durchkreuzt.

Das Leben auf dem Höllenschlund hatte Xander eine Menge Ideen eingegeben, wer oder was sich in seinem Bett verstecken konnte. Infolgedessen war er fast erleichtert, als sich herausstellte, dass sich bloß Willow unter der Decke versteckte.

Fast.

Xander wich in blankem Entsetzen von dem Bett zurück, bevor Willow den Kopf heraussteckte.

»Tut mir Leid«, sagte sie. »Ich wollte dich überraschen.«

Sie klang ganz und gar nicht wie Willow. Sie klang ...

Wie Buffy, Amy und Katie.

»Gute Arbeit«, sagte er äußerst überrascht. »Ich gratuliere dir.«

»Sei nicht so schreckhaft. Ich bin schon mal in deinem Bett gewesen.«

»Ja, aber da trugen wir beide noch Strampelanzüge, Will.«

Willow setzte sich auf, und Xander bemerkte, dass sie eines von seinen Hemden trug. »Xand, ich habe nachgedacht«, begann sie.

Oh Gott, nicht schon wieder diese »Wenn-man-einen-Menschen-jeden-Tag-sieht«-Ansprache. »Will, ich denke, ich weiß, was du gedacht hast, aber es ist alles meine Schuld. Ich habe einen Zauber versucht, aber der ist irgendwie nach hinten losgegangen.«

»Wie lange sind wir schon Freunde?«, fragte Willow.

Großartig, sie hat nicht ein Wort von dem gehört, was ich gesagt habe. »Eine lange, lange Zeit. Zu lange, um jetzt irgendetwas zu tun, das alles ändern könnte.«

»Freundschaften ändern sich dauernd. Man entfernt sich voneinander. Man kommt sich *näher.*«

Das klang überhaupt nicht nach Willow. »So nahe, wie wir uns jetzt sind, sollten wir uns auch bleiben«, sagte Xander hastig. Ein Teil von ihm hoffte, dass seine Worte zu ihr durchdrangen, aber ein anderer Teil wusste, dass diese Hoffnung vergebens war. »Ich bin sehr zufrieden mit dem Grad unserer Nähe. Um ehrlich zu sein, ich könnte sogar ein paar Schritte zurücktreten und wäre noch immer glücklich.« Er wich in Richtung Tür zurück. »Siehst du?«

Willow schlüpfte aus dem Bett, trat auf ihn zu und knöpfte langsam das Hemd auf. Xander konnte nicht übersehen, dass sie daruntet nichts am Leibe trug.

»Ich will, dass du der Erste bist, Xander.«

»Der erste Baseman? Bitte sage mir, dass wir über Baseball reden.«

»Psst. Wir beide wissen, dass es richtig ist«, sagte sie, während sie ihn gegen die Tür drückte.

»Es ist nicht so, dass ich dich nicht sexy finde ...«, begann Xander.

»Ist es wegen Oz? Mach dir keine Gedanken. Er ist süß, aber er ist nicht du.«

Xander klammerte sich an dieser Aussage fest. »Ja, er ist wirklich süß! Und du solltest zu ihm gehen. Denn er ist ich.«

Willow ignorierte das. Stattdessen knabberte sie an Xanders Ohr.

Okay, das ist definitiv nicht die echte Willow. Das hier war ein Mädchen, das bei der Lektüre medizinischer Fachbücher sofort an »Doktorspiele« dachte.

Er schob sie weg und sagte: »Das reicht. Das muss aufhören. Es wird Zeit, dass ich mich wie ein Mann benehme und … mich verstecke.«

Mit diesen Worten rannte er aus dem Zimmer.

Cordelia ging am Morgen des siebzehnten Februar in der Hoffnung auf einen weiteren normalen Tag in die Schule. Ihr Leben hatte sich erheblich verbessert, seit sie dieses Virus besiegt hatte, das sie auf die Wahnidee gebracht hatte, sich mit Xander Harris einzulassen.

Sie war mehr als nur ein wenig erschüttert, als Harmony, Katie, Laura und Dori ihr allesamt die kalte Schulter zeigten.

Da sie dieses Verhalten zunächst für einen Scherz hielt, sagte sie: »Ha. Sehr komisch. Was habe ich denn jetzt getan? Vielleicht Rot zu Purpur getragen?«

»Du weißt, was du getan hast«, sagte Harmony kalt wie ein Eiskaffee. »Du hast Xander verletzt.«

Cordelia starrte sie an. »Seid ihr jetzt völlig übergeschnappt? Ich dachte, ihr wolltet, dass ich mit ihm Schluss mache.«

»Nur ein krankes Gemüt würde einem Jungen wie Xander den Laufpass geben, ganz gleich, was ihre Freundinnen sagen.«

Mit diesen Worten machten alle ihre Freundinnen auf dem Absatz kehrt und gingen davon.

Cordelia konnte es nicht glauben. »Was muss ich denn tun, damit ihr einmal zufrieden seid?«

5

Wenn jemand Xander gesagt hätte, dass der höllischste Tag seines siebzehnjährigen Lebens der Tag sein würde, an dem jedes Mädchen in der Sunnydale Highschool hinter ihm her war, hätte er sofort nach den Männern in den weißen Kitteln gerufen.

Doch inzwischen hätte er die universelle Wahrheit des Satzes ›Sei vorsichtig mit deinen Wünschen, sie könnten dir erfüllt werden‹ längst erkennen müssen. Spätestens sein »Traumrendezvous« mit der Vertretungslehrerin Ms. French hätte diese Erkenntnis mit den Mandibeln einer riesigen Gottesanbeterin in ihn hineinstanzen sollen.

An diesem Tag hörte er mehr Anträge, Liebeserklärungen und Bemerkungen über Menschen, die man jeden Tag sah, ohne sie richtig zu *sehen*, als in den letzten siebzehn Jahren seines Lebens.

Aber weit schlimmer waren die Blicke, die er sich von den Jungs einhandelte. Ähnlich den Blicken, den ihm Rodney Munson früher im Unterricht zugeworfen hatte, um Xander wissen zu lassen, dass dieser nach der Schule die Funktion seines Sandsacks übernehmen würde.

Am Ende des Tages konnte er es nicht länger ertragen. Er hatte versucht, mit Amy über eine Aufhebung des Zaubers zu reden, aber sie ignorierte jedes seiner Worte und zog es statt dessen vor, von Xanders Augen zu schwärmen.

So blieb ihm nur ein Ausweg.

Er lief zu Giles.

»Xander, worum geht es?«, fragte der Wächter, als Xander die Bibliothek betrat. Er klang besorgt – offensichtlich war Xander die Erregung ins Gesicht geschrieben.

»Es geht um mich. Ich liefere mich Ihrer Barmherzigkeit aus.«

»Was? Warum?«

Xander holte tief Luft und sagte: »Ich habe Mist gebaut, Giles. Sehen Sie, ich habe herausgefunden, dass Amy sich mit Hexerei beschäftigt. Und ich war so verletzt, dass ich sie bat, Cordy mit einem Liebeszauber zu belegen. Aber etwas ging schief. Und jetzt will mich jede Frau in Sunnydale zu ihrem Kuscheltier machen. Was in der Theorie ganz verlockend klingen mag, aber ...«

»Rupert, wir müssen miteinander reden«, sagte plötzlich eine Stimme hinter Xander. Er drehte sich um und sah, dass Ms. Calendar hereingekommen war. »Hallo, Xander«, sagte sie im Vorbeigehen. Sie wandte sich an Giles, drehte sich dann aber wieder zu Xander um. »Hübsches Hemd«, fügte sie hinzu und wandte sich erneut an Giles. »Hör zu, Rupert, ich weiß, dass du wütend auf mich bist, und ich mache dir deswegen keine Vorwürfe. Aber ich werde nicht einfach so verschwinden. Ich meine, du bist mir viel zu wichtig, als dass ich ...« Sie verstummte und sah wieder Xander an. »Hast du Bodybuilding gemacht?« Sie prüfte seinen Bizeps.

Xander vollführte eine Kopfbewegung Richtung Ms. Calendar und warf Giles einen ›Sehen-Sie-was-ich-meine?‹-Blick zu.

Giles wirkte zuerst verwirrt, aber als sich Ms. Calendar vor seinen Augen in eine devote Xanderphile verwandelte, wurde er plötzlich aktiv.

Er zerrte die Computerlehrerin von Xanders Seite weg und zischte ihm mit leiser, gefährlich klingender Stimme ins Ohr: »Ich kann nicht glauben, dass du dumm genug warst, so etwas zu tun.«

»Oh nein«, sagte Xander resigniert. »Ich war sogar viel dümmer.«

»Hat, äh, hat Amy versucht, den Zauber aufzuheben?«

»Wenn ich zu Amy gehe, will sie nur über ihre Flitterwochenpläne reden.«

»Rupert«, sagte Ms. Calendar, »ich glaube, ich muss mit Xander allein sprechen.« Sie lächelte.

»Hast du überhaupt eine Vorstellung, wie ernst das ist?«, fragte Giles ihn leise. Xander wäre es lieber gewesen, er hätte ihn angeschrien, denn dieser Tonfall war um mehrere Größenordnungen erschreckender. »Menschen, die unter einem Liebeszauber stehen, sind mörderisch. Sie verlieren den Verstand. Und wenn es stimmt, was du sagst, und die gesamte hiesige weibliche Bevölkerung betroffen ist ...« Er verstummte und fügte dann langsam hinzu: »Verlass auf *keinen Fall* die Bibliothek. Ich werde Amy suchen und sehen, ob ich dieser Sache ein Ende bereiten kann.«

Giles wandte sich zum Gehen, stutzte, griff nach Ms. Calendar und schob sie aus dem Raum. Sie folgte ihm nur sehr widerstrebend.

Xander stand für einen Moment allein in der Bibliothek, entschied sich dann, keine weiteren Risiken einzugehen, und schob den Schrank mit den Katalogkarten vor die Tür. Zum ersten Mal war Xander dankbar, dass Giles Ms. Calendars zahllosen Bitten widerstanden hatte, wie jede andere Bibliothek im Universum auf einen Onlinekatalog umzustellen.

Gut. Jetzt bin ich in Sicherheit.

In diesem Moment öffnete sich die Tür. Buffy kam herein und ging um den Schrank herum.

Dumm, dumm, dumm. Eine Barrikade kann nur bei Türen funktionieren, die sich nicht in beide Richtungen öffnen lassen.

»Endlich allein«, sagte Buffy. Sie trug einen schwarzen, hochgeschlossenen Regenmantel und hochhackige Schuhe.

Das schien aber auch alles zu sein, was sie trug.

»Buff!«, sagte Xander schwer atmend. »Ich hätte fast einen Herzanfall bekommen ...«

»Oh, du wirst von mir noch viel mehr bekommen«, sagte sie mit diesem Lächeln auf dem Gesicht ...

Als sie näherkam, wich Xander zurück und stieß schließlich gegen die Treppe zum Magazin. Buffy trat einen weiteren Schritt auf ihn zu und nestelte am Gürtel ihres Regenmantels.

»Buffy, in Gottes Namen, öffne nicht diesen Regenmantel.«

»Komm schon«, gurrte sie, »es ist deine Party. Willst du dein Geschenk nicht aufmachen?«

»Es ist nicht so, dass ich es nicht will«, sagte Xander hastig. Gott, ich will es. »Manchmal war die entfernte, unmögliche Möglichkeit, dass du mich irgendwann lieben könntest, mein einziger Hoffnungsschimmer. Aber nicht jetzt. Nicht auf diese Weise. Was du fühlst, ist nicht echt. Du bist nur wegen einem Zauber hier. Ich meine, wenn du wirklich so für mich empfinden würdest ... Aber so ist es nicht, und deshalb kann ich es nicht tun.«

Ich kann nicht glauben, dass ich das gerade gesagt habe.

Das Lächeln verschwand von Buffys Gesicht. Was eine gute Sache gewesen wäre, wenn es nicht nackter Wut Platz gemacht hätte.

Xander hatte Buffy früher schon wütend erlebt. Sie schob in diesen Momenten stets entschlossen das Kinn vor und schürzte die Lippen. Diesen Gesichtsausdruck hatte sie gehabt, als sie die Knochen des Meisters zu einer klebrigen Masse zerstampft und als sie Ms. French in kleine Stücke gehackt hatte. Der berühmte ›Ich-bin-die-Jägerin-und-du-bist-tot‹-Ausdruck.

Das war allerdings nicht der Ausdruck, den sie jetzt auf ihrem Gesicht hatte.

Ihre Augen wurden groß, und ihre Wangen röteten sich. Sie hatte irgendwie erschreckende Ähnlichkeit mit Glenn Close in *Fatal Attraction* ...

»Willst du damit sagen, dass alles nur ein Spiel ist?«

Oh nein. »Ein Spiel? Ich ... nein ...«

»Zuerst löst du diese Gefühle in mir aus, und dann weist du mich zurück? Was bin ich, ein Spielzeug?«

»Buffy, bitte beruhige dich«, sagte Xander, plötzlich sehr nervös. Ob dies nun ihr normaler Zustand der Wut war oder nicht, das letzte, was er wollte, war eine eingeschnappte Jägerin.

»Ich werde mich erst beruhigen, wenn du dich gerechtfertigt hast!«

»Geh weg von ihm«, erklang plötzlich eine Stimme vom Eingang der Bibliothek. »Er gehört mir!«

Es war Amy, allerdings ohne Giles und Ms. Calendar. Was bedeutet, dass sie sie überall suchen, während sie hier ist. Großartig. Einmal ein Verlierer, immer ein Verlierer.

»Oh, das denke ich nicht«, rief Buffy höhnisch. »Xander, sag es ihr.«

»Was?« Er wusste nicht, was sie meinte, und er hatte ohnehin keine Lust, irgend etwas zu sagen. »Ich ... ich ...«

»Er muss es nicht sagen«, erklärte Amy. »Ich weiß, was sein Herz will.«

Sie ging auf Xander zu, aber Buffy versperrte ihr den Weg. »Komisch«, sagte die Jägerin zu Amy. »Und ich weiß, was dein Gesicht will.«

Sprach's und verpasste Amy einen Kinnhaken.

Das ist schlecht. Das ist ganz schlecht.

Buffy fuhr herum und sah Xander wieder mit diesem Glenn-Close-Gesicht an. »Was hat das zu bedeuten? Betrügst du mich etwa?«

Das ist ganz, ganz schlecht.

»Göttin Hekate«, rief Amy hinter Buffy. Sie sprang auf und gestikulierte. »Dein Wille möge geschehen.«

»Uh, oh«, machte Xander.

Amys Augen verdunkelten sich, als sie mit der Beschwörung fortfuhr. »Lass die Unreinen vor dir kriechen.«

Wie in jener anderen Nacht züngelte rotes Feuer von Amys Händen und verschlang Buffy.

Einen Moment später war Buffy verschwunden. Nur ein Regenmantel und hochhackige Schuhe blieben auf dem Boden zurück.

»Buffy!«, schrie er. »Oh mein Gott!«

Das ist ganz, ganz, ganz schlecht.

Natürlich kamen Giles und Ms. Calendar ausgerechnet in diesem Moment zurück.

»Was ist gerade passiert?«, fragte Giles. Er entdeckte den Regenmantel und die Stilettos auf dem Boden. »Buffy – wo ist sie?«

Xander zögerte. Wie soll ich Giles bloß erklären, dass die Jägerin durch meine Schuld in Luft aufgelöst wurde?

In diesem Moment kroch eine riesige Ratte aus dem Ärmel des Regenmantels.

Einerseits war Xander erleichtert. In eine Ratte verwandelt zu werden, war besser, als sich in Luft aufzulösen.

Andererseits war die Verwandlung in ein hässliches Nagetier nicht gerade ein Grund, aufzuspringen und in Jubel auszubrechen.

Als die Ratte davonhuschte, um sich in irgendeinem Winkel zu verstecken, sagte Giles: »Oh mein Gott.«

Amy funkelte die Computerlehrerin an. »Warum ist *sie* hier?«

Xander fauchte: »Kannst du nicht einen Moment vernünftig sein? Du hast Buffy gerade in eine Ratte verwandelt!«

»Buffy kann gut auf sich selbst aufpassen«, meinte Amy und ergriff Xanders Arm. »Warum gehen wir nicht irgendwohin, wo wir ungestört sind, Liebling?«

Xander schüttelte sie ab. »Kannst du ...? Ich werde nirgendwohin gehen, solange du sie nicht zurückverwandelst.«

Jetzt ergriff Ms. Calendar seinen anderen Arm. »Du hast ihn gehört. Warum machst du deinen kleinen magischen Zauber nicht rückgängig und verziehst dich schnellstens?«

»Wer hat Sie denn zur Königin der Welt ernannt?«, fragte Amy. »Sie sind alt genug, um seine ...«

»Nun, was soll man dazu sagen?«, unterbrach Ms. Calendar sie mit einer Boshaftigkeit, die Xander ihr nie zugetraut hätte. »Ich schätze, Xander ist viel zu sehr Mann, um sich mit der Pickelbrigade abzugeben.«

Amy kochte. Dann wurden ihre Augen wieder schwarz.

»Göttin Hekate, ich bitte dich, verwandle diese ...«

Xander brachte sie zum Schweigen, indem er ihr kurzerhand den Mund zuhielt. Als ihre Augen wieder ihre normale Farbe hatten, schrie er: »Schluss mit der Hekate!«

Endlich griff auch Giles ein, packte die zur Hexe gewordene Schülerin und die zur Lehrerin gewordene Zigeunerin und zog die beiden zu seinem Schreibtisch. »Ihr zwei setzt euch jetzt hin und haltet den Mund.« Er wandte sich an Xander. »Und wir müssen die Buffy-Ratte einfangen.«

Während Amy und Ms. Calendar widerwillig Platz nahmen und sich wütend anfunkelten, sah sich Xander um. Die Ratte verschwand blitzartig hinter dem Bücherregal mit den Neuerscheinungen neben dem Eingang. »Oooh, da ist sie!« Er rannte zur Tür und spähte in den schmalen Spalt zwischen Regal und Wand. »Gute Buffy. Komm einfach ...«

In diesem Moment hörte er Schritte hinter sich. Xander, der glaubte, dass es Giles war, drehte sich um ...

... um von Oz einen Kinnhaken verpasst zu bekommen.

Als Xander zu Boden sackte, betastete Oz seine Hand. »Das hat irgendwie wehgetan.«

»Irgendwie?«, fauchte Xander fuchsteufelswild. Warum musste Oz ausgerechnet an diesem Tag den Macho spielen? »Wofür war das überhaupt?«

»Ich musste mir die ganze Nacht am Telefon Willows Gejammer wegen dir anhören. Ich weiß zwar nicht genau, was passiert ist, aber das alles erzeugte in mir den unwiderstehlichen Drang, dich zu schlagen.«

Oz streckte seine Hand aus, um ihm aufzuhelfen. Xanders Zorn verrauchte, und er konnte wahrlich nicht behaupten, keine Prügel verdient zu haben. Während er mit Oz' Hilfe aufstand, sagte er: »Ich schwöre, dass ich sie nicht angerührt habe.«

»Xander«, drängte Giles. »Was ist mit Buffy?«

Xander nickte und spähte wieder hinter das Bücherregal, konnte die Ratte aber nirgendwo entdecken.

Oz' fragender Blick veranlasste Xander zu der Erklärung: »Amy hat sie in eine Ratte verwandelt.«

»Oh«, machte Oz. Xander vermutete, dass dies die stärkste Reaktion war, die man von Oz erwarten konnte. Sein Temperament ist für das Leben auf dem Höllenschlund perfekt geeignet.

Giles blickte sich ebenfalls suchend um. »Ich sehe sie nicht.« Er wandte sich an Xander. »Wenn ihr irgendetwas zustößt, werde ich ...« Er brach ab, und Xander war plötzlich dankbar, dass er den Rest nicht hören musste. »Weißt du was? Geh einfach nach Hause«, befahl Giles ihm so wütend, wie ihn Xander noch nie erlebt hatte. »Schließ dich ein. Hier wirst du nur noch mehr Probleme verursachen. Amy, Jenny und ich werden versuchen, den Zauber zu brechen.« Dann wandte er sich an Oz. »Oz, könntest du uns vielleicht bei der Suche nach, hm, Buffy helfen?«

»Sicher, klar«, nickte Oz.

Xander wollte noch etwas sagen. Er wusste nicht genau, was – vielleicht eine Art Entschuldigung –, aber Giles ließ ihn nicht einmal zu Wort kommen. »Geh einfach«, sagte der Wächter wieder in diesem leisen, gefährlichen Tonfall. »Geh mir aus den Augen.«

Seufzend tat Xander genau das.

Cordelia hatte nicht die leiseste Ahnung, wie sie diesen Tag überlebt hatte. Sie konnte sich des Eindrucks nicht erwehren, dass jedes Mädchen in der Schule sie abgrundtief hasste.

Vielleicht, dachte sie, ist das wieder eine dieser dummen Höllenschlund-Geschichten, mit denen sich Buffy immer herumschlägt.

Sie ging zu ihrem Spind, um ihre Bücher einzuschließen und sich dann auf den Weg zur Bibliothek zu machen, in der Hoffnung, dass Giles ihr helfen konnte.

Als sie jedoch bei den Spinden ankam, wurde sie sofort umzingelt. Scheinbar alle Mädchen – und der Großteil der weiblichen Lehrkräfte – umringten sie und starrten sie an, als wäre sie, nun, etwas Hassenswertes.

»Okay, was ist los, gefällt euch die Kombination meines Spindschlosses nicht?«

Harmony trat vor. »Es ist nicht richtig. Du hast ihn nie geliebt. Du hast ihn nur *benutzt*. Du machst mich krank.«

»He, Harmony, wenn du dir mein Midol borgen willst, dann frag einfach«, sagte Cordelia, plötzlich nervös. Das hier war mehr als nur eine kleine Meinungsverschiedenheit ...

In dem Moment versetzte Harmony Cordelia einen Schlag. Cordelia war so überrascht, dass sie zunächst nicht reagieren konnte. Dann stieß Katie sie gegen den Spind.

Das ist mehr als nur eine kleine Meinungsverschiedenheit ...

Dori packte sie und hielt sie fest. Kimberley zog an ihren Haaren. Harmony schlug sie erneut. Ein Mädchen aus dem Gesundheitskurs verdrehte ihren Arm. Laura versuchte sie zu beißen. Eine Schülerin aus der Sekundarstufe kratzte sie.

Cordelia fand sich plötzlich zusammengekrümmt auf dem Boden wieder, die Arme schützend um ihren Kopf gelegt.

Dann schlug die Kantinenköchin mit einem Nudelholz nach ihr.

Oh Gott, ich werde sterben. Cordelia hatte nicht mehr solche Angst gehabt, seit diese unsichtbare Tussie sie an ihren Maikönigin-Thron gefesselt und gedroht hatte, ihr das Gesicht zu zerschneiden. Buffy hatte sie damals gerettet. Aber wo ist die kleine Miss Auserwählte, wenn ich sie brauche?

»Du hast dich wohl für was Besseres gehalten, nicht wahr?« fragte Harmony.

»Nein, ich ...«, stotterte Cordelia, »ich ...«

Gwen knurrte. »Wir werden dir deine Hochnäsigkeit schon austreiben.«

Plötzlich kreischte Katie: »Da ist er! Da ist er!«

Die meisten der Furien rannten nun Xander entgegen, der gerade den Korridor betreten hatte. Für eine Sekunde sah er wie ein Hirsch im Scheinwerferlicht aus, geblendet und erstarrt, dann stürmte er auf Cordelia zu.

Was Cordelia anging, so versuchte sie aufzustehen, doch Laura schlug sie wieder zu Boden.

Xander drängte sich durch die Menge, wehrte seine entfesselten Bewunderinnen ab und zog Cordelia in seine Arme. Im Moment spielte es für Cordelia keine Rolle, dass sie ihn hasste. Sie vergrub ihr Gesicht an seiner Schulter und begann zu weinen.

Kurz darauf hatten sie sich nach draußen gekämpft. Xander ließ sie los. »Ich denke, wir haben ...«

Sie bogen um eine Ecke und sahen einen weiteren rasenden Mob vor sich, der von Willow angeführt wurde.

»... sie abgehängt«, beendete Xander seinen Satz lahm.

Willow schwang eine Axt.

»Ich hätte wissen müssen, dass ich dich bei *ihr* finden werde«, kreischte Willow wie eine verschmähte Soap-Opera-Darstellerin.

»Willow, bitte«, sagte Xander, »du willst mir doch nicht wehtun.«

»Du weißt nicht, wie hart das für mich ist. Ich liebe dich so sehr, dass ich dich lieber tot als mit ihr zusammen sehen will!«

Willow hat in ihrem ganzen Leben noch kein Rückgrat gezeigt, dachte Cordelia. Warum muss sie ausgerechnet jetzt damit anfangen?

In dem Moment tauchte hinter ihnen die andere, von Harmony angeführte Meute auf. Willow holte gerade mit der Axt aus, um Xander zu erschlagen, als Harmony ihr in den Arm fiel.

Genau, kämpf um deinen Mann, dachte Cordelia, als sie und Xander die daraufhin ausbrechende Rauferei nutzten, um unauffällig zu verschwinden.

Rupert Giles fuhr sich mit der Hand durch das schütter werdende Haar und verfluchte alles, was mit Teenagern zusammenhing. Als seine eigenen jugendlichen Experimente mit dem Okkulten bekannt geworden waren, hatte er geglaubt, dass Buffy und ihre Freunde die implizierte Lektion gelernt hatten. Offenbar nicht, zumindest nicht Xander. Er hatte genau dieselbe Dummheit begangen wie Giles vor zwanzig Jahren. Die Beschwörung des Dämons Eyghon hatte zum damaligen Zeitpunkt ein Todesopfer gefordert, später zwei weitere und darüber hinaus Buffy und Jenny in ernste Gefahr gebracht. Wenn es Giles nicht gelang, diesen idiotischen Liebeszauber aufzuheben, würden die Konsequenzen diesmal noch verheerender sein.

Ein Teil von ihm konnte Xander auf Dauer nicht allzu böse sein. Immerhin hatte der Junge Buffy das Leben gerettet, als der Meister sie für tot gehalten und im Wasser liegengelassen hatte. Er hatte mehr durchgemacht, als jeder Teenager, der nicht gerade ein Jäger war, von Rechts wegen durchmachen sollte, und er war nicht nur bei geistiger Gesundheit geblieben, sondern hatte der Vampirjagd im Allgemeinen und Buffy im Besonderen unerschütterliche Loyalität bewiesen.

Wenn er nur nicht so ein impulsiver Dummkopf wäre.

Doch nichts davon änderte etwas an der Tatsache, dass die Jägerin jetzt eine Ratte war und Giles dringend etwas dagegen tun musste.

Zu Amy, die derzeit verdrießlich auf einem Stuhl saß, sagte er: »Du musst das Ritual falsch durchgeführt haben, so dass Cordelias Kette sie in Wirklichkeit vor dem Zauber geschützt hat. Das sollte sich problemlos rückgängig machen lassen. Wo hast du die Tiertransformation gelernt?«

»Warum haben Sie Xander weggeschickt?« fragte sie betrübt. »Er braucht mich.«

Jenny, die nervös auf und ab ging, schnaubte. »Das ist lächerlich.«

»Er liebt mich«, beharrte Amy. »Wir sind verwandte Seelen.«

»Niemand kann zwei Menschen gleichzeitig lieben. Das zwischen mir und ihm ist echt.«

Giles hatte davon jetzt mehr als genug. »Statt mir auf die Nerven zu gehen, sollte eine von euch vielleicht versuchen, mir zu helfen.« Sowohl Amy als auch Jenny verfügten über ausgebildete mystische Fähigkeiten. Er hoffte noch immer, dass sich diese Instinkte schließlich durchsetzen würden, aber sie mussten gegen die Macht von Amys Zauber ankämpfen.

Amy lehnte sich zurück, verschränkte die Arme und schmollte auf jene deprimierend unreife Weise, wie sie für Teenager typisch war. »Sie haben keine Ahnung, was ich durchmache.«

»Ich weiß, dass es keine Liebe ist«, fuhr Giles sie an. »Es ist Besessenheit – selbstsüchtige, banale Besessenheit. Xander hat sich in große Gefahr gebracht. Wenn er dir wirklich etwas bedeuten würde, dann würdest du versuchen, ihn zu retten, anstatt über deine Gefühle zu jammern. Lass uns jetzt an die Arbeit gehen.« Er drehte sich um. »Jenny ...«

Aber Jenny war verschwunden.

»Großartig«, murmelte Giles.

6

Sie brauchten über eine Stunde, um den rasenden Mob abzuhängen, der die Rauferei abgebrochen und sich den anderen Verfolgern von Xander und Cordelia angeschlossen hatte. Xander hatte keine Ahnung, was eigentlich ihr Plan war. Doch da es sich um einen Mob handelte, hatten sie wahrscheinlich keinen.

Xander erinnerte sich plötzlich daran, was Mobs in Filmen zu tun pflegten. Ihm fielen außerdem die Unruhen ein, über die sie im Geschichtsunterricht gesprochen hatten. Er rannte schneller.

Als sie den Revello Drive erreichten, war die Sonne bereits untergegangen. »Ich glaube, wir haben sie jetzt abgehängt«, sagte er keuchend.

Cordelia war ungewöhnlich still gewesen, als sie durch die Straßen von Sunnydale gerannt und jedem Passanten ausgewichen waren, der auch nur im Entferntesten weiblich aussah, aber jetzt, wo sie die Östrogen-Brigade weit hinter sich gelassen hatten, konnte sie sich nicht mehr länger beherrschen. »Xander, was geht hier eigentlich vor? Wer ist gestorben und hat dich zu Elvis gemacht?«

Als das Haus Nummer 1630 in Sicht kam, sagte Xander: »Da ist Buffys Haus. Gehen wir rein. Ich erkläre dir alles später.« Dies war, neben Giles' Haus, momentan wahrscheinlich der sicherste Unterschlupf in der ganzen Stadt. Aber Giles wohnte weiter weg und befand sich zudem derzeit in der Schule. Xanders eigenes Zuhause hingegen würde von der rasenden Menge vermutlich als erstes durchsucht werden.

Glücklicherweise war Buffys Mutter nicht mehr in der Galerie. Der erste Lichtblick seit Tagen, dachte Xander.

»Xander. Cordelia?« sagte Joyce Summers, als sie die beiden hereinließ. »Was ist passiert? Warum seid ihr so derangiert? Wo ist Buffy?«

Xander zögerte. »Sie ist, äh, unterwegs.«

Joyce führte sie in die Küche. »Nun, setzt euch doch und erzählt, wie es euch geht.« Sie wandte sich an Cordy. »Warum gehst du nicht nach oben und holst etwas Verbandszeug aus dem Bad?«

Cordelia nickte und lief nach oben.

Xander fiel mehr auf einen der Stühle, als dass er sich setzte. Die anstrengende Flucht vor einem Mob liebestoller Teenager machte sich bemerkbar.

Nun, wenigstens kann es nicht noch schlimmer werden.

»Ich werde dir was zu trinken holen«, sagte Joyce. »Möchtest du etwas Kaltes oder Heißes?«

Diese Frage erforderte mehr intellektuelle Fähigkeiten, als Xander im Moment aufbringen konnte oder wollte. »Ich, äh ...«

Buffys Mom trat näher und legte ihm die Hände auf die Schultern. »Ich denke, es ist eher eine *heiße* Nacht, meinst du nicht auch?«

Oh nein. Oh nein, nein, nein, nein, nein.

Xander ließ seinen Kopf auf den Tisch fallen. Es gab ein, wie er fand, sehr hohles Geräusch.

»Von mir aus«, sagte er resigniert.

Joyce massierte seine Schultern. Trotz allem fühlte es sich überraschend gut an. »Du liebe Zeit«, meinte sie, »du bist ja völlig verspannt.«

»Was machen Sie da?«, ertönte hinter ihm Cordys empörte Stimme. »Ich glaub's einfach nicht!«

»Cordelia, geh wieder nach oben, das ist eine Sache zwischen uns beiden«, sagte Joyce verärgert.

Es geht schon wieder los.

»Das sehe ich völlig anders«, sagte Cordy, zog die Frau von Xander weg, schob sie zur Hintertür und nach draußen.

»Was soll das? Nimm deine Hände von mir!«, schrie Joyce Summers, aber Cordy behielt die Oberhand und schloss und verriegelte die Tür.

»Und lassen Sie bloß Ihre Gruftiepfoten von meinem Freund!«

Xander erlaubte sich bei diesen Worten einen Funken Hoffnung.

»Meinem *ehemaligen*!«, fügte sie hinzu, und Xander seufzte.

Sie wandte sich wieder an ihn. »Warum sind alle verrückt geworden?«

»Verrückt?«, wiederholte Xander, dem diese Wortwahl absolut nicht gefiel. *Seltsam* wäre in Ordnung gewesen, aber *verrückt* war unfair. »Fällt es dir denn so schwer zu glauben, dass andere Frauen mich attraktiv finden?«

»Damit andere Mädchen dich haben wollen, müsstest du sie schon verhexen.«

»Das ist wirklich ...«, begann Xander, um dann zu verstummen. »Na ja, okay, ein Punkt für dich.«

Im selben Moment flog ein Stein durch das Fenster der Hintertür. Eine Sekunde später steckte Joyce Summers die Hand durch die Öffnung und tastete nach dem Schloss. »Xander, Schätzchen? Lass Joycie rein. Lass Joycie rein!«

Xander und Cordelia wechselten einen Blick und liefen dann hinaus auf den Flur und die Treppe zu Buffys Zimmer hinauf.

Xander schloss die Tür hinter sich und stieß einen Seufzer der Erleichterung aus.

Nun, dachte er, wenigstens kann es nicht noch schlimmer werden.

Er trat ans Fenster und blickte nach draußen. Bis auf ein vorbeifahrendes Auto war die Straße leer. »Gut. Der Mob hat uns noch immer nicht gefunden. Wir sollten hier oben sicher ...«

In dem Moment steckte Angel sein bestialisch verzerrtes Gesicht durchs Fenster, packte Xander am Kragen und sagte lächelnd: »Nur in der Theorie!« Dann zerrte er Xander auf das Schrägdach des ersten Stocks.

»Xander!«, schrie Cordelia.

Angel zog Xander weiter zu sich heran. »Wo ist Buffy?«

»Cordy, verschwinde von hier!«, rief Xander in der Hoffnung, dass Cordelia genug Verstand hatte, auf ihn zu hören.

Dann warf Angel ihn vom Dach. Xander gelang es, auf den Füßen zu landen und den Aufprall mit den Knien abzufedern, so dass er sich nichts brach, obwohl seine Knöchel und Knie mörderisch wehtaten. Er schwankte, kippte nach hinten und fiel auf den Rücken.

Eine Sekunde später landete Angel geschmeidig an seiner Seite.

»Perfekt«, sagte der Vampir mit einem bösartigen Grinsen, während er Xander packte und hochriss. »Ich wollte etwas Besonderes für Buffy tun – genauer gesagt, ich wollte Buffy etwas *antun* –, aber das ist viel besser.«

Xander war nicht bereit, kampflos aufzugeben, und rammte Angel ein Knie in den Unterleib. Doch als er weglaufen wollte, ergriff ihn der Vampir und wirbelte ihn im hohen Bogen durch die

Luft und auf den Rasen. Dann packte Angel ihn wieder am Kragen und zog ihn zu sich heran. Mit gefletschten Fängen sagte er: »Wenn es dich irgendwie tröstet, ich fühle mich dir im Moment ganz nahe.«

Kurz bevor er zubeißen konnte, wurde Angel von einer Hand gepackt und zur Seite geschleudert.

»Buffy? Wie ...«

Doch es war nicht Buffy. Die Jägerin flitzte wahrscheinlich noch immer durch die Sunnydale High auf der Suche nach einem Stück Käse.

Es war Drusilla.

»Keine Angst, Kätzchen. Mommy ist hier.«

Und sie lächelte.

Es war dasselbe Lächeln, das er bei all den anderen Mädchen gesehen hatte. Nur dass ihres scharfe Fangzähne zeigte.

Kälte durchzuckte Xander bis in die Socken. Ihm war nie der Gedanke gekommen, dass der Zauber auch auf Vampire wirken konnte. Und Drusilla war nicht nur irgendeine alte Vampirin; sie war außerdem absolut, hoffnungslos verrückt.

Angel sprang wütend auf. »Ich weiß nicht, was du vorhast, Dru, aber es ist nicht witzig!«

Drusilla half Xander hoch und stellte sich schützend zwischen ihn und Angel. »Wenn du diesem Jungen auch nur ein Haar krümmst ...«

»Das ist wirklich rasend komisch«, sagte Angel mit einem sadistischen Lachen. »Ausgerechnet er?«

»Nur weil ich endlich einen richtigen Mann gefunden habe ...«

Angel schüttelte den Kopf. »Ich schätze, ich habe dich wirklich in den Wahnsinn getrieben.« Dann schien er mit dem Hintergrund zu verschmelzen und zu verschwinden, wie in den alten Zeiten, als er aufgetaucht war, um Buffy eine mysteriöse Warnung zu übermitteln.

Drusilla drehte sich zu Xander um, der in seinem ganzen Leben noch nie eine solche Angst gehabt hatte. Und bei der starken Konkurrenz wollte das wirklich etwas heißen.

»Dein Gesicht ist ein Gedicht«, sagte Drusilla in einem träumerischen Tonfall. »Oooooh, ich kann darin lesen.«

»Wirklich? Steht da zufällig ›Verschone mich‹ oder so?«

Sie legte ihre Finger an seine Lippen. »Pssst. Was hältst du vom ewigen Leben?«

»Könnten wir nicht erst mal mit einem Kaffee anfangen? Oder vielleicht einem Film?«

Gerade als sich Drusilla zu ihm beugte, um aus Liebe das zu tun, was Angel aus Hass hatte tun wollen, wurden hinter ihnen wütende Stimmen laut.

»Da ist er!«

»Schnappt ihn euch!«

Er war noch nie so glücklich gewesen, den liebestollen Mob zu sehen.

Sekunden später wurden Drusilla und Xander von einer Meute Frauen getrennt, die an Xanders Kleidung zerrten, nach seinen Haaren griffen und überhaupt versuchten, ihn in Stücke zu reißen.

Okay, vielleicht ist »glücklich« das falsche Wort ... »Mir! Er gehört mir!«

»Nein, mir!«

Dann war Willow mit der Axt zur Stelle. »Du hättest mich bloß lieben müssen!«

Bevor sie mit der mörderischen Waffe ausholen konnte, wurde sie von Cordelia gerammt.

Ihr gelang es auch, Xander zu packen und mit sich zu zerren. Glücklicherweise konnte sich der Club der Furien nicht einigen, wer Xanders wahre Liebe war, und so fielen sie übereinander her. Nur so gelang Cordelia und Xander mit knapper Not die Flucht ins sichere Haus.

Angelus verfolgte amüsiert, wie die Frauen um Xander Harris kämpften. Jetzt ergab alles einen Sinn. Offensichtlich hatte jemand diesen Harris mit einem Liebeszauber belegt, der jede Frau in Sunnydale um den Verstand brachte.

Der Vampir lachte. Mann, das ist einfach zu perfekt. Ich hätte mir keine bessere Folter für diesen Xander ausdenken können.

Angelus hielt ihn und die anderen Speichellecker, die Buffy um sich gesammelt hatte, für ungefährlich. Die einzigen, die ihm wirklich Sorgen machten, waren der Wächter und Buffy selbst. Sicher, Rosenberg hatte großes Potential, und auch diese Frau namens Calendar war eine Gefahr, aber alles in allem stellten sie nur eine vergleichsweise kleine Bedrohung dar. Harris jedoch war weniger als nichts.

Dennoch, Buffy mochte den schlaksigen kleinen Kerl aus unerfindlichen Gründen, so dass Angelus alles begrüßte, was ihn und damit sie unglücklich machte.

Das einzige Problem derzeit war natürlich Dru. Aber jetzt, wo das Paar im Haus verschwunden war, würde sich alles regeln.

Harris und das Chase-Mädchen hatten hinter sich die Tür verriegelt, aber Dru führte eine Gruppe zur Hintertür, die sie mit einem Schlag aus den Angeln hob.

Die Frauen drängten ins Haus, aber Dru wurde von einer unsichtbaren Barriere gestoppt.

»Tut mir Leid, Dru«, sagte Angel lachend, während er zu ihr glitt. »Ich schätze, du bist nicht eingeladen.« Schließlich konnten Vampire ein Haus nur betreten, wenn sie dazu aufgefordert wurden. Während Buffy Angel vor einem Jahr eingeladen hatte, als sie von Three verfolgt worden waren – zu diesem Zeitpunkt hatte der betrunkene irische Gentleman noch die Kontrolle über seinen Körper gehabt – hatte Dru dieses Privileg nie genossen.

»Komm schon, Dru, lass uns nach Hause gehen, in Ordnung? Manchmal erledigt eben der Höllenschlund unsere Arbeit.

»Aber Xander ist da drinnen!«, rief sie verzweifelt.

»Dru, Liebes – zwing mich nicht, Gewalt anzuwenden.«

Cordelia verriegelte hinter sich und Xander die Tür, drehte sich dann um und erblickte zu ihrem großen Entsetzen Mom Summers, die ein sehr großes Messer in der Hand hielt.

»Es wird mit uns nie funktionieren, Xander«, sagte sie. »Wir müssen dem eine Ende machen.«

Cordelia und Xander flohen in den Keller. Xander schloss und verriegelte hinter ihnen die Tür und schaute sich dann um.

Kopfschüttelnd sagte Cordelia: »Was für ein Déjà-vu!« In eben diesem Keller waren sie vor nicht allzu langer Zeit ein Paar geworden. Als müsste ich daran noch extra erinnert werden! dachte sie. »Das ist übrigens ein weiterer Grund, nicht mit dir zusammen zu sein. Immer versuchen irgendwelche Leute mich umzubringen, sobald ich bei dir bin. Und was machen wir jetzt? Warten wir, bis Buffy aufkreuzt?«

Xander griff nach einem Hammer, einem Nagel und einer Holzlatte. »Darauf würde ich mich nicht verlassen«, knurrte er, um dann die Latte quer über die Tür zu nageln.

Großartig, es ist nicht nur die Nacht der lebenden Toten, sondern auch die der Psychofrauen. Cordelia konnte hören, wie die gesamte weibliche Bevölkerung von Sunnydale gegen die Tür hämmerte. Ich kann nicht glauben, dass dies ausgerechnet mir passiert. Womit habe ich das bloß verdient?

»Gib mir noch einen Nagel«, sagte Xander, als er das erste Brett befestigt hatte.

Sie tat, wie ihr geheißen und sagte: »Wenn wir hier sterben ...«

»Nichts davon wäre passiert, wenn du nicht mit mir Schluss gemacht hättest. Aber nein, dir ist es ja viel wichtiger, beliebt zu sein.«

Cordelia war verblüfft. »Ich? Ich habe mich nicht mit der schwarzen Kunst abgegeben, nur um irgendwelche Mädchen dazu zu bringen, mich zu mögen. Nun, herzlichen Glückwunsch, es hat funktioniert.«

Während Xander einen weiteren Nagel einschlug, sagte er: »Es hätte auch hervorragend funktioniert, wenn deine Haut nicht so dick wäre, dass nicht einmal Magie sie durchdringen kann.«

Cordelia spürte, wie ihre Kinnlade herunter klappte, und packte Xanders Arm. Sie hatte bis jetzt geglaubt, dass der ganze Zwischenfall auf Xanders Trotteligkeit zurückzuführen war. Ihr war nie der Gedanke gekommen … »Soll das heißen, der Zauber war für *mich* bestimmt?«

Plötzlich durchbohrte ein riesiges Messer die Tür. Cordelia kreischte. Sie fuhr herum und rannte panisch die Treppe hinunter, dicht gefolgt von Xander. Sie konnten hören, wie die Tür splitterte.

Kaum unten angelangt, durchstieß ein Arm das Fenster unterhalb der Decke. Einige der Mädchen versuchten auf diesem Weg einzudringen.

»Oh mein Gott«, schrie Cordelia.

»Bleib hinter mir!«, befahl Xander. Er schwang einen riesigen Schraubenschlüssel.

Super, dachte Cordelia, das wird sie für mindestens zweieinhalb Sekunden aufhalten.

Und der Mob kam näher …

7

Oz musste zugeben, dass sich sein Leben merklich verändert hatte, seit er mit Willow zusammen war. Nicht, dass er etwas gegen diese Veränderungen hatte. Erstens hatte er jetzt eine Freundin, und zwar eine ausgesprochen coole. Zweitens hatten ihm Willows Freunde sehr geholfen, als Oz durch den Biss seines Cousins in einen Werwolf verwandelt worden war. Und drittens hatte er endlich eine Erklärung dafür, warum seine Heimatstadt so abgedreht war.

Und er musste Dinge tun wie Waffen aus Armeestützpunkten stehlen und Leute jagen, die in Ratten verwandelt worden waren.

Letzteres erwies sich jedoch als schwieriger, als Oz ursprünglich geglaubt hatte, denn inzwischen hatte die Ratte die Bibliothek verlassen. Oz sah sich um und hörte dann jemanden fluchen.

Er folgte dem Klang der Stimme und entdeckte Chris, einen der Typen aus seinem Geschichtskurs. »He, Oz, hast du das gesehen?«

»Was?« fragte Oz.

»Diese riesige alte Ratte, die gerade in den Keller gerannt ist, Mann.«

»Wow«, machte Oz völlig unbeeindruckt.

Chris schüttelte den Kopf. »Mann, dich erschüttert wohl nichts?«

Oz zuckte die Schultern. »Nicht mehr, seit ich herausgefunden habe, dass es Vampire wirklich gibt. Da verliert alles andere irgendwie an Bedeutung.«

Chris schüttelte den Kopf, lachte und ging davon, ihm offensichtlich kein Wort glaubend. »Klar, Mann. Pass auf die Ratte auf.«

Kaum war Chris außer Sichtweite, da eilte Oz zu der Treppe zum Heizungskeller.

»He, Buffy?« rief er. Er wollte nicht das Deckenlicht anmachen, um die Ratte nicht mit so viel Helligkeit zu verschrecken. Glücklicherweise fand er eine Taschenlampe, die an der Wand neben der Treppe hing. Er knipste sie an, um in der Dunkelheit nicht über etwas zu stolpern, aber die Ratte war nirgendwo zu sehen.

Oz hörte eine Katze miauen und zischen, aber er hörte nichts Rattenähnliches.

Beiläufig fragte er sich, ob der Hausmeister hier unten wohl Mausefallen aufgestellt hatte.

Während ihm die Filmmusik aus *Ben* durch den Kopf ging, setzte Oz seine Suche fort. »Komm schon, Buffy ...«

Giles hatte Amy zuerst zu ihrem Spind gezerrt, um ihr Zauberbuch und andere Zutaten zu holen, und dann in das Chemielabor, wo sie das ursprüngliche Ritual durchgeführt hatte. Nach dreimaliger Aufforderung bequemte sie sich endlich dazu, erneut das rote Symbol auf den Boden zu malen, während Giles die Kräuter präparierte.

»Gut«, sagte er, als alles vorbereitet war. »Machen wir weiter. Du fängst an.« Sie hatten sich darauf geeinigt, dass sie zuerst die Tiertransformation und Giles anschließend den Liebeszauber rückgängig machen würde. Dies hauptsächlich, weil Amy sich weigerte, Letzteres selbst zu tun. Giles, der nicht in der Stimmung für eine Auseinandersetzung war, entschloss sich deshalb, es selbst in die Hand zu nehmen.

Ich habe in der letzten Zeit ein paar Mal erfolgreich gezaubert, unter anderem zusammen mit Amy. Nicht schlecht für einen Kerl, der vor zwanzig Jahren geschworen hat, sich nie wieder mit dem Okkulten einzulassen, was?

Als das Wasser anfing zu kochen und ein stechender Geruch die Luft erfüllte, las Amy aus dem Buch vor. Während sie sprach, warf Giles ein Büschel Nagerhaare in das Gebräu.

»Göttin der Kreaturen groß und klein. Ich beschwöre dich, lass uns allein! Hekate! Ich erlaube dir, nun von uns zu gehen!«

Das Becherglas erzitterte, und eine kleine rote Rauchwolke stieg auf.

Das scheint also erledigt, dachte Giles. Er hoffte, dass Amy diesmal keinen Fehler machte, sonst wurde Buffy am Ende noch in einen Wassermolch verwandelt.

Mit der Kette in der Hand, die Xander Cordelia geschenkt hatte, nahm Giles der schmollenden Amy das Zauberbuch ab und las.

»Diana, Göttin der Liebe, hebe dich hinan. Verstummen soll dein Sirenengesang.«

Er warf die Kette in das Becherglas. Diesmal war die Manifestation viel stärker und erfüllte den Raum kurz mit einem grellen roten Licht.

Dann war es wieder dunkel.

»Was ... was ist passiert?«, fragte Amy verwirrt.

Giles hielt dies für ein gutes Zeichen.

Als Erstes erkannte Buffy, dass der Käse, den sie gerade hatte verspeisen wollte, in einer Rattenfalle steckte.

Als zweites bemerkte sie, dass sie zum ersten Mal seit Tagen wieder klar denken konnte.

Und als drittes dämmerte ihr, dass sie splitterfasernackt war.

Sie stand neben einigen Kisten. Auf der anderen Seite dieser Kisten stand Oz mit einer Taschenlampe in der Hand. Zu Buffys Erleichterung knipste er sie sofort aus, als er sah, in welch beklagenswertem Zustand sich Buffys Garderobe befand – sofern man in ihrem Fall überhaupt von Garderobe sprechen konnte. Jedenfalls rechnete sie es ihm hoch an.

»Hi, Oz«, sagte sie kläglich.

»Hi.«

»Ich scheine einen leichten Anfall von ... Nacktheit zu haben.«

Oz lächelte. »Aber du bist keine Ratte mehr. Das ist immerhin ein Fortschritt.«

Dem konnte Buffy nicht widersprechen.

»Glaubst du, dass du mir vielleicht was zum Anziehen besorgen kannst?«

»Klar«, meinte Oz und wandte sich zur Treppe. »Aber geh bloß nicht weg.«

»*Das* werde ich ganz bestimmt nicht tun!«

Jetzt ist es also soweit, dachte Xander. Wir werden sterben.

Ich habe mir ja eine Menge Todesarten ausmalen können, aber

von einer Horde liebestoller Frauen in Stücke gerissen zu werden, während ich zusammengerollt wie ein Fötus in Buffys Keller liege, stand nicht gerade ganz oben auf der Liste.

Und dann, plötzlich, wurde es still.

Xander blickte auf und sah, dass sich all die Frauen – Willow, Harmony, Katie, Gwen, Laura, Ms. Calendar, Buffys Mom und all die anderen – verwirrt umschauten.

»Was«, stotterte Joyce Summers, »was haben wir ...?«

Cordelia setzte ihr Maiköniginlächeln auf und sagte: »Mann, das war die beste Schnitzeljagd, die ich *je* erlebt habe!«

»Schnitzeljagd?«

Buffy schüttelte den Kopf und lachte, als sie am nächsten Morgen zusammen mit Xander über den Schulhof ging. Xander hatte ihr soeben die Geschichte aus seiner Perspektive erzählt, Angels boshaften Überfall eingeschlossen.

»Deine Mom schien es uns abzukaufen«, verteidigte sich Xander.

»Das behauptet sie. Ich denke, ihr ist es so peinlich, dass sie eine meiner Freundinnen geschlagen hat, dass sie es einfach verdrängt. Sie ist sehr gut darin.« Buffy dachte einen Moment darüber nach. »Ich sollte wahrscheinlich anfangen, mir Sorgen zu machen.«

Xander lächelte, um dann zu seufzen. »Nun, ich bin wieder unglaublich unbeliebt.«

»Immerhin besser, als wenn alle mit der Axt hinter dir her wären, oder?«

Ein guter Einwand. »Eigentlich schon. Aber Willow will nicht mehr mit mir reden.«

Buffy warf ihm einen durchdringenden Blick zu. »Warum sollte sie auch?«

Xander fragte flehend: »Wie lange wird sie denn sauer auf mich sein?«

»Oh, mindestens einen Monat. Xander, komm schon, ich meine, das war für sie schlimmer als für alle anderen. Sie hat dich geliebt, bevor du den großen Liebesgeist gerufen hast. Der Rest von uns ...«

Diesmal warf Xander ihr einen durchdringenden Blick zu. Er war so sehr mit seiner Sicht der Geschichte beschäftigt gewesen, dass er Buffys Version noch gar nicht gehört hatte. »Du erinnerst dich an alles?«

»Oh ja«, sagte sie mit einem boshaften Lächeln. »Ich weiß noch genau, dass ich zu dir gekommen bin. Ich weiß, dass ich dich angefleht habe, mich auszuziehen. Und dann bekam ich plötzlich großen Appetit auf Käse.« Eine Pause, dann: »Ich weiß außerdem, dass du es nicht getan hast.«

»Was? Dir Käse gegeben?«

»Mich ausgezogen. Was du gesagt hast, hat mir eine Menge bedeutet.«

Nun, so hat dieser Schlammassel wenigstens etwas Gutes gebracht. »Komm schon, Buffy, ich konnte die Situation doch nicht ausnutzen. Okay, für einen Moment war ich in Versuchung, aber ...«

»Du hast es nicht getan. Vielleicht besteht doch noch Hoffnung für dich.«

Mit einem weiteren Seufzer erwiderte er: »Sag das mal Cordelia.«

»Das musst du schon selbst erledigen.«

Cordelia hatte vorgehabt, den nächsten Tag wie einen weiteren neuen Tag anzugehen. Ein weiterer normaler Tag in ihrer normalen Schule. Sie wollte so tun, als hätte es den gestrigen Tag nicht gegeben. Keine Liebeszauber, keine durchgeknallten Verlierer, die sie zurückzugewinnen versuchten, nichts dergleichen.

Sie war mit Harmony, Dori, Katie, Kimberley und Laura unterwegs, und sie redeten über Jungs. Alles war völlig normal, alles lief ganz nach Plan.

Warum habe ich dann bloß so ein schlechtes Gefühl dabei?

»Cody Weinberg hat mich gestern Abend angerufen«, erzählte Harmony gerade.

Cordelia war beeindruckt. »Cody Weinberg? Der mit dem Dreihundertfünfziger SL?«

»Genau der. Er sagte, er überlegt, mich am Donnerstag zum Tanzen auszuführen.«

»Wahnsinn«, rief Cordelia, und es war ehrlich gemeint. Cody war ein guter Fang. Zwar war er nicht ganz Cordelias Typ – seit dem Sven-Desaster während der Kulturaustauschwoche hatte sie es nicht mehr über sich bringen können, mit einem Blonden auszugehen – aber es war schön für Harmony.

»Ja. Er muss bloß zwei andere Mädchen vor mir fragen, und wenn sie ablehnen, werde ich ...«

In diesem Moment prallte Harmony mit Xander zusammen.

Oh, großartig, es geht schon wieder los.

»Pass doch auf!«, fauchte Harmony.

Cordelia erwartete, dass er irgendeine patzige Bemerkung machen würde, doch zu ihrer Überraschung sagte er nur kläglich: »Tut mir Leid.«

Dann ging er einfach weiter.

Harmony rief ihm nach: »Gott, ich bin froh, dass deine Mom sich die Zeit genommen hat, dich anzuziehen.«

Cordelia sah, wie Xander zögerte, doch dann setzte er seinen Weg fort.

Und dann begriff sie.

Es war völlig falsch gewesen, zu Harmony und den anderen zurückzukehren, nachdem sie ihr die kalte Schulter gezeigt hatten, weil sie mit Xander zusammen war.

Wer sind sie überhaupt?

Cordelia Chase war die Trendsetterin. Die Leute standen Schlange, um zu sehen, was sie trug, damit sie wussten, was angesagt war. Und was sie machte, war schon definitionsgemäß cool.

Warum reiße ich mir eigentlich meinen aerobicgestählten Arsch auf, um diesen kleinen Hohlköpfen zu gefallen?

Und dann dachte sie an die wunderschöne Kette mit dem silbernen Herzen und daran, dass Xander sogar bereit gewesen war, sich mit schwarzer Magie abzugeben, um sie zurückzugewinnen.

»Das erinnert mich an etwas«, plapperte Harmony weiter. »Habt ihr Jennifers Rucksack *gesehen*? Er ist so ...«

»Harmony, halt die Klappe«, sagte Cordelia.

Harmony blieb stehen und starrte Cordelia schockiert an. Die anderen hinter ihr folgten ihrem Beispiel.

Genau wie Xander ein Stück weiter auf dem Schulhof.

Gut. Er sollte das ruhig hören.

»Weißt du, was du bist, Harmony? Du bist ein Schaf.«

»Ich bin kein Schaf«, protestierte Harmony gekränkt.

»Du bist ein *Schaf*. Du machst nur das, was alle anderen auch machen, nur damit du behaupten kannst, dass du es zuerst gemacht hast. Und hier stehe ich und bemühe mich, dir zu gefallen, obwohl ich *viel* cooler bin als du, weil ich nämlich *kein* Schaf bin. Ich mache, was ich will, und ich ziehe an, was ich will, und weißt du was? Ich gehe mit jedem, mit dem ich verdammt noch mal gehen will.«

Xander strahlte.

»Auch wenn er noch so eine Lusche ist.«

Xanders Gesicht verdüsterte sich wieder.

Mit diesen Worten machte sie auf dem Absatz kehrt und marschierte geradewegs auf Xander zu. Sie ergriff seine Hand und zog ihn mit sich, ohne ihren Schritt zu verlangsamen.

Erst als sie um die nächste Ecke gebogen waren, wurde ihr klar, was genau sie gerade getan hatte.

»Oh Gott, oh Gott.«

»Es wird alles wieder gut«, redete Xander auf sie ein, als hätte sie vor, von einem Dach zu springen. »Geh einfach weiter.«

»Oh Gott, was habe ich getan? Sie werden nie wieder mit mir reden.«

»Sicher werden sie das«, sagte Xander zuversichtlich. »Wenn es dir hilft, können wir uns immer streiten, wenn sie in der Nähe sind.«

Dankbar blickte sie zu ihm auf. »Versprochen?«

»Darauf kannst du wetten«, sagte Xander lächelnd.

Heute Nacht, Teil 4

Das Komische daran ist, dachte Xander, dass Cordy der einzige Halt in meinem Leben ist, und das schon seit längerer Zeit.

Nachdem sich Cordelia entschlossen hatte, der Beziehung eine weitere Chance zu geben, waren sie sogar sehr gut miteinander ausgekommen. Während all der folgenden Ereignisse – Angel, Jenny, Kendra – waren Xander und Cordelia zusammengeblieben.

Wir haben ständig gestritten, aber wir sind zusammengeblieben, dachte er.

Das Klingeln des Telefons riss Xander aus seinen Gedanken. Er nahm ab: »Joes Pizza, Joe ist nicht da.«

»Xander, ich bin's«, sagte Cordelia. »Wir sind doch für morgen verabredet, richtig?«

Xander blinzelte verwirrt. »Hä?«

»Morgen. Wir sind verabredet, richtig?«

»Irgendetwas scheint mir hier zu entgehen, Cordy.«

»Das ist nicht gerade was Neues, oder? Hör zu, ich hole dich gegen elf ab. So hast du genug Zeit, wie jeden Samstag lange zu schlafen und herumzutrödeln, auch wenn das Einkaufszentrum *gerammelt voll* sein wird, wenn wir dort ankommen.«

»Das Einkaufszentrum? Warum gehen wir ins Einkaufszentrum?« Xander hatte das Gefühl, als hätte er etwas Entscheidendes verpasst.

»Hallo? Um dir ein paar neue Sachen zu kaufen, als Ersatz für diese Heilsarmee-Klamotten, mit denen du mich in der Öffentlichkeit blamierst. Erinnerst du dich denn an *gar* nichts mehr von dem, was ich heute Abend gesagt habe?«

Um ein Haar hätte Xander diese Frage ehrlich beantwortet, aber wenn er etwas in der gemeinsamen Zeit mit Cordelia gelernt hatte, dann waren es die Tücken der Ehrlichkeit. Ihr zu sagen, dass er nicht jedes Wort von ihr wie eine Offenbarung in sich aufsaugte, bedeutete den Todeskuss. Oder vielmehr den Tod ohne Kuss.

»Richtig. Das Einkaufszentrum. Null Problemo. Ich bin Kalle Kaufrausch, hör mein Gebrüll.«

»Gut. Wir sehen uns dann morgen um elf.«

Sie legte auf. Cordy verschwendete nie viel Zeit damit, mit Jungs zu telefonieren. Die Telefonzeit war für Mädchen reserviert. Für ernsthaften Tratsch und so weiter.

Er starrte den Hörer an, den er gerade aufgelegt hatte, und dachte an das Minenfeld, das sein Liebesleben in den letzten Jahren gewesen war.

Eine superstarke Vampirjägerin, die einen Vampir mir vorzieht. Eine riesige Gottesanbeterin, verkleidet als die wunderschönste Vertretungslehrerin der Geschichte. Eine fünfhundert Jahre alte Killermumie. Und das Mädchen, das ich in den letzten zwölf Jahren verachtet habe.

Nicht, dass mein Leben besonders surreal wäre ...

Seufzend und lächelnd zugleich schlüpfte er aus seinen Boxershorts, machte das Licht aus und stieg ins Bett.

Er schlief auf der Stelle ein.

Er träumte von Buffy Summers.

Buffy – Im Bann der Dämonen

Richie Tankersley Cusick
Buffy – Im Bann der Dämonen
Die Wiederkehr des Meisters

John Vornholt
Buffy – Im Bann der Dämonen
Der Hexer von Sunnydale

Christopher Golden/Nancy Holder
Buffy – Im Bann der Dämonen
Halloween

Arthur Byron Cover
Buffy – Im Bann der Dämonen
Die Nacht der Wiederkehr

Christopher Golden & Nancy Holder
Buffy – Im Bann der Dämonen
Das Blutschwert

Mel Odom
Buffy – Im Bann der Dämonen
Willow und das Monsterbaby

Craig Shaw Gardner
Buffy – Im Bann der Dämonen
Verschwörung der Druiden

Nancy Holder
Buffy – Im Bann der Dämonen
Die Angel Chroniken I

Richie Tankersley
Buffy – Im Bann der Dämonen
Die Angel Chroniken II

Nancy Holder
Buffy – Im Bann der Dämonen
Die Angel Chroniken III

vgs verlagsgesellschaft, Köln

www.tvspielfilm.de
Wir lesen was, was Du nicht liest!
TV SPIELFILM
TV SPIELFILM holen. Nur das Beste sehen.
TV SPIELFILM
14 Tage besser fernsehen
Alle Filme mit Bewertung!